DOT HUTCHISON

AS CRIANÇAS DAQUELE VERÃO

Livro 3 da trilogia O Colecionador

Tradução
Marcia Blasques

Copyright © Dot Hutchison, 2018
Copyright © Editora Planeta do Brasil, 2022
Copyright da tradução © Marcia Blasques
Todos os direitos reservados.
Título original: *The Summer Children*

Preparação: Roberta Pantoja
Revisão: Ligia Alves
Diagramação: Nine Editorial
Capa: Damon Freeman
Adaptação de capa: Beatriz Borges

Esta edição foi publicada originalmente em acordo com Amazon Publishing, www.apub.com, em colaboração com Sandra Bruna Agência Literária.

DADOS INTERNACIONAIS DE CATALOGAÇÃO NA PUBLICAÇÃO (CIP)
ANGÉLICA ILACQUA CRB-8/7057

Hutchison, Dot
  As crianças daquele verão / Dot Hutchison; tradução de Marcia Blasques. – São Paulo: Planeta do Brasil, 2022.
  304 p.

  ISBN 978-65-5535-645-8
  Título original: The Summer Children

  1. Ficção norte-americana I. Título II. Blasques, Marcia
  22-0938   CDD 813.6

Índice para catálogo sistemático:
1. Ficção norte-americana

Ao escolher este livro, você está apoiando o manejo responsável das florestas do mundo

Acreditamos nos livros

Este livro foi composto em Fairfield LT Std e impresso pela Gráfica Santa Marta para a Editora Planeta do Brasil em fevereiro de 2022.

2022
Todos os direitos desta edição reservados à
EDITORA PLANETA DO BRASIL LTDA.
Rua Bela Cintra, 986 – 4º andar
01415-002 – Consolação – São Paulo-SP
www.planetadelivros.com.br
faleconosco@editoraplaneta.com.br

Para C. V. Wyk
– Olhe para nós! Nós conseguimos!

Era uma vez uma garotinha que tinha medo do escuro.

Era bobagem, até ela sabia disso. Não havia nada no escuro que pudesse machucar que não estivesse também sob a luz. Só não dava para ver quando o perigo se aproximava.

Então talvez fosse isso que ela odiava: a cegueira e o desamparo.

Sempre indefesa.

Mas as coisas ficavam pior no escuro, não é? As pessoas sempre são mais honestas quando ninguém consegue vê-las.

Na luz, a mãe dela apenas suspirava de tristeza, pestanejando para afastar as lágrimas, mas na escuridão seus soluços ganhavam vida, fugindo do quarto para se esconder nos cantos gelados da casa para que todos pudessem ouvi-los. Às vezes, os gritos vinham atrás deles, mas mesmo no escuro a mãe dela raramente tinha coragem para tanto.

E seu pai...

Na luz, o pai dela estava sempre arrependido, sempre pedindo desculpas para ela e para sua mãe.

Sinto muito, querida, não quis dizer aquilo.

Sinto muito, querida, perdi a cabeça.

Olhe o que você me fez fazer, querida, eu sinto muito.

Sinto muito, querida, mas é para seu próprio bem.

Cada beliscão e soco, cada bofetada e tapa, cada xingamento e insulto, ele sempre se arrependia.

Mas o arrependimento era só para a luz.

No escuro, ele era o Papai, inteiro e honesto, ele mesmo.

Então, talvez ela não fosse tão boba assim, já que é muito mais inteligente ter medo das coisas verdadeiras, certo? Se você tem medo de algo na luz, não é simplesmente questão de bom senso ter ainda mais medo no escuro?

Capítulo 1

As estradas ao redor de Washington raramente são tranquilas em qualquer momento do dia, mas, depois da meia-noite em uma quinta-feira quente de verão, a I-66 não tem quase ninguém, em especial depois que se passa por Chantilly. Ao meu lado, Siobhan comenta animada sobre o clube de jazz do qual acabamos de sair, sobre a cantora que fomos especialmente para ver e como ela tinha sido maravilhosa; concordo com a cabeça e murmuro nas pausas. Jazz não é muito minha praia – tendo a preferir algo mais estruturado –, mas Siobhan adora, e eu tinha planejado aquela noite como um pedido de desculpas por ter trabalhado recentemente em várias noites nas quais tínhamos compromissos marcados. As mães – minha última dupla de pais adotivos temporários – sempre me disseram que relacionamentos exigem um esforço consciente. Naquela época, eu não imaginava quão grande era o esforço que elas mencionavam.

Meu trabalho não combina com um namoro normal, mas eu me esforço. Siobhan também é agente do FBI e, teoricamente, entende as restrições do cargo. Mas ela trabalha com tradução no Setor de Contraterrorismo, de segunda a sexta, das oito da manhã às quatro e meia da tarde, e nem sempre lembra que meu trabalho no Setor de Crimes Contra Menores não é nada parecido. Passamos por momentos complicados nos últimos seis meses, mas consigo suportar um show de música de que não gosto, se isso a fizer feliz.

O tema da conversa muda para o trabalho, e meus murmúrios ficam um pouco mais distraídos. Falamos sobre o trabalho dela o tempo todo – não sobre os detalhes do que ela está traduzindo, mas sobre seus colegas, prazos, o tipo de coisa que a Corregedoria não vai considerar vazamento de informação confidencial –, mas nunca conversamos sobre o meu. Siobhan não quer nem ouvir falar das coisas terríveis que as pessoas fazem com crianças, nem das pessoas terríveis que fazem essas coisas. Posso falar sobre meus colegas de trabalho, sobre o chefe da nossa unidade e sua família, mas ela se enerva ao ouvir sobre as pegadinhas que fazemos uns com os outros no escritório enquanto nossas mesas estão lotadas de documentos repletos de atrocidades.

Depois de três anos, estou acostumada com essa disparidade no nosso relacionamento, mas estou sempre ciente dela.

— Mercedes!

Minhas mãos apertam o volante com o aumento súbito do volume de sua voz, os olhos passando rapidamente pela escuridão ao nosso redor, mas sou treinada o suficiente para não deixar que minha perplexidade faça o carro sair do rumo.

— O quê? O que foi?

— Você estava me ouvindo, pelo menos? — pergunta ela, irônica, o volume de volta ao normal.

A resposta sincera seria não, mas não vou admitir isso.

— Seus chefes são idiotas ignorantes que não diferenciam pachto de farsi nem se a vida deles dependesse disso, e precisam largar do seu pé ou aprender a traduzir eles mesmos.

— Se esse é o seu palpite, quer dizer que eu reclamo demais deles.

— Estou errada?

— Não, mas não quer dizer que estava escutando.

— Desculpe. — Solto um suspiro. — Foi um longo dia, e acordar cedo vai ser horrível.

— Por que vamos acordar cedo?

— Tenho aquele seminário de manhã.

— Ah. Você e Eddison sendo você e Eddison.

É um jeito de colocar as coisas. E um jeito bem preciso, diga-se de passagem.

Porque, aparentemente, é inapropriado, quando seu parceiro/líder de equipe pergunta sobre um relatório específico, dizer para ele que está fodido. E é totalmente inapropriado que a resposta automática do dito parceiro/líder de equipe seja "Só se for nos seus peitos, *hermanas*". E é *especialmente* inapropriado se, coincidentemente, o chefe do setor está passando perto das baias e ouve a conversa.

Honestamente, não sei dizer quem gargalhou mais com essa história: Sterling, nossa parceira mais nova, que testemunhou tudo e ficou escondida na segurança de sua baia para disfarçar as risadinhas, ou Vic, nosso antigo parceiro/líder e agora chefe da unidade, parado ao lado do chefe do setor e mentindo descaradamente ao assegurar que aquela era a primeira ocorrência do tipo.

Não tenho certeza se o chefe do setor acreditou nele ou não, mas Eddison e eu fomos designados para o seminário quinzenal sobre assédio sexual. Novamente. Quero dizer, não somos como o agente Anderson, que já tem uma cadeira com seu nome e um relacionamento tão próximo com os instrutores a ponto de chamá-los pelo primeiro nome, mas nós dois até que aparecemos por lá com uma certa frequência.

— O pessoal ainda aposta se vocês estão namorando ou não? — pergunta Siobhan.

— Sempre. — Dou uma risada. — E às vezes ainda apostam na data em que nossa tensão sexual latente finalmente vai nos dominar.

— Então um dia desses devo esperar uma mensagem pedindo desculpas por você ter transado com ele?

— Acho que vou vomitar.

Ela dá uma gargalhada e começa a tirar os grampos do cabelo, os cachos ruivos rebeldes se espalhando ao seu redor.

— Se vai se levantar mais cedo que o normal, você precisa me levar até Fairfax esta noite?

— Como você faria para ir para o trabalho? Peguei você no escritório.

— Ah, certo. Mas você não respondeu à minha pergunta.

— Eu gostaria que você passasse a noite comigo — digo, tirando a mão do volante para poder tocar em seus cachos , desde que você não se importe em dormir.

— Eu gosto de dormir — responde ela, seca. — Tento fazer isso todas as noites, quando posso.

Respondo com dignidade e maturidade: mostro a língua. Ela dá uma gargalhada e um tapinha na minha mão.

Moro em um bairro tranquilo nos arredores de Manassas, Virgínia, a cerca de uma hora a sudoeste de Washington, e assim que saímos da interestadual somos o único carro na estrada durante vários minutos. Siobhan endireita o corpo quando passamos pelo bairro de Vic.

— Contei para você que Marlene se ofereceu para fazer um bolo de framboesa no meu aniversário?

— Eu estava junto quando ela fez a oferta.

— O bolo de framboesa de Marlene Hanoverian — ela devaneia, sonhadora. — Eu me casaria com ela, se ela jogasse no meu time.

— E se ela não fosse cinquenta e tantos anos mais velha do que você?

— Esses cinquenta e tantos anos a ensinaram a fazer o melhor cannoli de pistache do mundo. Não tenho problema algum com essas décadas a mais.

Paro o carro na minha a rua, a maioria das casas já escura a esta hora da noite. Temos uma mistura de jovens profissionais que compraram o primeiro imóvel, casais cujos filhos saíram de casa e aposentados que tiveram que procurar um lugar mais barato para viver. As casas são mais chalés do que qualquer outra coisa, com apenas um ou dois quartos, dispostas no centro de terrenos de tamanho bem decente. Não consigo manter uma planta viva nem que minha vida dependa disso – não tenho permissão para encostar nas numerosas plantas do apartamento de Siobhan –, mas meu vizinho, Jason, cuida do meu gramado e do jardim compartilhado que se estende entre nossas casas em troca da minha ajuda para lavar sua roupa e fazer alguns consertos. Ele é um senhor gentil, ainda ativo e um pouco solitário depois que a esposa morreu, e acho que nós dois gostamos do arranjo.

A entrada da garagem fica do lado esquerdo e se estende, pelo comprimento de um carro, até depois dos fundos da casa. Quando desligo o motor, automaticamente verifico se as portas de vidro deslizantes da varanda estão intactas. Há uma certa dose de paranoia pessoal que vem com o trabalho, mas que é compensada quando salvamos crianças e as levamos em segurança para casa.

Nada parece fora do lugar, então abro a porta do carro. Siobhan pega nossas bolsas carteiro do banco de trás e segue na minha frente pelo caminho em curva que leva à varanda da entrada.

— Você acha que Vic vai levar algo que a mãe dele fez amanhã?

— Hoje? Tem uma boa chance.

— Hum, eu bem que gostaria de um danish. Ou, ah! Aqueles pãezinhos recheados de frutas vermelhas e queijo.

— Ela já se ofereceu para ensinar você a confeitar, você sabe.

— Mas a Marlene é imbatível. — Siobhan passa pelo sensor de movimento, e a luz da varanda se acende, enquanto ela me dá um sorriso por sobre o ombro. — Além disso, eu nunca chegaria à parte de confeitar, já que comeria... ah, meu Deus!

Largo minha bolsa, arma na mão com o dedo esticado ao longo da trava do gatilho antes mesmo de pensar em qualquer coisa. Avanço lentamente, passando por Siobhan, a arma apontando para baixo, até poder ver com mais clareza por entre a grade. Quando meus olhos finalmente se ajustam, quase deixo a arma cair.

Madre de Dios, tem uma criança sentada na minha varanda, e está coberta de sangue.

O instinto diz: *Corra até a criança, pegue-a nos braços e a proteja do mundo, verifique se ela tem algum ferimento*. O treinamento diz: *Espere, faça as perguntas, não estrague as provas que vão ajudar a descobrir quem foi o maldito que fez isso*. Às vezes, ser um bom agente se parece muito com ser uma pessoa sem coração, e é difícil se convencer do contrário.

Mas o treinamento vence. Em geral é o que acontece.

— Você está machucado? — pergunto, ainda avançando devagar.

— Está sozinho?

A criança levanta a cabeça, o rosto uma máscara horrível de sangue, lágrimas e ranho seco. Ela funga, os ombros finos tremendo.

— Você é Mercedes?

Ele sabe meu nome. Ele está na minha varanda e sabe meu nome. Como?

— Você está machucado? — pergunto de novo, querendo ganhar tempo para processar meus pensamentos.

A criança se limita a olhar para mim, os olhos imensos e assombrados. Ele – tenho quase certeza de que é um menino, embora seja difícil dizer de onde estou – está de pijama, uma camiseta azul gigante e calça listrada de algodão, todo manchado de sangue, e se curva em torno de algo, agarrando-o. Ele se estende conforme eu me aproximo, subindo os três degraus até a varanda, e consigo ver o que é: um urso de pelúcia, branco onde o pelo não está manchado de vermelho, com um nariz em formato de coração, asas douradas amassadas e um halo.

Jesus.

O padrão das manchas em sua camisa é alarmante – de algum modo ainda mais do que o resto da imagem – porque são listras grossas, muito provavelmente remanescentes do jorro de sangue arterial. Não pode ser do menino, o que é quase reconfortante, mesmo assim é de alguém. Ele é pequeno e tem os ossos finos, o que sugere que provavelmente é mais velho do que aparenta; imagino que tenha dez ou onze anos. Sob o sangue e a palidez chocante, parece machucado.

— Querido, pode me dizer seu nome?

— Ronnie — murmura ele. — Você é Mercedes? Ela disse que você viria.

— Ela?

— O anjo que matou meus pais.

Capítulo 2

De repente, um gemido estridente me recorda que oi, sim, Siobhan está bem atrás de mim. Siobhan, que não gosta de ouvir sobre o que eu faço e que não consegue assistir a um comercial daqueles que pedem ajuda para alimentar crianças na África sem se acabar de chorar.

— Siobhan? Você pode pegar nossos celulares, por favor?

— Mercedes!

— Por favor? Todos os três? E pode me dar meu celular do trabalho?

Ela não me entrega o aparelho, praticamente o joga na minha direção, e eu quase não consigo pegá-lo com a mão esquerda. Não posso largar a arma até ter certeza de que a área está limpa, e não posso vasculhar ao redor da casa porque isso significaria deixar Siobhan e Ronnie sem proteção. Siobhan não carrega uma arma consigo.

— Obrigada — digo, usando minha voz de agente tranquila e esperando que ela não me bata por isso mais tarde. Ela acha que é uma forma de manipulação; entendo que é melhor do que deixar alguém entrar em desespero. — No meu celular, você pode abrir o bloco de notas? Digite o nome de Ronnie e se prepare para escrever um endereço. Assim que fizer isso, ligue para 911, dê nossos nomes e diga que somos agentes do FBI.

— Não sou agente de campo.

— Eu sei, eles só precisam saber que somos das forças de segurança. Fica calma, vou tentar conseguir o resto das informações que eles vão precisar. — Analiso Ronnie, que está quase explodindo o urso de tanto apertá-lo. Ele não se moveu de seu lugar no balanço da varanda, e não há uma maldita pegada ao redor dele ou nos degraus. Há sangue seco em seus pés, mas nenhuma pegada. — Ronnie, você sabe qual é seu endereço? Os nomes dos seus pais?

Levo alguns minutos para conseguir os nomes, Sandra e Daniel Wilkins, e parte do endereço. Consigo ouvir Siobhan choramingando enquanto digita no meu telefone.

— Ligue para a emergência — peço para ela.

Ela consente, abalada, e se afasta rapidamente com o celular na orelha e o meu telefone pessoal na mão trêmula para poder ler as informações. Fica brevemente fora da minha vista ao se aproximar da garagem, mas consigo ver sua cabeça descendo pela calçada até parar no meio-fio, bem embaixo do cone de luz do poste. É bom o bastante, mesmo que eu preferisse que ela ficasse mais perto. Não posso protegê-la ali.

— Ronnie? Você está machucado?

Ele me olha, confuso, mas interrompe o contato visual meio segundo depois. Ah, conheço essa linguagem corporal.

— Esse sangue é seu? — pergunto, porque há muitas formas de machucar uma criança.

Ele nega com a cabeça.

— O anjo me fez assistir. Ela disse que eu ficaria em segurança.

— Você não estava em segurança antes? Antes do anjo chegar?

Ele levanta um ombro, num sinal meio inseguro, os olhos fixos no chão de madeira.

— Ronnie, tenho que me afastar para poder ligar para meu parceiro no trabalho, certo? Ele vai me ajudar a garantir que você fique em segurança. Vou ficar bem ali, onde você pode me ver, tudo bem?

— E eu estou em segurança?

— Ronnie, prometo a você que, enquanto estiver aqui, ninguém vai tocar em você sem seu consentimento. Ninguém.

Não tenho muita certeza se ele acredita em mim ou se entende o que estou dizendo – acho que consentimento não foi algo que seus pais lhe ensinaram –, mas ele assente, inclinando-se novamente sobre o urso de pelúcia, e me observa por entre a franja cor de areia enquanto sigo pela curva do caminho, onde consigo ver claramente tanto ele quanto Siobhan. Mantendo a arma apontada para baixo, pego o telefone e teclo "2", para ligar para Eddison.

Ele atende no terceiro toque.

— Não consigo nos tirar do seminário. Já tentei.

— Tem um garotinho coberto de sangue na minha varanda. Um anjo o obrigou a vê-lo matar seus pais, e depois o trouxe até aqui para esperar por mim.

Há um longo silêncio e, ao fundo, consigo ouvir o que parece ser uma análise pós-jogo de beisebol na televisão.

— Uau — diz ele, por fim. — Você realmente não quer ir ao seminário.

Mordo o lábio, não rápido o bastante para segurar uma gargalhada estrangulada.

— Siobhan está ligando para a emergência.

— Ele está machucado?

— É um tipo de pergunta complicada.

— Nosso tipo de complicado?

— Eu apostaria nisso.

— Estarei aí em quinze minutos.

Encerro a ligação e, por falta de bolso no meu vestidinho preto, deslizo o celular sob a alça direita do sutiã, onde posso pegá-lo sem ter que soltar a arma. Volto para a varanda, me sentando no degrau de cima. Depois de um instante, inclino o corpo para poder ver tanto o menino quanto a entrada da garagem, as costas apoiadas na coluna do corrimão.

— Logo a ajuda vai chegar, Ronnie. Você pode me contar sobre o anjo?

Ele balança a cabeça novamente e aperta o urso com um pouco mais de força. Há algo naquele urso, algo que... ah. O sangue não foi jorrado. O pelo está sujo do sangue dos braços e do rosto do menino. Provavelmente, as costas do urso também estão sujas, mas o menino não o segurava quando seus pais foram atacados.

— Ronnie, o anjo deu esse urso para você?

Ele ergue os olhos, me encara por um segundo, e então volta a olhar para o chão. Mas, depois de uns instantes, confirma com a cabeça.

¡Me lleva la chingada! Nossa equipe dá ursos de pelúcia para as vítimas, ou para seus amigos e irmãos, quando precisamos interrogá-los, porque é um pouco de conforto, algo para segurar ou apertar – ou, no caso de uma menina de doze anos, jogar na cabeça de Eddison. Mas dar um urso a uma criança depois de assassinar seus pais diante dela?

E ele disse "ela". Isso é muito raro, se ele estiver certo.

Vejo o carro de Eddison passar, estacionando no meio-fio várias casas adiante, para ficar fora do caminho dos veículos de resgate que devem chegar em pouco tempo. Eddison e eu moramos a quinze minutos um do outro; uma olhada de relance no telefone me diz que só faz dez desde que desligamos a chamada. Não vou perguntar quantas leis de trânsito ele acaba de infringir. Ele ainda está vestido com jeans e calçando tênis desamarrados, mas está com o distintivo no cinto e uma jaqueta do FBI para garantir a autoridade que sua camiseta do Nationals poderia abalar. Sua mão está na arma no coldre enquanto ele se aproxima, parando rapidamente para ver como está Siobhan. Eles não são e provavelmente nunca serão amigos, mas são amigáveis o suficiente considerando que os únicos pontos que têm em comum são o FBI e eu.

Quando chega ao caminho que dá na entrada da garagem, ele encosta o dedo perto do olho e depois o gira. Balanço a cabeça, inclinando a arma para que ele possa vê-la ainda em minha mão. Ele assente, saca a arma e pega a lanterna de bolso, desaparecendo na lateral da casa. Depois de vários minutos, volto a vê-lo e ele recoloca a arma no coldre. Estico a perna e puxo a alça da bolsa com o salto do sapato, para poder guardar minha arma, por fim. Odeio sacar armas perto de crianças.

Antes que tenhamos a chance de nos cumprimentar, uma ambulância e um carro de polícia, seguidos por um sedã sem identificação que definitivamente também é um carro de polícia, param na rua, sirenes desligadas, mas luzes piscando. Felizmente eles desligam as luzes assim que estacionam. Alguns dos vizinhos ficam nervosos por morar perto de uma agente do FBI; seria melhor não acordar ninguém.

Na verdade, reconheço os policiais à paisana que caminham na nossa direção. Trabalhamos juntos em um caso de crianças desaparecidas há dois anos, e encontramos todas em segurança em Maryland. Por mais terrível que pareça, de repente me sinto grata pela experiência, ou esse encontro seria muito mais constrangedor. A detetive Holmes vem direto para a varanda, com um dos policiais uniformizados e os dois paramédicos logo atrás. O outro policial vai até onde está Siobhan, para falar com ela.

— Agente Ramirez, quanto tempo — Holmes me cumprimenta.

— Sí. Detetive Holmes, este é o agente especial Brandon Eddison, e este — prossigo, respirando fundo e apontando para o balanço na varanda — é Ronnie Wilkins.

— Você o examinou?

— Não. Ele disse que não estava ferido, então achei melhor esperar por vocês. O agente Eddison já fez uma busca ao redor da casa para procurar outras pessoas, mas, fora isso, houve movimento apenas na rua, na calçada e onde estou sentada.

— Agente Eddison? Algo digno de nota?

Ele nega com a cabeça.

— Nenhum rastro visível de sangue, nenhum sinal de tentativa de arrombamento nas janelas ou na porta dos fundos, nenhum sangue, sujeira ou detrito na varanda de trás. Ninguém à espreita, nenhuma pegada visível.

— O que ele disse?

— Tentei não perguntar muito — admito, mas repito o que ele me contou.

Ela ouve atentamente, batendo os dedos em um caderninho enfiado no bolso.

— Tudo bem. Espero que saiba que nada disso é pessoal...

— Onde você quer que esperemos?

Os lábios dela se torcem em um sorriso, e ela assente.

— Na curva do caminho? Eu gostaria que ficassem à vista, para o bem dele, mas algum espaço seria bom. Você se importa de nos apresentar?

— De jeito nenhum.

Eddison me oferece a mão para que eu me levante, e eu me viro para encarar a criança que nos observa no balanço da varanda.

— Ronnie? Esta é a detetive Holmes. Ela vai lhe fazer algumas perguntas sobre o que aconteceu esta noite, ok? Você pode conversar com ela?

— Eu... — Ele olha para mim e para a detetive, vê a arma na bainha em seu quadril e então encara o chão. — Tudo bem — sussurra.

Holmes franze o cenho, pensativa.

— Eu posso precisar...

— É só chamar. — Cutuco Eddison no ombro para fazê-lo se mexer, e nós seguimos pelo caminho até quase desaparecer ao redor da casa. — Ainda não falei com Vic.

— Liguei para ele do caminho — responde Eddison, os nós dos dedos coçando os fios grossos da barba que começa a nascer no queixo. — Ele pediu para mantê-lo atualizado, e para não incomodar Sterling com isso esta noite. Vamos contar para ela pela manhã.

— Não é um caso do FBI.

— Exatamente. — Ele olha por sobre meu ombro, em direção à calçada. — Siobhan não parece feliz.

— Não entendo por quê... tivemos um encontro romântico, chegamos em casa e damos de cara com uma criança coberta de sangue na porta de entrada. Por que ela estaria infeliz?

— Ronnie Wilkins. O nome lembra alguma coisa?

— Não, mas tenho quase certeza de que o Serviço Social tem um arquivo sobre ele. — Observo os paramédicos e o policial examinarem Ronnie, recolhendo amostras e evidências. Eles fazem uma pausa entre cada passo, checando com ele em busca de permissão. O menino parece confuso com isso. Não por ser tocado, mas por perguntarem. Holmes se recosta no parapeito a alguns metros de distância, a fim de não pressionar Ronnie com sua proximidade. Eles o deixam segurar o urso, pedindo de vez em quando que ele o segure com a outra mão, mas nunca tocando no brinquedo. É bom ver como estão agindo.

— Por que você?

— Eu realmente espero que possamos descobrir, porque não tenho ideia.

— Tecnicamente não temos autoridade para ver o arquivo dele, mas vou pedir para Holmes assim que o menino estiver acomodado. Talvez alguma coisa em sua história chame a atenção. — Ele se abaixa para amarrar o tênis. — Meu sofá está à disposição, a propósito.

— Ah?

Apesar da hora, o suor goteja no couro cabeludo dele. A visão me deixa desagradavelmente ciente de como meu vestido gruda, úmido, nas minhas costas. Verão na Virgínia. Ele me dá um sorriso de lado e muda de posição para amarrar o outro tênis.

Você não vai conseguir ficar aqui, e Siobhan não parece a fim de receber você na casa dela em alguma hora indecente da madrugada.

Isso é verdade.

— Obrigada — suspiro. — Se um dos policiais entrar lá antes de mim, acho que consigo pegar algumas roupas limpas e outras coisas, em vez de sair correndo com minha bolsa de emergência.

— *Lo que quieras.*

Na varanda, um dos paramédicos desdobra um cobertor prateado amassado e o coloca com cuidado ao redor de Ronnie. Eles devem estar se preparando para partir. Holmes está no telefone, ouvindo mais do que falando, aparentemente; o rosto dela não demonstra muita coisa. Ela tem um filho com idade próxima da de Ronnie, se me lembro bem. Depois de desligar, ela diz algo para o policial e desce os degraus para se juntar a nós.

— O Serviço Social vai nos encontrar no hospital — ela nos informa. — Agente Ramirez, eles pediram para você não estar lá, pelo menos no início. Querem ver se sua ausência vai ajudá-lo a se lembrar de algo mais que o assassino possa ter dito sobre você.

— Então os pais dele estão realmente mortos?

Ela olha para o telefone e assobia.

— Ah, sim. O detetive Mignone está encarregado da cena do crime. Ele diz que, se vocês quiserem ir lá dar uma olhada, vai deixar seus nomes na lista.

— Sério? — pergunta Eddison, e ele parece mais em dúvida do que provavelmente pretendia.

— Todos sabemos que este não é um caso do FBI, mas pode muito bem se tornar um. Dane-se a jurisdição, prefiro mantê-los informados antes que seja um problema.

— Nós agradecemos.

— A agente Ryan pode ir para casa. — Por um momento eu tinha me esquecido de Siobhan. — Podemos entrar em contato com mais perguntas em algum momento, mas não há motivo para mantê-la aqui. Agente Ramirez, precisa de algo lá de dentro antes de lacrarmos a cena do crime?

Meu estômago se aperta ao ouvir isso. É óbvio que eu nunca ia ser capaz de manter isso inteiramente escondido dos meus vizinhos, mas a fita vai deixar tudo um pouco mais visível.

— Por favor — respondo. Faço um aceno de cabeça encorajador para Ronnie enquanto os paramédicos e o policial o levam embora. O paramédico mais baixo mantém uma mão no ombro do menino.

Ronnie se vira para me olhar, os olhos arregalados e magoados.

— Ele vai ficar bem — Holmes diz, com suavidade.

Eddison bufa.

— Depende da definição de bem.

Isso não é algo que alguém enfrenta sem cicatrizes, profundas e às vezes um pouco em carne viva. Não importa o quanto Ronnie vá conseguir se curar, ele sempre verá as marcas, assim como todos que enxergam essas cicatrizes em suas próprias almas.

— Vou deixar que você conte as novidades para a agente Ryan.

Pego minhas chaves da bolsa e sacudo-as na direção de Eddison.

— Vou falar para ela ir no meu carro, se ela estiver bem para dirigir. O carro dela está na garagem do trabalho, então pegá-lo de volta não será um problema.

— *Buena suerte.*

Ao me dirigir para a calçada, noto que Siobhan passou do choque para a raiva, andando em círculos com o cabelo balançando ao seu redor. Parece gloriosa, mas não vou dizer isso para ela.

— Os detetives disseram que você pode ir embora. Você está bem para dirigir ou prefere que eu leve você?

— Este é um dos casos de vocês? — pergunta ela, em vez de responder. — Ele o seguiu até em casa?

— Não sabemos o que é. Até onde sabemos, esse caso não está conectado com nenhum que investigamos ou sobre o qual nos foi pedida consultoria. Vamos mergulhar nisso hoje para descobrir com certeza.

— Ele foi trazido para sua casa, Mercedes! Deram seu nome para ele!

— Eu sei.

— Então por que você está tão calma? — ela sibila.

Não estou, mas é claro que não é muita gente que consegue perceber isso. Não posso culpá-la por não ser uma dessas pessoas. Minhas mãos não estão trêmulas, minha voz está calma, mas há um frisson de eletricidade percorrendo meu corpo que faz tudo parecer estar a mil quilômetros por hora.

— Já vi coisas piores — comento depois de um tempo.

O que pode ter sido a resposta errada. Siobhan arranca as chaves da minha mão, arranhando minha palma.

— Amanhã mando uma mensagem informando o andar da garagem.

Ela segue até o carro, sem parecer perceber quando Eddison abre a porta do passageiro para guardar a bolsa dela. Recuo para o gramado dois segundos antes de Siobhan pisar fundo no acelerador e quase me atropelar.

— Que bom que deu tudo certo — observa Eddison.

— Babaca — falo baixinho.

— Que seja, *mija*. Vá em frente, pegue suas coisas. Vou mandar uma mensagem para Vic.

O policial que ficou com Siobhan me acompanha dentro de casa. É bizarro; não há absolutamente nenhum sinal de que quem quer que tenha deixado Ronnie tenha feito qualquer tentativa de entrar na casa. Pego uma bolsa para levar roupas e objetos pessoais, assim como um dos livros de problemas lógicos que deixo ao lado da cama. Escuto um som abafado do policial parado na porta do quarto.

Quando olho por sobre o ombro, ele aponta.

Tudo bem, eu entendo que pode ser um pouco desconfortável à luz dos acontecimentos da noite.

Uma longa prateleira corre pelas quatro paredes do quarto, a cerca de trinta centímetros do teto, e está inteiramente coberta de ursos de pelúcia. Nos cantos há pequenas redes de tecido penduradas para permitir que os maiores e os menores ursos possam ser vistos. Um deles está sentado sozinho na mesa de cabeceira ao lado da minha cama, uma criatura de veludo preto desbotado com uma gravata-borboleta vermelha e branca. O fato de a maioria deles ter vindo depois que deixei os lares temporários... bem, não há como o policial saber disso.

— Aquele que Ronnie estava segurando? Não é um dos meus — afirmo.

— Tem certeza?

— Sim. — Observo os ursos colocados na prateleira, tentando lembrar quando e onde consegui cada um deles, ou quem me deu. — Nenhum dos meus está faltando ou foi mexido, e nenhum foi acrescentado.

— Eu vou, hum... Vou contar para a detetive Holmes.

Só por garantia, verifico o cofre de armas escondido no chão sob a cama, mas minhas pistolas pessoais estão ali, e a munição ainda está no cofre do armário ao lado dos meus sapatos.

— Eu preciso trocar de roupa, mas sei que você precisa me manter à vista. Alguma chance de você ficar olhando para os meus pés?

— Sim, senhora.

Troco de roupa rapidamente, deixando o vestido sobre a cama. Apesar da hora, visto algo que seja adequado profissionalmente, para o caso de acabarmos indo direto para o escritório depois de passar na casa dos Wilkins. Ainda temos o maldito seminário pela manhã, e acho que a experiência não precisa ser completada com um lembrete sobre *dress code*.

Na cozinha, subo no balcão ao lado da geladeira para alcançar o pequeno armário que fica em cima, passando os dedos pela lateral do móvel até encontrar as chaves extras que prendi com fita adesiva na madeira. Vic, Eddison, Sterling e Siobhan têm cópias também, mas me pareceu uma boa ideia ter um conjunto sobressalente. Pulando de volta para o chão, seguro-as de modo que o policial possa ver as marcas de esmalte colorido.

— A amarela é da trava de cima, a verde é da trava de baixo, a azul é da maçaneta. A laranja destranca a porta de vidro deslizante nos fundos.

— Agentes e policiais — comenta ele. — E as janelas?

— Travas simples, não precisam de chave. — Quando dei as cópias para Siobhan, ela teve um ataque de pânico por causa da quantidade de trancas. Ela acha que quatro é exagero. Como resultado daquela conversa, na verdade está escrito em um post-it em algum lugar que não tenho permissão para pedir ao senhorio dela para colocar mais trancas em seu apartamento.

O policial tranca a porta atrás de nós, e tenho que parar um pouco para respirar fundo e amenizar a profunda agitação em minhas entranhas. Esta é minha *casa*, a coisa que sempre foi minha, e aqui estou eu sendo expulsa por causa de algo que ainda não consigo entender.

Eddison pega minha bolsa, porque sua reação ao sofrimento feminino é um constrangimento cavalheiresco. O nível de constrangimento ou de cavalheirismo varia dependendo da pessoa que provoca a resposta. Ele até segura a porta do carro para mim, então faço a única coisa sensata.

Dou um tapa na cabeça dele, o golpe amortecido pelos cachos escuros que começam a ficar um pouco volumosos e descabelados.

— ¡Basta!

— ¡Mantén la calma! — replica ele, e me deixa fechar a porta sozinha.

Pobre Eddison. Com exceção de Vic, ele está condenado a passar a vida cercado de mulheres fortes, obstinadas e teimosas, e não viveria de outra forma. Nunca tive muita certeza do que ele fez para merecer um sofrimento tão glorioso.

Capítulo 3

Sandra e Daniel Wilkins moram no lado norte de Manassas, em um bairro típico de classe média, talvez um pouco passado de seu momento áureo e começando a se degradar. Todas as casas foram construídas a partir de três projetos, com pinturas de cores diferentes da mesma paleta para dar a sensação de variedade, mas tudo já está um pouco desbotado, e a maioria dos carros é de modelos antigos, muitos com partes incompatíveis, substituídas por causa de acidentes ou de ferrugem. A ambulância passa por nós, indo embora com as luzes e sirenes apagadas, e o carro do legista em uma das entradas é uma boa indicação do motivo pelo qual não há uma sensação particular de urgência. Dois carros de patrulha e um sedã sem identificação, que provavelmente pertence ao detetive Mignone, estão na calçada.

Há alguns vizinhos parados diante de suas garagens, observando a casa iluminada, mas grande parte da vizinhança ainda está dormindo. Eddison estaciona algumas casas adiante, assegurando-se de que não estamos atrapalhando os veículos ou o furgão do legista, ou bloqueando algum dos moradores. Passo meu coldre da bolsa para o cinto, guardo minhas credenciais no bolso de trás da calça e finalmente tiro o celular do trabalho do sutiã e coloco no bolso, porque esqueci de fazer isso enquanto trocava de roupa.

— Acabou de se arrumar? — pergunta Eddison.

— Gosto de estar sempre apresentável — replico.

Ele sorri e abre a porta, e caminhamos até a casa. Quando apresentamos nossas credenciais ao policial uniformizado na porta, ele anota a hora de entrada em sua prancheta.

— Tem uma caixa de protetores de sapatos do lado de fora do quarto principal — ele adverte. — Cuidado onde pisam.

Que encorajador.

Não há sangue óbvio nos degraus pintados de branco até o segundo andar, ou no carpete bege do corredor.

— Detetive Mignone? — chama Eddison. — Somos os agentes Eddison e Ramirez. Holmes nos mandou para cá.

— Protejam os sapatos e entrem — responde uma voz masculina de dentro do quarto. Há um murmúrio baixo de vozes.

Nós nos abaixamos para pegar as proteções de papel fino para os sapatos. Não é só para proteger nossos calçados, mas também para minimizar o impacto nas evidências, para evitar coisas como arrastar manchas de sangue ou fazer marcas de pegadas frescas nas superfícies. Coloco um segundo par de proteção sobre o primeiro e, depois de pensar por um instante, Eddison faz o mesmo.

Ronnie tinha muito sangue sobre si; o quarto deve estar uma coisa horrível.

Claro que eu devia ter adivinhado ao ver o furgão do legista lá fora, mas, de algum modo, é uma surpresa descobrir que os Wilkins ainda estão na cama. As cobertas estão bagunçadas, e há sangue praticamente por todo lado. Noto alguns pontos onde há claramente sangue arterial espirrado – é um padrão bem distinto – e vários lugares em que o sangue parece ter sido derramado, provavelmente de uma faca. Além disso, há pontos mais caóticos, onde vários padrões de sangue se cruzam e escorrem. Há dois espaços limpos no carpete em cada lado da cama. Um em cada lado é provável que seja onde o assassino – o anjo de Ronnie – estava, mas os outros...

Quando ele disse que ela o fez assistir, não imaginei que quisesse dizer tão de perto.

Dois pares de pegadas sanguinolentas deixam um rastro ao redor da cama até a porta, mas param ali. Há zero sangue no corredor. O assassino pode ter carregado Ronnie no colo – provavelmente o fez como medida extra de controle –, mas deve ter usado algo para proteger os pés. Protetores descartáveis? Sacolas? Outro par de sapatos?

O par maior de pegadas sanguinolentas mostra marcas de sapatos, de qualquer forma.

— A criança está realmente bem? — pergunta o detetive de terno. Mignone parece estar na casa dos cinquenta anos, tem a pele envelhecida pelo sol, o cabelo cortado curto e um bigode eriçado grisalho.

— Traumatizado, mas fisicamente ileso — digo para ele. — A menos que consideremos ferimentos antigos.

— Não sei se Holmes mencionou: a patrulha conhece esta casa muito bem. Os vizinhos em geral fazem questão de não serem enxeridos, mesmo assim há algumas ligações por mês por perturbação doméstica. Vamos ter uma cópia do arquivo completo em nossas mesas amanhã. — Ele acena com a cabeça para nós dois, e depois gesticula para os corpos na cama. — Uma coisa infernal.

É um jeito de colocar a situação.

Daniel Wilkins está do lado esquerdo da cama, um homem de ombros largos com uma camada de gordura de cerveja sobre os músculos. É impossível avaliar sua aparência antes do ataque: seu rosto não está só ensanguentado, foi cortado e esfaqueado, juntamente com seu torso.

— Vinte e nove ferimentos de faca separados nele — o legista diz, erguendo-se do outro lado da cama. — Sem contar dois ferimentos a bala no peito. Não foram imediatamente fatais, mas ele tampouco estava andando por aí.

— Algum tiro nela?

O legista nega com a cabeça.

— É provável que tenha sido uma medida para imobilizá-lo. Pelo que podemos dizer antes da autópsia, os tiros nele vieram primeiro. Então ela foi atacada, e o assassino voltou para ele. Passou mais um pouco de tempo com ele. Ela só tem dezessete ferimentos de faca, todos no torso.

Dezessete e vinte e nove... isso é muita raiva.

— Um assassino com boa forma física — comenta Eddison, pisando com cuidado entre dois arcos de sangue no carpete para poder se aproximar. — Um ataque como este é cansativo, mas ainda conseguiram carregar Ronnie pelas escadas, até algum veículo, e depois até a varanda de Ramirez.

— E você realmente não tem ideia do motivo? — pergunta Mignone.

Estou ficando bem cansada de repetir que não. Felizmente, Eddison responde por mim desta vez.

Eu me aproximo do lado da cama onde está Sandra Wilkins, parando perto de um dos assistentes do legista.

— Provavelmente é difícil dizer, dada a bagunça, mas ela mostra sinais de abuso?

— Além de um olho roxo e do rosto inchado? Ela tem alguns hematomas, e não seria surpresa descobrir alguns ossos quebrados no raio X. Vamos saber melhor depois que conseguirmos limpá-la.

— E alguns dos registros hospitalares dela estão no arquivo — acrescenta Mignone. — A entrada na casa foi bem direta. A lâmpada da varanda foi desatarraxada o suficiente para não acender, mas não o bastante para cair e se quebrar.

— Só isso?

— Não precisava ser mais sofisticado que isso; foi o suficiente. Não foi necessário arrombar a fechadura porque ela já estava quebrada há um tempo. A sra. Wilkins trancou o marido para fora de casa durante uma briga, então ele quebrou a fechadura e nunca a trocou.

— Isso está no relatório da polícia?

— Sim, há alguns meses. Nenhum sangue perto do quarto do menino. Parece que o assassino o acordou e o trouxe para cá antes de começar a trabalhar.

— Isso confirma o que Ronnie disse.

— Imagino que ela nunca tenha prestado queixa — diz Eddison.

— Deus, é quase como se você já tivesse visto isso antes. — Mignone endireita a gravata, uma coisa incongruentemente alegre, com girassóis gigantes por todo lado. — De manhã, vamos entrar em contato com o Serviço de Proteção à Infância, conseguir cópias dos arquivos deles. Mandarei uma cópia para vocês também. O arquivo de Ronnie é bem robusto, pelo que parece.

— Arquivos policiais, registros hospitalares, arquivos no Serviço de Proteção à Infância... são muitos olhos e mãos nesse tipo de informação — comento. — Isso sem contar membros da família, vizinhos, amigos, professores, membros da igreja, ou de qualquer outro grupo do qual fizessem parte. Se os assassinatos estão conectados com o abuso, há muita gente para investigar.

O segundo assistente pigarreia, corando quando todos nós viramos para olhá-lo.

— Desculpem, este é só meu segundo, ah... assassinato? Mas posso fazer uma pergunta?

O legista revira os olhos para parecer provisoriamente impressionado, em vez de irritado.

— É assim que aprendemos. Tente fazer uma pergunta boa.

— Se está relacionado ao abuso, a sra. Wilkins provavelmente era agredida também. Por que o assassino a atacaria?

— Me lembre quando chegarmos ao furgão: você ganhou um doce.

Humor mórbido não é uma coisa só dos agentes.

— *Se* está relacionado ao abuso — responde Eddison —, e ainda estamos só dando um chute a esse respeito, então os assassinos desse tipo em geral consideram a mãe cúmplice, mesmo que ela também seja uma vítima. Ela não protegeu o filho. Ela tinha que saber o que estava acontecendo, mas não impediu, seja porque achava que não podia, ou seja porque escolheu não fazer nada a fim de aliviar um pouco a carga sobre si mesma.

— Quando vou visitar meus pais aos domingos, minha mãe sempre me pergunta se aprendi algo novo ao longo da semana — comenta o assistente. — Preciso começar a mentir.

— Use um calendário de fatos do dia — sugere Eddison. — É sério.

— Vimos alguns dos vizinhos lá fora — observo. — Algum deles mencionou ter ouvido tiros?

O detetive nega com a cabeça.

— Vamos saber melhor quando as balas forem recolhidas, mas parece que foi usado algum tipo de silenciador. Uma batata, provavelmente, pelos detritos no rastro do ferimento. Os vizinhos mencionaram gritos, mas isso é algo muito comum nesta casa.

— Gritos de criança?

Eddison me lança um olhar ligeiramente amargo.

— Você acha que Ronnie ia ficar parado aqui, vendo os pais sendo mortos, e não ia gritar?

— Ele não saiu da minha varanda. Depois que o assassino o deixou ali, ele podia ter ido para qualquer outra casa e pedido ajuda, mas ficou exatamente onde foi deixado. E olhe para o carpete: há sinal de luta ao redor de onde ele deve ter ficado?

— Se tivesse admitido o que estava acontecendo com ele ao Serviço Social, ele provavelmente não teria voltado a esta casa. — Eddison coça o queixo. — Então é provável que ele esteja bem condicionado a proteger o pai mantendo o silêncio. É provável que ele tenha obedecido a alguém com a autoridade adequada, desde que isso não significasse ter que falar sobre o abuso.

— A pobre criança tem anos de terapia pela frente — observa o legista.

— A cena lembra vocês de algum outro caso? Ou coisas que passaram pelas mesas de vocês e que não se tornaram seus casos? — pergunta Mignone.

— Nenhum — responde Eddison. — Vamos voltar a eles, no entanto, só por precaução, e avisaremos se acharmos alguma coisa.

— Isso lembra algum dos seus? — pergunto, e consigo a atenção tanto de Eddison quanto de Mignone. — Ignorando o sangue, é uma cena limpa. Entrada simples e eficiente, e saída com a criança. Planejamento claro, consciência das características do bairro. Isso não parece ser uma primeira vez, e, se for, que diabos vem a seguir?

Mignone pestaneja para mim, contraindo o bigode.

— Obrigado. Como se esta noite já não fosse um pesadelo bom o bastante.

— Minhas mães me ensinaram a compartilhar.

Fiel à previsão de Eddison, são quase quatro da manhã quando saímos da casa, nossos protetores de calçados colocados em sacos de evidência com os dos policiais só por precaução, e nosso horário de partida marcado no registro da cena. A vizinhança ainda está tranquila, as áreas além da casa mal iluminadas por luzes isoladas de varandas e alguns postes de iluminação pública. Um espesso aglomerado de árvores corre atrás das casas do outro lado da rua, e estou cansada o bastante para que minha pele se arrepie só de olhar para aquilo.

Há motivos para minha rua ter grandes gramados e nenhum bosque.

Eddison cutuca meu ombro com o dele.

— Vamos lá. Marlene vai estar em pé daqui a meia hora; temos que lhe fazer companhia.

— Vamos invadir a cozinha do Vic...

— A casa é do Vic, a cozinha é da Marlene.

— ... e fazer companhia para a mãe dele antes que ele se levante?

— Esse é exatamente meu plano. O que acha que ela está fazendo?

Não importa o que seja, vai ser maravilhoso, e já faz tempo que jantei. Eu me recosto no capô do carro, olhando para a silhueta escura da mata. Não consigo ouvir nada vindo de lá, e parece estranho finalmente encontrar árvores que estão em silêncio. Estranho e assustador.

— Sabe, Siobhan me deixou com vontade daqueles pãezinhos recheados de frutas vermelhas e queijo.

Ele sorri para mim por sobre o teto do carro e destrava as portas com um bipe e o barulho suave das trancas sendo abertas.

— Vamos lá, *hermana*. Vamos tomar todo o café antes que Vic acorde.

— Isso parece um excelente modo de terminar morto.

Relutantes, nós dois olhamos novamente para a casa iluminada, os Wilkins adultos ainda lá dentro, o filho deles no hospital, assustado e traumatizado e na companhia de desconhecidos.

— Vamos deixar uma xícara para ele. Três quartos de xícara.

— Combinado. — Entro no carro, coloco o cinto de segurança e fecho os olhos até entrarmos na avenida principal, onde as árvores não se aglomeram tão perto.

Era uma vez uma garotinha que tinha medo da noite.

Não era o mesmo que o escuro. Um guarda-roupa escuro, um quarto escuro, um armário de ferramentas escuro, essas eram coisas que podiam mudar em um instante. Dava para deixar não escuro, ou pelo menos tentar.

Não à noite. Durante a noite, só dava para apertar os dentes com força e esperar, não importava o que estivesse acontecendo.

O papai dela tinha começado a ir até ela durante a noite, e era diferente. Ele não batia, a menos que ela lutasse ou lhe dissesse não. Ele beijava os machucados que deixava nela durante o dia, chamava-a de sua boa garota, sua garota linda. Ele perguntava se ela queria fazê-lo feliz, deixar o papai orgulhoso.

Ela podia ouvir a mamãe chorando no corredor. Naquela casa, todo mundo conseguia escutar tudo, não importa onde estivessem.

Então ela achava que a mamãe devia ser capaz de escutar quando o papai gemia e gritava e falava e falava como se não conseguisse conter as palavras.

Sua mamãe devia conseguir escutar.

Mas ela nunca via a mamãe à noite.

Ela só via o papai.

Capítulo 4

— Bem, vocês estão todos aqui repugnantemente cedo.

Aceno com a mão na direção da voz de Sterling, cansada demais para levantar a cabeça da mesa de reuniões e olhar para ela. Depois de um instante, mãos colocam meus dedos ao redor de um copo de papel resistente, de onde sai calor.

Certo, pode valer a pena levantar a cabeça para isso.

E é um bom café também, com creme sabor baunilha, não a porcaria feita na cozinha da sala de descanso ou no refeitório. Não é café financiado pelo FBI. Deixo que o cheiro e o gosto me animem e vejo Eddison engolindo seu próprio copo de combustível de foguete. Sterling o observa, um sorriso irônico em seus lábios, e então lhe entrega outro copo. Vic pega o que tem cheiro do creme de avelã que ele adora, mas não toma no trabalho porque agentes de verdade tomam café preto, ou alguma bobagem do tipo.

Sterling está conosco há oito meses, vinda do escritório de Denver, mas, de algum modo, ainda estamos presos naquela transição estranha na qual não podemos imaginar a equipe sem ela e ainda estamos tentando descobrir como a equipe funciona com ela. Ela pertence completamente à nossa equipe, tanto no conjunto de habilidades quanto no temperamento, mas é... bem... estranho.

Vic se recosta em sua cadeira com um suspiro, fazendo quase sem pensar uma série de alongamentos com o braço esquerdo para ajudar a manter alguma flexibilidade em torno da maldita cicatriz gigante em seu peito, também conhecida como o motivo pelo qual Sterling se juntou à equipe. Já faz um ano que ele levou um tiro defendendo um assassino de crianças que tínhamos acabado de prender. Vic levou um tiro, minhas mãos ficaram cobertas de sangue tentando manter a pressão sobre o ferimento até a ambulância chegar, e Eddison teve que prender um pai em luto por atirar em um agente federal.

Foi um dia bem ruim.

As coisas ficaram complicadas para Vic por mais tempo do que qualquer um de nós gosta de lembrar, e o alto escalão usou a longa recuperação para finalmente obrigá-lo a aceitar a promoção a chefe de unidade. Era isso ou a aposentadoria, e, quaisquer que sejam as esperanças secretas de sua esposa, Vic ainda não está pronto para isso. Felizmente para a sanidade de todos, ele usou essa autoridade extra para livrar Eddison e a mim do seminário esta manhã, para que pudéssemos investigar a família Wilkins.

Puxando outra cadeira, Sterling se acomoda com sua xícara gigante de chá.

— Então, o que aconteceu, e como posso ajudar?

Durante as horas seguintes, os únicos sons na sala de conferências são o barulho das teclas do notebook, o rangido das cadeiras e os goles do café desaparecendo. Depois de um tempo, Sterling se levanta, se espreguiça e segue até sua baia. Ao voltar, caminhando de seu jeito estranhamente silencioso, ela traz a cafeteira Keurig do escritório de Vic e a caixa de cápsulas de café pendurada precariamente em um dedo dobrado. Parando atrás de Eddison, ela espera até que ele vire a página que está lendo.

— Me dá uma mão? — pede ela, de repente.

Eddison grita e dá um pulo para a frente, batendo a barriga na beirada da mesa.

Vic revira os olhos e balança a cabeça.

— Um guizo — murmura Eddison. — Vou colocar um maldito guizo em você.

Ela sorri e solta a caixa de cápsulas diante dele.

— Você é um doce — diz ela, animada, e dá a volta na mesa para colocar a máquina no balcão. Liga a cafeteira e começa a fazer o café.

Até onde dá para ver, o FBI nunca teve motivo para registrar a existência dos Wilkins. Não há mandados pendentes, nem antecedentes nefastos, nada que merecesse a atenção de uma entidade federal. Sua história extensa com as forças de segurança parece ser em nível puramente local. Então por que Ronnie foi levado para minha casa?

Quando meu estômago começa a reclamar que já consumi cafeína demais desde o desjejum, envio uma mensagem para Siobhan, para ver como ela está, ver se está melhor agora que um pouco do choque deve ter passado. Convidá-la para almoçar faz com que pareça menos que estou enrolando e mais me desculpando.

Ela me responde com a localização do meu carro e dizendo que as chaves estão no painel da frente.

— Vai almoçar com Siobhan? — pergunta Sterling.

— Não, a menos que eu queira comer comida gelada.

Ela faz uma careta de compaixão.

— Então vamos pedir delivery.

Um torneio rápido de pedra, papel, tesoura vinte e cinco minutos mais tarde deixa Eddison com a tarefa de descer para esperar o rapaz do delivery, mas ele mal se levantou quando uma das agentes em treinamento de plantão na recepção entra na sala de reuniões carregada de sacolas e uma grande caixa de papelão cheia de arquivos. Eddison a ajuda a acomodar as sacolas de comida em segurança na mesa antes que ela derrube tudo.

— Obrigada. — Ela cora um pouco ao dizer.

Sterling e eu nos entreolhamos, e ela revira os olhos. Vic parece simplesmente resignado. Há algo em Eddison que lembra erva de gato para as agentes do sexo feminino em início de carreira. Ele é irritadiço, cheio de problemas e ferozmente protetor e respeitoso com as mulheres em sua vida, e essa combinação parece ser o canto da sereia. Até onde posso dizer, não é sequer algo que ele diga ou faça; simplesmente por estar no mesmo aposento, ele as faz ficar vermelhas e gaguejar. A melhor parte é que ele realmente não percebe. Ele não tem ideia.

Vic não nos deixa dizer para ele.

Com um agradecimento educado por trazer os arquivos, Vic se levanta e dispensa a jovem da sala com firmeza, inserindo-se fisicamente entre ela e Eddison, a fim de fazê-la sair pela porta.

Uma risadinha escapa de Sterling.

Eddison levanta os olhos dos nós das sacolas de plástico.

— O que foi?

Sterling cai na risada, o que me leva a fazer o mesmo, e até Vic dá uma risadinha e balança a cabeça enquanto fecha a porta.

— O que é tão engraçado?

— Você pode, por favor, me passar o hashi? — Sterling pergunta com doçura. Quando Eddison lhe entrega, ela bate os cílios. — Obrigada — diz, exagerando o tom de voz embasbacado da jovem agente.

Vic quase engasga, mas não comenta nada, só me entrega minha comida e um garfo, porque estou com fome demais para hashi.

Essa é a coisa sobre Sterling, na verdade. Ela tem vinte e sete anos, mas parece, talvez, ter dezessete, com os grandes olhos azuis e a beleza loira. Apesar do distintivo, da arma e da roupa de trabalho severa, preta e branca, nenhuma cor para suavizar ou enfeitar, quase sempre lhe perguntam se ela está ali para visitar o pai. Ela nunca vai ser nada além de doce e inocente, então nem tenta, apenas aperfeiçoa aquela aparência inofensiva, para que todo mundo a subestime.

É bonito.

Ela também veio até nós imune à erva de gato de Eddison. Em seu primeiro dia em Quantico, ela caminhou em silêncio até ficar atrás de nós e quase o fez morrer de susto ao dizer oi, e, enquanto ele estava tentando soltar os dedos da beirada da mesa, ela me encarou e deu uma piscadinha.

Aquilo me fez sentir muito melhor em ter alguém novo na equipe, que não tinha mudado em quase dez anos.

Comemos rapidamente e limpamos tudo, para não sujar os arquivos com comida. Abro a caixa enviada por Mignone e faço uma careta.

— *Mierda* — suspiro. — É muito papel para uma criança de dez anos.

Sterling se senta bem ereta em sua cadeira, esticando o pescoço para tentar ver.

— É a coisa toda?

— Não. Também tem o relatório da polícia por causa das perturbações domésticas e os registros hospitalares da mãe. Até agora. — Pego as duas pastas marcadas com o nome de Ronnie, ambas tão grandes que precisam ser fechadas com os maiores clipes que já vi, e as coloco na mesa. Elas aterrissam com um baque significativo. — Essas são de Ronnie.

Ela se inclina para ver melhor, lendo a capa das pastas.

— Eles deram o nome de Ronnie para ele.

— Bem, sim, é por isso...

— Não, quero dizer, o nome dele é Ronnie. Não é Ron ou Ronald e as pessoas o chamam de Ronnie. Os pais deram o nome de Ronnie para ele.

— É uma coisa infeliz para se fazer com uma criança — murmura Eddison.

Olho para ele, levanto as pastas um pouco e as solto novamente.

— Bem colocado.

Sterling pega as pastas com os registros hospitalares de Sandra Wilkins, e Vic e Eddison dividem a substancial pilha de registros policiais entre eles, me deixando com o arquivo do Serviço Social.

Há um ponto neste trabalho em que você espera que as coisas se tornem menos dolorosas. Você luta nos primeiros casos, esperando que, em algum momento em um futuro nebuloso, vai se tornar imune a tudo aquilo, do mesmo jeito que seus parceiros são, que o que você vir e ler vai afetá-lo menos. Que um dia, você vai ver uma criança que sofreu abusos que sequer pode nomear, e isso não vai estilhaçar uma parte de você.

Isso nunca acontece.

Você aprende a trabalhar com isso, a esconder, a tornar isso útil. Aprende que seus parceiros não estão imunes; eles simplesmente disfarçam melhor do que você. Você aprende a deixar que isso o motive, mas nunca para de doer. E a coisa é que você sabe, melhor do que quase qualquer um, porque é seu trabalho, que o sistema não é perfeito, mas tenta fazer o melhor.

Dios mío, ele tenta fazer o melhor.

E então há momentos, como agora, em que você percebe que o melhor não é nem de perto bom o bastante.

Quatro vezes. Quatro vezes Ronnie Wilkins foi retirado de sua casa pelo Serviço Social por causa de abusos físicos, e *todas as vezes* ele voltou. Na primeira vez ele foi devolvido porque a mãe deixou seu pai, e Ronnie foi entregue para ela na casa da avó dele. Só que, dois meses mais tarde, a mãe voltou para o marido e levou Ronnie consigo. Na segunda vez foi porque os pais apresentaram documentos que comprovavam que o pai estava fazendo terapia para controle da raiva, sessões que pararam assim que conseguiram Ronnie de volta. Na terceira vez, a avó teve que desistir do processo de custódia porque Daniel Wilkins apareceu com um bastão de beisebol, acabou com o carro dela, e, novamente, algumas semanas atrás, porque Ronnie simplesmente não conseguia admitir o abuso, não conseguia dizer para a assistente social como tinha ficado tão machucado a ponto de ter que ser hospitalizado.

A pobre criança continuava a ser devolvida direto para o inferno.

Expulsamos Vic do escritório às seis, mas o restante de nós continua até as nove e meia, para poder terminar de analisar o que falta dos registros dos Wilkins, momento no qual estou pensando em abrir uma cápsula de café e comer a cafeína pura, e fico afundada e meio cochilando em minha cadeira enquanto Sterling e Eddison limpam tudo ao meu redor. Não é nada justo da minha parte; Eddison está acordado pelo mesmo tempo que eu. Mas, quando tento ajudar, ele acerta minha mão com um elástico.

Eddison me leva para sua casa, e implicamos o tempo todo um com o outro a fim de me manter acordada. É normal que fiquemos muito tempo sem dormir, em especial durante um caso, e aprendemos alguns truques para nos mantermos de pé. Mesmo assim, é um alívio chegar ao edifício dele.

O apartamento de Eddison é bem simples, até mesmo um pouco estéril. É preciso caçar para encontrar coisas que o façam parecer habitado: os remendos gastos no sofá de couro negro, o pequeno buraco na mesa de centro, onde ele chutou com força demais enquanto assistia a uma partida de beisebol. Honestamente, as coisas que fazem o lugar quase parecer um lar foram todas presentes. Priya lhe deu a mesa de jantar, depois que ela o fez resgatá-la de um restaurante mexicano fechado. Os ladrilhos de cores vivas pintados caoticamente no tampo dão ao espaço a única explosão de cor. Ela também tirou as fotografias que cercam o grande aparelho de televisão, retratos do agente especial Ken em suas viagens.

Quando falo do agente especial Ken, eu me refiro ao boneco Ken com um blusão minúsculo do FBI. As fotos são excelentes por si mesmas, composições em preto e branco com uma bela atenção ao detalhe e à luz, mas é definitivamente um boneco Ken, e eu adoro.

Conhecemos Priya Sravasti há oito anos, quando sua irmã mais velha foi morta por um assassino em série cuja contagem de vítimas acabou chegando a dezesseis meninas. Há três anos, Priya quase foi a décima sétima. Agora ela mora em Paris, onde cursa a universidade, mas, de algum modo, ao longo dos anos, nossa equipe simplesmente a adotou, e ela se tornou parte da família. Ela também se tornou a melhor amiga de Eddison; apesar da diferença de idade, eles combinam no jeito de ser irritadiço e zangado e por sentirem falta de suas irmãs.

Não importa quanto tempo faça que Faith foi sequestrada, Eddison nunca deixará de sentir falta de sua irmãzinha. Não há fotos dela à vista, mas não há fotos de ninguém exceto do agente especial Ken. Eddison protege as pessoas que ama escondendo as fotos delas, onde possa olhar para elas quando quiser, mas onde ninguém mais seja capaz de encontrá-las. Só no escritório ele mantém uma foto de Faith, bem ao lado de uma foto de Priya. Ambas são um lembrete da razão de seu trabalho, por que tudo isso significa tanto para ele.

Vic tem suas filhas; Eddison tem suas irmãs, mesmo que ainda hesite em chamar Priya dessa forma.

Troco de roupa para dormir, uma cueca boxer e uma camiseta que roubei sem querer de Eddison durante um caso e acabei não devolvendo, enquanto ele revira o armário de roupas de cama. Juntos, colocamos lençóis e um cobertor no sofá. Ele me acena um adeus bocejante e desaparece em seu quarto, onde posso ouvi-lo se movendo por mais alguns minutos enquanto escovo os dentes e lavo dois dias de maquiagem do rosto na pia da cozinha.

Estou cansada até os ossos, o tipo de exaustão no qual os olhos doem mesmo quando estão fechados, mas, apesar do conforto do sofá no qual já dormi incontáveis vezes, não consigo adormecer. Continuo vendo Ronnie, o olhar tão despedaçado e ferido atrás de uma máscara de sangue. Mudo de posição, abraço um dos travesseiros contra o peito e tento me acomodar.

Os roncos de Eddison ressoam no silêncio, cortesia de um nariz quebrado há muitos anos que ele não se incomodou de consertar como devia. Não são roncos altos, e nunca foi um problema dividir um quarto de hotel com ele, são familiares de um jeito reconfortante. Consigo sentir meus ossos ficando mais pesados, o estresse reunido desaparecendo no ritmo dos sons suaves.

E então um dos meus celulares toca.

Resmungando e xingando, viro o corpo para pegar o aparelho, apertando os olhos por causa da tela brilhante. Ah, *mierda*, é minha *tía*. Sei exatamente por que ela está telefonando. Merda. Não quero falar com ela agora.

Nunca quero, na verdade, mas agora muito menos.

Mas se eu não atender ela vai continuar ligando, e as mensagens de voz ficarão cada vez mais estridentes. Rosnando um pouco, aceito a chamada.

— Você já sabe que eu não ia ligar — digo no lugar de alô, mantendo a voz baixa para não incomodar meu parceiro.

— Mercedes, *niña*...

— Você já sabe que eu não ia ligar. Se você deixar o telefone de lado ou colocá-lo no viva voz, vou desligar, e, se continuar ligando depois do que foi um dia dos infernos, vou mudar de número. De novo.

— Mas é aniversário dela.

— *Sí*, eu sei. — Fecho os olhos e afundo novamente nos travesseiros, desejando que aquela conversa fosse apenas parte de um pesadelo.

— Não muda nada. Não quero falar com ela. Também não quero falar com você, *tía*. Você é só mais agressivamente teimosa do que ela.

— Alguém precisa ser tão teimoso quanto você — replica ela. Sua voz está cercada pelo caos, o tipo de ruído que só se consegue em uma festa de aniversário na qual a "família imediata" ainda significa umas cem pessoas, mais ou menos. Os trechos de conversa que consigo distinguir são, em grande parte, em espanhol, porque as *madres*, *tías* e *abuelas* têm regras a respeito de falar inglês em casa se não for para o dever de casa da escola. — Nunca temos notícias suas!

— Bem, é difícil se afastar das pessoas se você ficar dando notícias regulares.

— *Tu pobre mamá*...

— *Mi pobre mamá* devia se tocar, e você também.

— Suas sobrinhas e sobrinhos querem conhecer você.

— Minhas sobrinhas e sobrinhos devem ser gratos que o *abuelo* deles ainda está na prisão, e, se tiverem muita sorte, nenhum dos outros homens virá atrás deles. Pare de roubar meu número da Esperanza, e pare de me ligar. Não estou interessada em perdoar a família, e tenho absoluta certeza de que não estou nada interessada em que a família me perdoe. Apenas. Pare.

Desligo e passo vários minutos na sequência recusando ligações repetidas dela.

— Sabe de uma coisa? — murmura uma voz sonolenta na porta do quarto. Levanto os olhos e dou de cara com Eddison recostado no batente, sua boxer e seu cabelo amassados pelo sono. — Esse é seu telefone pessoal. Você pode desligá-lo, desde que deixe o celular do trabalho ligado. Ela, ah... ela não tem seu número do trabalho, tem?

— Não. — E, se eu não estivesse tão cansada, teria pensado nisso antes. Sempre lembro que há uma diferença entre meus dois telefones; só tendo a esquecer o motivo pelo qual essa diferença é importante. Depois de verificar duas vezes que é meu celular pessoal, idêntico ao do trabalho, exceto pela capinha da Lufa-Lufa, eu o desligo e tenho uma sensação palpável de alívio. — Desculpe por acordar você.

— Era algo específico?
— É aniversário da minha mãe.
Ele faz uma careta.
— Como ela conseguiu seu número? Você mudou há menos de um ano.
— Esperanza. Ela guarda meu número com um nome diferente, mas sou a única pessoa que ela conhece com um código de área da Costa Leste, então a mãe dela sempre fuça e descobre. Ela simplesmente não consegue decidir se me enche o saco para voltar para a família ou se me enche o saco por ter deixado a família.
— Seu pai ainda está preso, certo?
— Sim, meu grande pecado como filha. — Balanço a cabeça, o cabelo caindo em meu rosto. — Desculpe.
— Eu perdoo você — declara ele, como se fosse uma sentença.
Jogo um travesseiro nele e me arrependo imediatamente, apesar de seu pestanejar brincalhão e confuso. Agora tenho que me levantar e pegá-lo, a menos que queira que ele o esmague no meu rosto.
Em vez disso, ele pega o travesseiro e me oferece sua mão livre.
— Venha.
— *¿Qué?*
— Você não vai mais conseguir dormir agora. Vai só ficar deitada aí, remoendo.
— Você vai me acusar de remoer coisas?
— Sim. Venha.
Pego sua mão e o deixo me puxar para cima e depois me levar até seu quarto. Ele me guia até o lado esquerdo da cama, porque na verdade ele não se importa com o lado em que dorme, desde que seja o mais distante da porta. No minuto seguinte, ele volta com minha arma, que coloco sob o colchão para poder alcançá-la com facilidade, e deixo o coldre na mesinha de cabeceira esquerda. Ele entra embaixo das cobertas primeiro, escorregando por cima em vez de caminhando até o outro lado, porque está cansado e com preguiça, e não posso culpá-lo. Por um instante os lençóis ficam todos embaralhados enquanto nos acomodamos.

— Você não precisa se sentir culpada — diz ele, de repente.
— Pelo quê? Por Ronnie ter aparecido?
— Por não os perdoar. — Ele estende a mão no escuro, encontra um punhado do meu cabelo e usa para encontrar meu rosto, para poder dar uma batidinha de leve nas cicatrizes paralelas que correm na minha bochecha esquerda, começando logo abaixo do olho. — Você não deve nada para eles.
— Está bem.
— Não é certo eles pedirem isso para você.
— Eu sei.
— Estamos conversados.

Alguns minutos mais tarde, ele dorme rapidamente e está roncando de novo, a mão ainda no meu rosto.

Honestamente, não consigo imaginar como é que metade do FBI acha que Eddison e eu temos tesão um pelo outro.

Capítulo 5

Passo o sábado novamente no escritório, colocando em dia o que devia ter sido o trabalho de ontem. Depois de vários meses com tantos casos consecutivos, nos quais mal tínhamos tempo suficiente para refazer nossas malas antes de viajarmos outra vez, Vic nos colocou em rodízio para fazer trabalho burocrático por algumas semanas, para que pudéssemos recuperar o fôlego. Basicamente, isso é sinônimo de papelada, e um monte dela.

Passo o domingo no sofá de Eddison com uma pilha de problemas lógicos para fazer meu cérebro parar de se preocupar com Ronnie, enquanto Eddison vê um dos jogos do campeonato nacional em sua TV insanamente grande. O notebook dele está aberto na mesa de centro, o Skype conectado mostrando Priya largada na cama do apartamento de Inara e Victoria Bliss em Nova York. Ela assiste ao streaming do jogo em outro computador ao seu lado, para que possam ver a partida juntos, ainda que separados por mais de quatrocentos quilômetros. Ela se instalou no quarto para não incomodar suas anfitriãs de verão, nenhuma das quais dá a mínima para beisebol, mas ambas estão lá do mesmo jeito, espalhadas sobre ela, uma sobre a outra e na cama com seus próprios projetos.

Conhecemos Inara e Victoria-Bliss durante o que pode ter sido nosso caso mais infame. Certamente foi um dos mais bizarros. Elas estavam entre as várias garotas sequestradas por um homem ao longo de mais de três décadas – as vítimas eram mantidas no Jardim, uma grande estufa em seu terreno particular, e algumas ele matava para preservar sua beleza. Tatuadas com intrincadas asas de borboletas, as Borboletas eram sua coleção premiada, tanto na vida quanto na morte. Depois do Jardim, com os ferimentos ainda recentes e os julgamentos se aproximando, Vic as apresentou para Priya. As três logo se tornaram amigas, e sempre que voltava aos Estados Unidos Priya dava um jeito de passar pelo menos alguns dias em Nova York no apartamento que elas dividiam com meia dúzia de outras garotas.

Agora as duas moram sozinhas, a cama imensa coberta com uma colcha feita com litogravuras de Shakespeare. Nenhuma delas usa preto, a cor que o Jardineiro lhes deu, ou tem as costas desnudas como ele insistia ser necessário. Victoria-Bliss, na verdade, usa uma blusa em um tom de laranja chocante, ainda mais vivo que o de um cone de trânsito, bordada na frente e nas costas com o nome do abrigo de animais no qual é voluntária. É saudável, é bom, e é maravilhoso ver as três tão próximas. E talvez um pouco assustador: elas são jovens indomáveis, e provavelmente poderiam conquistar o mundo se estivessem inclinadas a fazê-lo.

— Como vão indo as fotos? — pergunta Eddison, no intervalo do jogo.

— Vão bem — responde Priya. — Em uma ou duas semanas vou para Baltimore conversar com os pais de Keely. Eles querem ver algumas das fotos finalizadas antes de decidirem se Keely e eles vão ou não participar do projeto.

— Acha que vão?

Priya cutuca levemente o quadril de Inara com o joelho, e a outra garota levanta os olhos do tablet, parando a caneta sobre a tela. Inara dá de ombros para a webcam.

— Acho que vão — diz ela. Keely é a mais jovem das sobreviventes do Jardim, levada para lá apenas nos últimos dias, e Inara sempre a observou bem de perto. — Falamos várias vezes com eles sobre isso, desde que Priya e eu tivemos a ideia, para que tivessem certeza de que não é nada lascivo ou sensacionalista, que é realmente pensando na cura. Eu não os culpo por quererem garantias.

— Falando das outras. — Victoria-Bliss franze o cenho ao olhar para os dedos manchados com resíduos de massa de modelar cor de amora. — Já faz alguns dias que nenhuma de nós sabe nada de Ravenna. Na verdade, desde que fizemos a sessão de fotos com ela. Ela e mãe tiveram uma briga imensa por causa disso, e agora ninguém sabe onde ela está.

Sua mãe, a senadora Kingsley, não consegue entender por que a filha ainda luta para separar Ravenna, a Borboleta no Jardim, de Patrice, a filha perfeita da política. É precisamente por causa da senadora que a jovem enfrenta tanta dificuldade. Tão pública e interessante para a mídia quanto foram a descoberta do Jardim e os julgamentos subsequentes, a posição da senadora faz com que as tentativas da filha de se recuperar sejam analisadas nos mínimos detalhes. Como alguém consegue se recuperar assim?

— Ela veio me ver — digo para elas, e a expressão de Victoria-Bliss se suaviza. Exceto por Inara e Victoria-Bliss, que foram adotadas pela equipe em geral, sou a única que ainda mantém contato com a maioria das Borboletas. Fui eu quem ficou no hospital com elas, quem iniciou a maioria dos contatos para os interrogatórios. — Ela ficou comigo algumas noites e então foi para a casa de uma amiga da família enquanto coloca a cabeça no lugar depois da briga com a mãe. Não tenho um nome ou um endereço, mas, se vocês mandarem um e-mail e disserem que estão preocupadas, tenho certeza de que em algum momento ela vai responder.

Inara assente, distraída, provavelmente já compondo a mensagem em sua mente.

— Ela disse que ajudou — acrescento. — O que quer que vocês estejam fazendo, ela disse que realmente ajudou.

Todas as três garotas sorriem.

— Então, quando vamos poder ver as fotos? — pergunta Eddison.

— Quando decidirmos permitir — diz Priya, secamente. Atrás dela, Victoria-Bliss ri enquanto amassa um punhado de massa de modelar. De repente, Priya faz cara feia, franzindo as sobrancelhas na direção do cristal azul e do bindi prateado. — Que porra é essa, Fouquette? A bola decide cair majestosamente na sua luva e você a deixa cair?

— Ele precisa ser negociado com um time da Liga Americana — comenta Eddison. — Deixe que ele seja o rebatedor designado para algum arremessador idiota, e tire-o de campo logo.

— Ou então que ele volte para a ligas menores para aprender algumas habilidades básicas.

— Não sei — diz Victoria-Bliss, e Eddison se prepara. — Eu meio que gosto do coro de *"fuck it, fuck it"*, porque todos esses idiotas não conseguem pronunciar o nome dele direito. Quero dizer, as redes de TV precisam borrar o som da multidão, e isso é meio que incrível.

Eddison faz uma careta, mas não discute.

Não tenho certeza do que diz sobre nós o fato de isso ser o normal.

Na segunda-feira, envio uma mensagem de texto para Siobhan, convidando-a para um café antes do trabalho – mesmo que isso signifique arrastar meu maldito traseiro até Quantico muito mais cedo que o normal –, e recebo uma instrução claramente ríspida para deixá-la decidir quando estará pronta para voltar a falar comigo. Quando as mães diziam que relacionamentos exigem esforço, não acho que queriam dizer que eu devia correr de encontro a uma parede de tijolos. Terça-feira à tarde, saio mais cedo do trabalho, dirigindo meu carro pela primeira vez em quase uma semana, para encontrar a detetive Holmes na minha casa. Ela está sentada no degrau da frente, esperando por mim, quando chego lá. A fita que indicava a cena do crime se foi, e alguém até se deu ao trabalho de remover o sangue do balanço da varanda.

— Não chegamos a lugar algum — diz ela ao me cumprimentar, mal-humorada. Deixo minha bolsa carteiro e a sacola de viagem que precisa desesperadamente ser refeita no balanço, e me sento ao lado dela. — Não temos nada para seguir em frente.

— Como vai Ronnie?

— Os médicos não encontraram sinais de abuso sexual. Fisicamente, ele vai se curar bem rápido. Deus abençoe a avó, ela já o colocou na terapia. Sem entrar em detalhes, obviamente, a terapeuta diz que Ronnie ainda não parece pronto para falar, mas parece que está disposto a ouvir. Ele tem um caminho longo pela frente.

— Então ele não falou nada sobre o anjo?

— Mulher, mais alta do que ele, mas não tão alta quanto seu pai. Vestida toda de branco. Não consegue nos dizer nada sobre a voz dela. Diz que o cabelo dela era loiro e estava preso em uma trança comprida. Ele diz que se segurou na trança enquanto ela o carregava.

— A polícia fez algum retrato falado?

— Nada demais. Ele não conseguiu dar detalhes. — Ela suspira e se recosta na coluna do final da grade. Os círculos sob seus olhos estão mais profundos do que na quinta-feira. — Você já pensou em instalar câmeras?

— Sterling vai me ajudar — respondo. — Uma virada para os degraus da varanda e o balanço, e uma na caixa de correio para ver o carro. Espero.

— Bom. — Ela me entrega o molho de chaves que deixei com o policial uniformizado. — Não há sinal de que alguém voltou. Seu vizinho imediato ficou um pouco chateado por não ter permissão para mexer no gramado.

— Jason gosta de verde. Vou falar com ele.

— No caso em que trabalhamos há dois anos, você deu ursos de pelúcia para todas as crianças com quem falamos. É o procedimento padrão da sua equipe?

Concordando com a cabeça, e eu inclino o corpo para apoiar os cotovelos nos joelhos.

— Vic e seu primeiro parceiro, Finney, começaram com isso. Eu assumi o mesmo procedimento depois que entrei para a equipe. Os ursos são bem baratos, simples, vêm em caixas imensas e em uma grande variedade de cores. Nós os damos às vítimas e seus irmãos e amigos, se precisamos falar com outras crianças. É reconfortante, calmante, ajuda a prepará-los para o interrogatório.

— E a sua coleção?

— Começou quando eu tinha dez anos. Eu fazia todo tipo de trabalho para ganhar dinheiro e poder comprá-los, e, enquanto pudessem caber todos em uma mala juntamente com minhas roupas, eu podia levá-los comigo quando tinha que me mudar para um novo lar temporário.

Ela me lança um olhar de soslaio.

— Você nunca foi adotada?

— Não. Eu fiquei no último lar por um pouco mais de quatro anos, e ainda mantenho contato com as mães. Elas se ofereceram, mas... — Nego com a cabeça. — Eu não estava pronta para ter uma família novamente.

— Bem, não há motivo para não deixarmos você voltar para casa. Temos uma patrulha passando por aqui algumas vezes durante a noite. Se tiver algum caso fora da cidade, pode me avisar?

— Com toda a certeza. Até agora, temos uma conferência na Califórnia, para onde vamos seguir na quinta-feira de manhã. Estaremos de volta lá pelo domingo. — Droga. Domingo. Supostamente deveria ser um grande dia para Sterling, mas em vez disso será um dia doloroso. Eddison e eu precisamos pensar em alguma coisa boa para fazer por ela. — Vai ser na próxima semana, antes de instalarmos as câmeras.

— Tudo bem. — Colocando a mão no meu ombro, Holmes se prepara para se levantar. — Darei notícias se descobrirmos alguma coisa.

Minha casinha aconchegante parece a mesma, o que é um pouco estranho. Devia parecer diferente, não devia? Sabendo o que aconteceu na outra noite? Tudo está levemente fora de lugar, movido e devolvido pelos policiais que tentavam descobrir se o assassino entrou e deixou algo para trás, mas isso realmente não explica a sensação de mudança que não ocorreu. É provável que exista uma palavra para isso em alemão, português, japonês ou algo do tipo. Não em inglês ou espanhol, de toda forma, nem pelo pouco que me lembro do italiano do ensino médio. Como se pode sentir saudade do lar quando se está em casa?

Parece ser uma saudade do momento anterior, de quando aqui ainda era meu santuário, o lugar que era meu e só meu, a menos que eu especificamente convidasse alguém. O lugar no qual eu podia me trancar do resto do mundo por algumas horas, meu pequeno paraíso, com seus espaços verdes e abertos e nenhum bosque a várias ruas de distância.

Quando termino de cumprir uma sucessão de tarefas e refaço as malas, estou mais do que pronta para partir novamente. Às vezes saio correndo para o trabalho, ou para a casa de Siobhan, ou de Vic, ou para um encontro, mas é sempre sair correndo para, não sair correndo de. Não suporto a sensação de precisar sair correndo da minha própria casa.

Pegando o urso na mesinha de cabeceira, passo o polegar pela sua pelúcia aveludada, gasta e desbotada, a gravata-borboleta protuberante, os olhos de plástico que foram costurados no lugar várias vezes. Lembro de quando ele me foi dado, e por quem, e de todo o conforto que senti com ele ao longo dos anos. Que tipo de conforto Ronnie vai conseguir do urso que o anjo assassino lhe deu? Depois de um minuto, coloco-o no lugar e vou embora, trancando um punhado de travas atrás de mim.

Era uma vez uma garotinha que tinha medo de médicos.

Não eram as injeções que a preocupavam, ao contrário da maioria das crianças na sala de espera. Ela sentia tanta dor todos os dias que mal percebia a picada da ponta limpa da agulha em seu braço.

Não, ela tinha medo dos médicos porque eles mentiam.

Eles lhe diziam que ela estava perfeitamente saudável, que tudo era maravilhoso. Papai ficava mais cuidadoso para não deixar marcas se ela tinha consulta agendada, mas ela não tinha certeza se fazia diferença. Mesmo quando havia hematomas, os médicos só riam e diziam para ela ter mais cuidado quando estivesse brincando. Eles perguntavam como ela se sentia, mas não ouviam quando ela dizia que tudo doía.

Seu braço esquerdo, bem perto do ombro, tinha um hematoma que se recusava a sarar porque o papai a agarrava aí e apertava, uma vez, e outra, e mais outra. Eles diziam para sua mamãe ter cuidado com blusas com elásticos nas mangas enquanto ela estava crescendo, que isso podia interromper a circulação e deixar hematomas duradouros.

Uma vez, e só uma vez, ela decidiu ter coragem e contar toda a verdade. A médica era jovem e bonita, e tinha os olhos mais gentis. Ela queria confiar naquela gentileza. Então, contou tudo para a médica, ou pelo menos tentou – até que sua mãe a interrompeu e lhe deu uma bronca por assistir aos programas errados na TV e ficar confusa. A médica assentiu e achou graça na imaginação fértil.

Mamãe contou ao papai assim que ele chegou em casa.

Durante duas semanas, ele parecia um tigre rondando pela casa, mas não tocou em nenhuma delas, só por precaução, caso alguém aparecesse. A garotinha estava morrendo de medo, mas foram as melhores duas semanas. Até seu braço começou a sarar.

Mas ninguém apareceu. Ninguém ia aparecer.

Capítulo 6

Fico na casa de Eddison na terça-feira, porque minha casa ainda parece perturbadora, e Siobhan ainda não está falando comigo. Apesar de todas as nossas brigas ao longo desses três últimos anos, e foram várias, nunca tivemos esse silêncio gélido.

Fico na casa de Eddison novamente na quarta-feira, porque temos que seguir para o aeroporto logo de manhãzinha. Sterling se junta a nós nessa segunda festa do pijama, largada no sofá com uma legging e uma camiseta azul-marinho gigante que diz "Revista corporal feminina" em grandes letras amarelas. Eddison olha para os dizeres, pestaneja, abre a boca... e então enfia o rosto entre as mãos com um gemido dolorido antes de desaparecer novamente em seu quarto.

Sterling e eu nos entreolhamos, e ela dá de ombros antes de tirar cinco dólares da carteira.

— Você venceu. Eu tinha certeza de que ele ia dizer que era você quem devia usar esta camiseta — admite ela, me entregando a nota.

— Até que ele diga sem querer que é para você apagar o fogo no rabo, ele não vai fazer nenhum outro comentário ligado a sexo — garanto para ela, guardando o dinheiro atrás do meu distintivo e largando a carteira em cima da bolsa de viagem. — Ele ainda está sentindo os limites, por assim dizer, e tem ordens estritas para não os ultrapassar com você.

— Vic?

— Priya.

Ela sorri e balança o cabelo preso em um rabo de cavalo.

— Ela é uma boa menina.

— Precisa de alguma coisa?

— Não, estou bem.

Eu já escovei os dentes e tirei a maquiagem, então me arrasto até a cama de Eddison, desligo as luzes e me ajeito até encontrar uma posição confortável. Vários minutos depois, ele se vira e se deita de lado.

— Nós dois devíamos ter aquela camiseta — diz ele.

— Eu tenho aquela camiseta.

— Sério?

— As mães me deram de aniversário, há alguns anos. Uso para correr.

— Preciso daquela camiseta.

— Você não precisa daquela camiseta.

— Mas...

— Você nunca se viu em um bar. Você não precisa daquela camiseta.

O som de risadinhas entra pela porta fechada, seguido por um baque e mais risadinhas, que, tenho certeza, é o barulho de Sterling rindo até cair do sofá.

— Sempre esqueço como essa porta é fina. — Eddison dá um suspiro.

— Eu não.

O lençol farfalha quando ele levanta uma perna, planta o pé com firmeza no meu traseiro e me empurra para fora da cama.

As risadinhas de Sterling ganham alguns soluços.

O voo para a Califórnia passa quase inteiramente em um estupor de sonolência e papelada, pelo menos o que dá para fazer nas nossas bandejas minúsculas. A conferência de três dias é focada em garantir que os departamentos de polícia locais saibam quando e como podem se beneficiar de recursos federais, e para qual agência devem ligar de acordo com o tipo de problema. Nos intervalos das apresentações, há vários policiais preocupados ou beligerantes de todo o país para tranquilizar e muita conversa-fiada com representantes de outras agências. É o mais próximo de férias do trabalho que jamais teremos.

Voltamos para o apartamento de Eddison um pouco depois das três, na madrugada do domingo, porque Deus sabe que o FBI não vai pagar os quartos do hotel uma noite além do absolutamente necessário, e Eddison acaba no sofá desta vez. Pode ter havido certo desmoronamento, o acidente inevitável pelo fato de ele ter se enchido de açúcar na segunda metade do segundo voo para ter certeza de que estaria alerta o suficiente para dirigir e nos trazer em segurança do aeroporto. Entre nós duas, Sterling e eu conseguimos tirar a roupa dele até deixá-lo só de boxer e camiseta, e o ajeitamos no sofá de modo que ele não caia enquanto dorme, mas provavelmente vai acordar confuso de manhã.

— Pode ir para a cama — digo para Sterling, batendo nela com o quadril, em direção ao quarto. — Só tenho que tirar umas roupas da bolsa.

Depois que ela fecha a porta para se trocar, Eddison se recupera de maneira incrível e olha para mim.

— Você a convenceu?

— Eu a convenci.

Porque hoje supostamente seria o dia do casamento de Eliza Sterling, e, sendo uma equipe – sendo família –, isso significa que ela teria sorte de poder se irritar em paz, porque nós não a deixaremos sozinha. Desligo o celular pessoal dela e coloco o do trabalho em modo silencioso, deixando ambos com Eddison. Ter um bastardo mal-humorado na tela de chamada é incrivelmente eficiente, na verdade. Depois de colocar o pijama, escovo os dentes e tiro a maquiagem na pia da cozinha. Então verifico as trancas da porta e desligo todas as luzes a caminho do quarto.

Sterling está sentada na cama, novamente de legging e camiseta, com o cabelo solto, segurando o despertador de Eddison no colo, com uma expressão aflita no rosto. O clique suave da porta se fechando atrás de mim faz com que ela me olhe, e seus olhos estão vidrados de lágrimas.

— Achei que hoje ainda fosse ontem — sussurra ela.

Trabalhar no FBI – ou em qualquer força de segurança, na verdade – tem um custo. Para Sterling, a chance de avançar na carreira e se unir a uma equipe de prestígio custou seu noivado. Pelo pouco que ela falou a respeito, não havia chance alguma de ele acompanhá-la até a Virgínia. Quando ela chegou em casa, pulando de alegria com a notícia da promoção, ele não entendeu por que ela achou que continuaria trabalhando depois de casada.

Mesmo quando algo é errado, o fim sempre dói.

Pego o despertador de suas mãos com gentileza, coloco-o de volta na mesa de cabeceira, desligo as luzes e a ajeito embaixo das cobertas. Ela não faz nenhuma objeção quando me deito ao seu lado e, embora eu tenha a sensação desconfortável de que nossos cabelos vão se enroscar em algum momento durante a noite (já aconteceu antes), não vou me afastar. Sua mãe explodiu quando o noivado foi rompido, então ela não pode ir para Denver ganhar um abraço, e, embora Jenny e Marlene Hanoverian fiquem bem felizes em cuidar dela o quanto ela permite, não vamos acordá-las às três e meia de um domingo de madrugada.

Então, aqui estou eu para lhe dar todos os abraços de que ela precisar e, ao contrário de Eddison, não vou me sentir nem um pouco constrangida. E, se acontecer de ela chorar algumas vezes durante o que resta da noite, sem problemas. Ela está sofrendo, e tenho certeza de que não vou julgá-la por isso.

Mais tarde naquela manhã, somos despertadas pelo cheiro de bacon frito, e só precisamos de alguns minutos para desenroscar nossos cabelos o suficiente para sair da cama e poder investigar. Eddison não cozinha. Ele se aborrece com qualquer coisa que exija mais atenção que uma torrada. Mas é Vic quem está no fogão, batendo continência para nós com pinças engorduradas, enquanto Eddison olha feio para uma pilha de batatas e para o grande ralador que Vic deve ter trazido consigo, porque certamente não é algo que ele se importe em manter em sua cozinha.

Sterling dá um sorriso sonolento para os rapazes, embora esteja pálida e seus olhos ainda estejam vermelhos e inchados.

— Obrigada — diz ela, baixinho.

— Não recebi uma única ligação das outras agências falando que vocês três começaram uma rixa de sangue com outras equipes

— responde Vic, e é um tipo de reconhecimento. O máximo que ele dará, de todo jeito, já que a conversa é tão dolorosa para ela.

— Não ligaram? — Sterling se aproxima da mesa e se senta no tampo, de onde pode ver a cozinha por sobre o balcão. — Bom saber que não delataram.

— Não os assuste, ou então assuste o suficiente para que tenham medo de falar. — Vic vira o bacon, pegando uma pipeta de regar peru para tirar um pouco do excesso de gordura. — Qualquer coisa no meio-termo é pedir problemas.

Sterling pode ou não perceber que Vic está distraindo-a de propósito, dando a ela algo para dizer que não seja pesado. Normalmente ela perceberia, mas Vic faz isso com todos nós quando estamos sofrendo. É um de seus dons: deixe-me distrair você, deixe-me preencher o silêncio para você, até que você decida que há algo que precisa dizer.

Comemos o brunch, e, quando Vic volta para casa para cuidar de alguns afazeres domésticos, nós três saímos para uma corrida e depois nos revezamos no chuveiro, usando toda a água quente. Sequestramos Sterling direto do trabalho na quarta-feira, então ela não se surpreende quando pegamos nossas bolsas e a levamos para o carro de Eddison.

Durante o percurso, meu telefone apita com uma mensagem de texto, e eu hesito. Felizmente a mensagem é de Priya, não de Holmes. *Estão com Eliza?*

Sim, estamos com ela.

Obrigada.

Há três anos, quando Priya estava sendo seguida pelo bastardo que assassinou sua irmã, Sterling estava na equipe do escritório de Denver – juntamente com o antigo parceiro de Vic, Finney, e o terceiro membro da equipe deles, o agente Archer – que foi ver Priya e saiu no encalço do perseguidor. Parcialmente por causa das escolhas feitas naquela sequência de acontecimentos, mais ainda por causa da repetição dos mesmos erros em outro caso, Archer não é mais agente do FBI. Apesar de Archer, talvez até por causa dele, Priya e Sterling criaram um laço e mantiveram contato depois que o caso foi resolvido.

Priya ficou encantada quando Vic e Finney conspiraram para roubar Sterling para nossa equipe. Não me espanta que ela saiba o que isso custou ou que esteja preocupada hoje. Como Sterling disse, Priya é uma boa garota.

Sterling nos dá um sorriso de lado quando o carro para diante de um bar alguns minutos depois do horário de abertura. É um dos bares mais tranquilos da cidade, o tipo onde grupos de amigos se reúnem para tomar um ou dois drinques ao longo de horas de risadas e conversas, em vez de ter que gritar por sobre a batida da música ou o barulho das outras pessoas. Conduzo Sterling para uma mesa mais escondida, no canto, enquanto Eddison vai pedir a primeira rodada e avisar ao garçom que ela não vai dirigir.

— Nem sei por que estou triste — diz ela de repente, em algum momento da terceira hora. — Eu nem estava feliz com ele.

— Então por que você ia se casar? — pergunta Eddison, cutucando o rótulo úmido de sua cerveja.

— Minha mãe ficou nas nuvens quando ele me pediu em casamento. Ele fez isso na frente dos nossos pais, o restaurante todo olhando, porque tinha que ser esse espetáculo gigante... — Ela olha feio para a bebida azul em sua mão, e engole tudo sem fazer careta. — Eu achei que não dava para dizer não com uma publicidade dessa, entende? E então nossas mães estavam tão felizes, e tão cheias de planos, e cada vez que eu tentava falar sobre isso elas diziam que era só nervoso, que era natural que a noiva ficasse ansiosa, e eu simplesmente... Todo mundo parecia tão feliz, e achei que simplesmente eu estivesse errada.

A rodada seguinte de shots e cervejas vem com três copos de água, porque estamos tentando embebedá-la, não matá-la.

— Ele disse que, se eu viesse para a Virgínia, viria sozinha, e eu fiquei tão aliviada — prossegue ela, um pouco depois, como se quase vinte minutos de silêncio amigável não tivessem acontecido. — Como se finalmente existisse essa coisa tangível para a qual eu podia apontar e dizer *isso, é por isso*, e ninguém podia dizer que era algo da minha cabeça.

— Mas então eles acharam que você devia ficar lá e fazer dar certo? — deduzo, e ela confirma com a cabeça, com um ar miserável.

— Mas por que estou triste?

Porque, na primeira vez que o preço é alto – a primeira vez que o trabalho pede um pedaço seu que é grande demais, e sentimos que sangramos por semanas e meses –, é sempre triste.

— Porque as portas se fecham — respondo, em vez disso —, e ainda podemos sentir falta do que estava do outro lado, mesmo quando escolhemos nos afastar.

— Ainda tenho o vestido. Ele insistiu que eu comprasse imediatamente.

— Se você já gastou milhares de dólares em um vestido, é menos provável que você desista — solta Eddison, baixinho. — Ele sabia que você não estava feliz.

— Devo queimá-lo?

Eddison coça a cabeça, os cachos de seu cabelo escuro mais óbvios que o normal. Ele realmente precisa de um corte.

— Acho que você tem que fazer o que quiser com ele. Queimar, jogar no lixo, guardar para quando for para valer.

Sterling o encara boquiaberta, parecendo devidamente escandalizada pela primeira vez desde que a conheço.

— Não se guarda um vestido para outro casamento! — ela tenta sussurrar. O bartender olha para nós com as sobrancelhas erguidas, então claramente a tentativa não funcionou.

— Mas isso não é uma das coisas que você devia fazer? Garantir que todo mundo possa usar a roupa de novo?

— Isso é para os vestidos das damas de honra!

Ele ergue um copo de cerveja recém-servido, a espuma encosta em seu lábio superior, e ele dá uma piscadinha para mim. Que bastardo espertinho.

— E esses não são idênticos aos vestidos da noiva?

— Não, eles... bem, antigamente eles eram, na verdade, mas... — E assim ela prossegue, dando-nos uma história um pouco confusa, mas em grande parte coerente, sobre os costumes e tradições das noivas ao redor do mundo, o tipo de nerdice nível campeão que ela tenta com todas as forças disfarçar no trabalho, porque já é difícil o bastante para ela ser levada a sério por qualquer um fora da equipe. Quando ela faz a transição para a tomada de controle desalmada da indústria das noivas, Eddison substitui discretamente o copo de cerveja vazio dela por um cheio.

Em algum momento lá pelas seis, enquanto nós três estamos comendo os restos de um prato imenso de aperitivos, ele aponta uma asa de frango para mim e para Sterling, lado a lado no banco oposto ao dele.

— Todos concordamos que estou me comportando muito bem, então eu finalmente preciso perguntar: que diabos significam essas camisetas?

Sterling cai em uma gargalhada incontida que faz metade do bar sorrir em resposta. Eu apenas dou um sorriso e bebo meu gim-tônica. As camisetas que estamos usando são de algodão branco, simples, com "Eu sobrevivi a um jantar com Guido e Sal" escrito na frente, lembranças de uma refeição que desafia qualquer explicação ou relato. Eddison deveria lamentar para sempre por ter escapado daquele jantar em Nova York no início do verão.

Sterling tem uma pequena crise de choro por volta das oito. São seis horas da tarde no horário das montanhas, e, em outra vida, ela estaria sendo apresentada como a sra. Cabeça Oca sem Futuro neste exato momento. Não é por ele que ela está chorando, mas por finalmente estar lidando com o fato de que sua vida tomou uma direção completamente diferente da que era esperada. Você faz um mapa, faz um plano, e então, de repente, tudo fica de cabeça para baixo, e você fica tão envolvido com as mudanças que estão ocorrendo que realmente só se dá conta bem mais adiante. Envolvo meu braço ao redor dos ombros dela, abraçando-a apertado, e um distintamente desconfortável Eddison se levanta em silêncio da mesa.

E está tudo bem. Lidar com pessoas chorando nunca será o ponto forte dele, mas ele consegue dar apoio de outras formas que importam tanto quanto.

Como voltar para a mesa com uma cesta cheia de cogumelos fritos, que ele não suporta, mas que são o prato favorito de Sterling. Ela aceita um com uma fungada e um sorriso trêmulo, e todos ignoramos de propósito o leve rubor que se espalha no rosto de Eddison.

Um pouco depois das dez, Eddison e eu dividimos a conta entre nós, deixando a contribuição de Vic de gorjeta para os muito discretos bartender e garçons que atenderam aos nossos sinais de mão e, fora isso, nos deixaram em paz. Sterling se recosta em mim, expressão sonolenta, mas curiosa, e às vezes cai em um riso suave sem nenhum motivo em particular. Ela é um tipo de bêbado muito dócil e feliz, afetuosa sem ser efusiva.

Na casa de Eddison, transferimos Sterling e nossas malas para meu carro, entregando para nossa adoravelmente embriagada agente uma garrafa de água para o curto trajeto. Meu dever para o período da noite é dar a ela o máximo possível de água que ela consiga beber sem ficar enjoada, para poder estar mais ou menos apresentável no trabalho pela manhã. Ela luta para abrir a tampa, até que Eddison abre a garrafa para ela, e então ela lhe dá um gritinho alegre como agradecimento e toma três quartos da garrafa de uma vez só.

Surpreso, ele abre outra garrafa e entrega para ela.

Enquanto dirigimos, ela apoia a cabeça na janela do passageiro, observando as lojas e o bairro que passa.

— Obrigada — ela diz, baixinho.

— Você é das nossas agora — respondo, e há algo naquele momento, ou talvez apenas as muitas horas no bar, que não exige nada além de um murmúrio. — Aquele bastardo indigno não sabia o bom que era ter você, mas nós sabemos. Obrigada por nos deixar fazer isso por você.

— Meu pai ficava perguntando se eu tinha certeza. Dizia que não se importava em perder o dinheiro do depósito, do vestido e das outras coisas. Só queria que eu tivesse certeza. — Ela suspira, puxando o elástico do rabo de cavalo para soltar o cabelo. — Eu devia ter dito para ele. Só não queria que ele tivesse problemas com minha mãe.

Sei algo sobre manter esse tipo de silêncio. Não exatamente esse, mas parecido o bastante para entender o impulso. Entro na minha rua e tento decifrar se há uma resposta que não dê início a uma conversa que ela está bêbada demais para ter.

— Mercedes?

— Hum?

— Tem umas crianças na sua varanda.

Piso com tudo no freio, e ela soluça quando o cinto de segurança trava. Quando olho pelo vidro dela, é verdade, há três crianças na minha varanda, duas sentadas no balanço e uma andando de um lado para o outro na frente delas, seus movimentos mantendo a luz acesa. Mesmo dessa distância, consigo ver o sangue e os ursos de pelúcia.

Capítulo 7

Sigo com o carro até a garagem, porque não faz sentido bloquear o caminho para os socorristas, mesmo que pareça insensível simplesmente passar pelas crianças.

— Fique aqui até que eu ligue para você — digo para Sterling, pegando minha arma e a lanterna da bolsa.

— Só porque estou bêbada?

— Porque você está bêbada.

— Está bem.

Ela assente fazendo um gesto rápido com a cabeça, com os dois celulares na mão, e consigo ver o nome de Eddison na tela, enquanto ela começa a digitar lentamente uma mensagem de texto. Boa garota.

Com as duas mãos cruzadas no pulso, de modo que tanto a arma quanto a lanterna apontem para a frente, vasculho os fundos da casa para ter certeza de que não há ninguém à espreita. Não há sinal de que alguém tenha passado por ali nas últimas horas, embora haja alguma apara de grama que sugere que Jason ajeitou o quintal assim que a polícia lhe deu autorização. A porta dos fundos ainda está trancada, o vidro intacto, sem sangue visível no degrau ou na maçaneta. Do outro lado da casa, a extremidade da varanda lentamente ganha relevo, e então as crianças estão esperando ali. Desligo a lanterna e a guardo no bolso de trás da calça.

— Meu nome é Mercedes Ramirez — digo, e as três estremecem.

— Esta é minha casa.

— Não estamos invadindo a sua casa — responde a criança do meio, de modo desafiador. — A moça anjo nos trouxe para cá!

— A moça anjo?

A mais velha, uma garota com talvez doze ou treze anos, ainda nos primeiros estágios da puberdade, confirma com a cabeça, mantendo-se entre os degraus e os outros dois.

— Ela matou nossos pais — ela diz, sem rodeios.

O sangue suja as laterais de seu rosto, e um pouco seus braços, nem de perto tanto quanto Ronnie. Ela segura o urso – branco, com asas douradas amassadas e um halo, assim como o de Ronnie – por uma das patas, batendo-o contra a coxa em sua agitação. A criança mais nova aperta o seu, buscando um conforto que já sabe que não está ali.

— Ela nos acordou. Disse que tínhamos que ir até o quarto deles. Ela disse... ela disse que tínhamos que ver que estávamos seguros agora.

— Seguros?

— Estávamos seguros em casa — diz a do meio. Ela mantém o braço livre ao redor do mais jovem, um menino que não deve ter mais do que cinco anos. — Por que ela machucou nossos pais?

Olho de relance para a menina mais velha, e há sombras em seus olhos. Talvez a mais jovem estivesse segura em casa, mas esta aqui não estava. Ela me encara rapidamente, então afasta o olhar, voltando a atenção para a irmã.

— Eles estão mortos — diz ela baixinho. — Ela nos fez ouvir as batidas do coração deles, para ter certeza.

O sangue em seus rostos.

— Primeiro o mais importante: algum de vocês está machucado?

As garotas negam com a cabeça; o menino enterra o rosto no ombro da irmã.

— A moça tinha uma arma, mas ela disse que não ia nos machucar — responde a mais velha. — Nossos pais já estavam mortos, então... nós...

— Fizeram o que ela disse e se mantiveram em segurança — completo com firmeza. — Como vocês se chamam?

— Meu nome é Sarah. — A garota mais velha coloca a mão no ombro do irmão. — Sammy. E Ashley.

— E o sobrenome de vocês?

— Carter. O de Sammy é Wong, como o do pai dele. Como o da nossa mãe, depois que eles se casaram.

— Você pode me dizer os nomes deles? E seu endereço?

Sarah me dá a informação, e envio por mensagem de texto para Sterling. Alguns segundos mais tarde, recebo um emoji de positivo. Uma mensagem de texto de Eddison chega na sequência. *A caminho. Vic também.* Certo.

Movendo-me devagar, sento-me no degrau de cima.

— A ajuda está a caminho — digo para eles. — Eu trabalho para o FBI, e um dos meus parceiros está no carro, ligando para a polícia. Os outros estão a caminho.

Depois de me encarar longamente, Sarah aparentemente decide que não vou me aproximar mais, e se senta na beirada do banco para colocar um braço ao redor do irmãozinho, posicionando-o entre ela e a irmã.

— Então, o que acontece agora? — pergunta Sarah. Ela está tão contida, apesar do medo e da dor em seu olhar, e parte meu coração pensar no que ela deve ter passado para aprender esse tipo de autocontrole sendo tão jovem.

— Os policiais vão fazer perguntas sobre o que aconteceu, e vão levar vocês para o hospital para que sejam examinados e limpos. Vão garantir a presença de psicólogos disponíveis para vocês, quando precisarem falar. Vão procurar algum membro da família que possa cuidar de vocês.

— Nossos avós estão na Califórnia. Eles podem não... — Sarah olha para Sammy, ainda soluçando ao lado de Ashley, e não termina a frase.

Posso completar a frase: eles podem não querer cuidar de Sammy.

— Prometo que os policiais vão se esforçar muito para garantir que, o que quer que aconteça, seja o melhor possível para vocês. — Infelizmente, é o máximo que *posso* prometer. Por mais que eu queira, não posso prometer que todos permanecerão juntos. Nunca está ao meu alcance.

A detetive Holmes chega logo atrás da ambulância, e outro carro para atrás do dela um minuto mais tarde.

— Ramirez — cumprimenta ela, com voz baixa.

Aceno com a cabeça em resposta.

Ela se agacha ao meu lado, ainda de olho nas crianças.

— A mulher que ligou para o 911: ela está bêbada?

— Está; é por isso que permaneceu no carro todo o tempo e fez a chamada. — Faço cara feia ao ver a expressão de desaprovação de Holmes. — Era para ser o dia do casamento dela. Nós a levamos para um bar e a embebedamos.

Holmes se surpreende com isso, e não parece ter nada para acrescentar.

— Ela teve zero contato com as crianças ou o local. Ela sequer abriu a porta do carro, literalmente.

— Tudo bem. Sarah? Ashley? Sammy? Meu nome é detetive Holmes. Como vocês estão?

As meninas olham para ela, do cabelo loiro molhado do banho até as botas pesadas, e se aproximam uma da outra, de modo a deixar Sammy quase fora da vista.

Desta vez é difícil ficar sentada e não fazer nada, esperar que Holmes tome as decisões e dê as ordens para os policiais e os paramédicos. Uma das policiais, que tem filhos, se encarrega de Ashley e Sammy, incentivando-os a dar sorrisos relutantes, enquanto os paramédicos os examinam e os levam até a ambulância. Sarah os observa até ficaram fora da vista, no veículo, e ainda assim parece relutante em afastar o olhar.

Holmes analisa a garota por alguns minutos, e então me encara e inclina a cabeça na direção de Sarah. Ela também reconhece aquela escuridão nos olhos da menina. É um tipo diferente de ferida em relação à de Ronnie, algo que vai além da dor, algo doentio e retorcido. Ficando em pé, caminho com cuidado pela varanda e, com um pulo, sento-me no parapeito, de frente para o balanço, para poder ter proximidade sem ultrapassar os limites do espaço pessoal de Sarah.

— Sarah? — digo gentilmente. — Quando foi que o seu padrasto começou a machucar você?

Ela parece surpresa, e depois na defensiva, mas, quando vê que nenhuma de nós a julga, a acusa, seus ombros caem e seus olhos se enchem de lágrimas.

— Um pouco antes de Sammy nascer — sussurra. — Minha mãe estava muito doente, o tempo todo, e ele disse... ele disse que ela n-não ia s-se importar, e que ele precisava daquilo. Mas aí ele continuou fazendo. Eu queria que ele parasse, e eu ia contar para minha mãe, m-mas ele d-disse que se eu n-não quisesse ele faria com a Ashley. — As lágrimas escorriam grossas e pesadas, e meus braços ardiam com a necessidade de abraçá-la, de ser um escudo contra o resto do mundo, mesmo que por alguns minutos. Em vez disso, seguro o parapeito com força. — Eu n-não contei — prossegue ela, a voz começando a falhar. — Eu nunca contei.

— Ah, *mija*...

Sarah se levanta do balanço e se joga sobre mim, seus braços magros envolvendo minha cintura, enquanto ela enterra o rosto no meu peito. Com um *humpf* abafado, prendo um pé na coluna fina do parapeito para não cair da varanda. Com um braço nas costas da garota, o suficiente para oferecer conforto sem que ela se sinta presa, acaricio seu cabelo ruivo com a outra mão, sussurrando com suavidade em espanhol.

Atrás de mim, ouço outros carros se aproximando, as vozes de Eddison e Vic se misturando com a de Sterling enquanto ela os atualiza como pode do banco do passageiro do meu carro. Eu me desligo deles e me concentro na garota que chora abraçada a mim.

— Sinto muito que você tenha passado por isso, Sarah — murmuro, ritmando o movimento da mão com minha respiração. Gradualmente, Sarah começa a ritmar sua respiração com a minha e a se acalmar. — Você não devia ter passado por isso jamais, mas foi uma irmã muito boa ao proteger Ashley dessa forma. E você estava cuidando tão bem deles esta noite, de Ashley e Sammy. Sei que não é nada fácil.

— Uma das garotas da minha classe, o pai fazia a mesma coisa — diz ela, na minha camiseta. Guido e Sal nunca mais serão os mesmos. — Ela contou para a professora e para a enfermeira da escola.

A mãe dela disse para todo mundo que ela estava mentindo, e que estava só tentando causar problemas.

— Eu sinto muito, Sarah.

— Estou feliz que ele esteja morto. — Ela se engasga, as lágrimas ganhando força novamente. — Desculpe, sei que não devia estar, mas estou.

— Neste momento, Sarah, depois de uma noite tão longa e assustadora, você pode sentir qualquer coisa que quiser sentir. — Aperto o ombro dela. — Isso não torna você uma pessoa ruim.

— Ela sabia. O anjo, ela sabia o que ele fazia. Mas eu nunca contei para ninguém.

— Alguém perguntou para você? Alguém na escola, talvez?

Sarah endireita um pouco o corpo, os braços ainda ao redor da minha cintura.

— Hum... — Seus cílios estão agrupados em pequenas pontas, o tom ruivo escurecido pelas lágrimas até se tornar marrom. — Fizemos exame de escoliose na aula de educação física há alguns meses — diz ela, depois de um minuto. — E enfermeira e uma das treinadoras nos examinaram no escritório do treinador. Tínhamos que levantar nossas camisetas. Na quinta aula, fui chamada para a sala do diretor. Minha conselheira escolar perguntou se estava tudo bem em casa.

— Você se lembra se ela perguntou algo específico? Alguma pista que a fizesse achar que tinha algo errado?

Corando ferozmente, Sarah confirma com a cabeça.

— Ele... ele me segura com força. As mãos dele ficam marcadas.

— Nunca mais. — Eu a lembro. Holmes assente com a cabeça de modo ausente, o olhar no pequeno caderno em sua mão. Ela parece irritada, mas está tentando disfarçar, para o bem de Sarah. — Ele nunca mais vai poder tocar em você, e nunca vai tocar em Ashley. — Espero até que Sarah confirme com a cabeça mais uma vez. — O que aconteceu com a conselheira?

— Eu disse para ela que caí do balcão quando estava guardando os pratos, e que meu padrasto me segurou antes que eu atingisse o chão. Eu sei que não devia mentir, mas...

— Mas você estava protegendo a si mesma e à sua irmã. Não estou tentando culpar você por nada, Sarah. Você fez o que tinha que fazer, especialmente se viu sua colega se classe se meter em encrencas por falar a verdade.

— Isso era tudo no que eu conseguia pensar — ela admite. — Ela contou a verdade, e todo mundo gritou com ela, e se... — Sarah respira fundo e balança a cabeça. — Alguns dias mais tarde, fui tirada novamente da aula, e havia uma assistente social com a conselheira escolar. Eu disse para ela a mesma coisa. Ela... ela perguntou se elas podiam ver os hematomas, e eu... eu disse que não. Havia hematomas novos, e eu sabia que eles iam descobrir, mas também sabia que não podiam me obrigar a mostrá-los sem a permissão da minha mãe.

— Sarah? Você acha que sua mãe teria dado permissão? — pergunta Holmes.

Sarah começa a tremer, e eu a abraço com força, tendo a confiança suficiente dela agora para envolver os dois braços ao seu redor, oferecendo calor e segurança.

— Eu não sei — sussurra ela. — Ela ama de verdade meu padrasto. Ela sempre diz que não sabe o que vamos fazer se alguma coisa acontecer com ele, ela não sabe como vamos viver sem ele.

Fecho os olhos, com o rosto encostado no cabelo dela, mantendo de forma consciente minha respiração estável. A mãe dela sabia.

— A assistente social me levou para casa e contou tudo para minha mãe. Quando descobriu que eu não tinha contado nada, meu padrasto me comprou uma bicicleta. Eu queria uma há décadas, mas ele sempre disse que não, e então ele comprou exatamente a que eu queria.

Abusadores em geral recompensam as vítimas por permanecer caladas ou por mentir. Mas não vou dizer isso para ela, especialmente não quando ela já parece saber. Sarah parece tão inteligente e doce, e tao protetora dos irmãos. Não vou lhe dar mais para carregar do que for obrigada a fazer.

— O anjo pareceu familiar de algum modo? A voz, ou o jeito como se movia?

— Não, ela usava uma máscara, mais ou menos... — Ela para de falar, franze o cenho e então me encara. — Não uma máscara como a de Halloween. Essa é um tipo chique. O tipo que os artistas pintam. Minha amiga Julie coleciona essas pintadas. Ela tem uma parede cheia, todas de modelos diferentes. A mãe dela escreve do lado de dentro a data em que ela ganhou cada uma.

— Acho que colecionei as mesmas máscaras quando era criança — observa Holmes. — Meu pai jurava que eram de Veneza, e foram necessários anos para que eu percebesse que ele estava mentindo. Mas eu ainda assim amava as máscaras.

— A do anjo era maior. Cobria o rosto todo, e não era pintada. Era toda branca. E... — Ela estremece. — Sangue. Tinha sangue nela.

— Você conseguiu ver os olhos dela? De que cor eram?

Sarah nega com a cabeça.

— Os buracos dos olhos tinham espelhos. Era assustador.

Olho de relance para Holmes.

— Vidro espelhado?

— Deve ter sido, não deve? Sarah, você vem falando o tempo todo que o anjo era uma mulher. Como você sabe?

— Eu... — Sua boca se move sem pronunciar som algum por um momento, e então se fecha. Seu cenho fica ainda mais franzido. — Ela tinha cabelo comprido e loiro. Loiro claro, acho, e liso, e não sei. Só achei que parecia ser uma mulher. Não era uma voz muito aguda, então... acho que podia ser um cara. Não sei.

Continuamos a fazer perguntas, espaçando com cuidado onde precisamos forçar um pouco para conseguir uma informação extra ou uma explicação, de modo a não a sobrecarregar. Depois de um tempo, quando ficamos sem mais perguntas para o momento, e Holmes chamou um dos paramédicos de volta, Sarah me dá um sorriso trêmulo.

— Ela disse que estaríamos em segurança com você, que você ajudaria — diz ela, com voz suave e tímida. — Ela estava certa. Obrigada.

Eu a abraço novamente, em vez de tentar responder.

Era uma vez uma garotinha que tinha medo de máquinas fotográficas.

As máquinas fotográficas eram honestas demais; elas não sabiam mentir. Podiam ser feitas para mentir, por um fotógrafo esperto o bastante, mas nenhum dos pais dela era tão esperto assim.

Elas mostravam como os dedos do Papai seguravam com força sua clavícula, ou os quadris da Mamãe.

Elas mostravam como ela e a Mamãe se afastavam – do Papai, uma da outra – e como o Papai as puxava de volta.

Elas mostravam seus olhos.

Elas mostravam tudo.

Ela odiava se ver nas fotos, porque seus olhos sempre gritavam as coisas que ela não tinha permissão para dizer, e mesmo assim ninguém ouvia.

Então Papai começou a levar a máquina fotográfica com ele à noite.

Ele olhava as fotos sempre que queria, mesmo quando estava na sala de estar, como se desafiasse Mamãe a dizer qualquer coisa.

Ela não dizia. Claro que não dizia.

E ele as levava para um grupo seleto de amigos, homens que a chamavam de anjo *e* menina bonita *e* linda. *Eles olhavam as fotos juntos, e, se algum deles realmente gostasse, Papai imprimia cópias. Mas ele nunca os deixava esquecer quem estava no controle, que ele tinha o que eles queriam. Não importava o quanto ele desse, podia tomar tudo de volta novamente.*

Capítulo 8

Desta vez Holmes deixa que eu acompanhe as crianças até o hospital, porque a confissão de Sarah a respeito do abuso significa que o exame pélvico terá que ser feito. Não sei se é porque era eu quem a abraçava ou porque foi meu nome que o assassino lhe deu, de toda forma, Holmes concorda que minha presença provavelmente vai ajudar Sarah a permanecer calma.

Eddison e Vic foram até a casa dos Wongs para encontrar Mignone. Sterling, séria e em silêncio, me acompanha em um canto da ambulância, com outra garrafa de água nas mãos. Mas não tenta falar nada para as crianças, nem para os policiais ou paramédicos. Ela simplesmente observa e bebe água.

No hospital, Ashley e Sammy estão sob os cuidados de uma pediatra com jeito de avó, cuja fala lenta e melodiosa do litoral parece fasciná-los e acalmá-los na mesma medida. Sterling enche novamente sua garrafa em um bebedouro e se senta na sala de emergência com seu celular. Neste ponto ela já está quase totalmente sóbria, mas não me surpreenderia se ela pedisse que o hospital lhe fizesse um teste de nível de álcool no sangue antes de se envolver no caso de alguma forma.

Em uma sala de exames sem cortinas, ajudo uma enfermeira e uma policial a preparar Sarah para o exame. Seu pijama é dobrado e colocado em um saco que é lacrado e assinado, e então uma câmera gigante aparece. Ela me olha de um jeito assustado.

— Está tudo bem — digo para ela. — Temos que fazer um registro de todos os ferimentos que você tem. Essa câmera tem um tipo de filtro que ajuda a ver melhor os hematomas. Precisamos garantir que os médicos saibam tudo o que aconteceu, e ter essa informação em seu arquivo vai ajudar a assistente social a decidir qual o melhor tipo de terapia para você.

— Ah. — Ela olha para a câmera e respira fundo. — Está bem.

Os hematomas são terríveis. Grandes marcas de mãos cobrem seus quadris e a parte interna das coxas, e um lado de seu peito está quase todo arroxeado e amarelo. Hematomas mais leves envolvem seu pescoço, na frente e atrás, e também seu rosto. Através do filtro, podemos ver a marca de dedos.

— Em alguns minutos a médica vai estar aqui — digo, segurando sua mão enquanto a policial guarda a câmera. — Sabe essas coisas de metal na ponta da cama que parecem pedais de bicicleta? São chamadas de estribos, e ela vai pedir que você coloque os pés neles para poder deixar as pernas na posição. Vai ser um pouco desconfortável, como se você estivesse em uma vitrine, mas ela é a única que vai ver qualquer coisa, prometo. Ninguém vai entrar e, mesmo se alguém tentar, ela vai estar sentada entre suas pernas, bloqueando a vista de qualquer coisa.

— Temos que fazer isso?

Eu gostaria de poder dar uma resposta diferente, mas não vou mentir para ela.

— Sim. Isso é uma coisa que precisamos fazer. Se você precisar que a médica pare, ou que explique algo que está fazendo, é só dizer, certo? Sei que isso é bem chato.

— É como fazer um teste de Papanicolau? Minha mãe fala sobre isso. Ela diz que, quando eu ficar mais velha, vou ter que fazer um desses.

— É bem parecido. Mas talvez seja um pouco mais completo.

— Por quê?

— A médica precisa ter certeza de que você não tem nenhum machucado lá embaixo. Quando os homens machucam meninas dessa forma, coisas podem rasgar, ou ficar inchadas, ou infeccionadas. Se as feridas são antigas, pode haver cicatrizes que vão causar problemas mais tarde. Então ela precisa ter certeza de que todos os ferimentos foram identificados, para que possam ser tratados.

— Ah.

Aperto a mão dela.

— Sarah, eu era só alguns anos mais nova do que você quando fiz meu primeiro exame, e pelo mesmo motivo.

A mão dela tem um espasmo em resposta, os dedos afundando nos meus.

— Sério?

— Sério. Então, eu prometo para você: sei que vai ser desconfortável, mas é realmente importante. Não pediríamos isso para você se não fosse.

— Você disse que é agente do FBI.

— Eu sou.

— Você... — Ela engole em seco, mas, quando levanta os olhos para me encarar, sua expressão é corajosa. — Acha que eu posso ser uma agente algum dia?

— Querida, se você quiser muito, e se esforçar bastante, realmente acredito que você pode fazer qualquer coisa que quiser. Inclusive ser agente do FBI.

— Quero proteger as pessoas.

— Você já faz isso. — Meu coração se parte um pouco ao ver o jeito confuso como ela inclina a cabeça. — Sarah, ele teria ido atrás de Ashley. Você protegeu sua irmã durante anos, e você fez um excelente trabalho, tanto que ela nem sabia que estava em perigo.

A médica entra enquanto a menina pensa naquilo, uma mulher não muito mais velha do que eu, com olhos e voz gentis, e um jeito de explicar cada passo sem deixar muito técnico nem simples demais a ponto de ser ofensivo. Entre as partes da narração, ela faz perguntas fáceis para Sarah, questões que a mantêm falando sem serem muito pessoais. Sarah se contorce um pouco durante o exame, e grita uma ou duas vezes quando o aviso não foi o suficiente para prepará-la, mas a médica lhe dá um sorriso caloroso ao tirar as luvas.

— Você se saiu muito bem, srta. Carter.

— Está tudo... está tudo bem? Sabe, ali... ali embaixo?

— Em grande parte — responde a médica, com honestidade, mas não parece preocupada. — Você tem um pouco de inflamação, e parece que uma parte do tecido da superfície sofreu atrito de forma bem dolorosa, então vamos lhe dar alguns remédios: antibióticos, para prevenir infecção, e alguns anti-inflamatórios para ajudar com o inchaço e a sensibilidade. A má notícia... e não é muito má, só um pouco estranha... é que também vamos dar um creme para ajudar no tratamento. Depois que você descansar e se limpar um pouco, uma das enfermeiras vai chamá-la para ensinar a aplicar. Pense nas aulas de educação sexual na escola, acrescente um pouco mais de esquisitice, e provavelmente você já vai ter uma ideia.

Sarah dá uma risada e parece um pouco surpresa com aquilo.

— Já pedimos um pijama para você — prossegue a médica —, e, assim que você se trocar, a enfermeira vai levar você alguns andares acima. Temos um quarto para que você e seus irmãos passem esta noite juntos.

— E eles estão bem?

— Estão. Abalados, assustados, mas fisicamente estão bem, e temos enfermeiras que vão cuidar de vocês durante a noite. Tem uma assistente social com eles também, e ela vai acompanhá-los pelos próximos passos. Você precisa que a agente Ramirez vá com você ou posso pegá-la emprestado por um minuto?

Sarah me dá um sorrisinho.

— Acho que ficarei bem. Obrigada, agente Ramirez.

— Mercedes — digo para ela, e seu sorriso aumenta. — Antes de ir embora, deixarei com a assistente social um cartão com meu celular e e-mail e ela vai entregar para você. Se precisar de qualquer coisa, Sarah, mesmo que seja só para conversar, entre em contato. Vai ter muita coisa acontecendo nos próximos dias e semanas, e pode ser muita coisa com a qual lidar, em especial se você achar que precisa ser forte por causa de seus irmãos. Mas você nunca precisa ser forte comigo, está bem? Então, se precisar de mim, me ligue.

Ela concorda com a cabeça e aperta minha mão, antes de soltá-la e de seguir a médica pelo corredor até o balcão da enfermagem.

— É pouco profissional eu querer encontrar o canalha que fez isso com ela para poder arrancar o pau dele? — pergunta a médica, sem formalidade.

— Profanar um cadáver pode ser crime no estado da Virgínia. Mas eu teria que verificar.

— Cadáver? — Ela pensa por um momento, então acena vigorosamente com a cabeça. — Acho que já é bom o bastante.

— Então a condição dela é pior do que você falou?

— Não, fisicamente, com tempo e cuidado, ela vai se curar por completo. Eu apenas sou da opinião que alguém que comete estupro devia ser castrado, e, se estupra uma criança, a punição devia ser a mais dolorosa e prejudicial possível.

— Gosto dessa opinião.

— Apressamos o exame de sangue da sua parceira, e ela já está abaixo do limite legal agora. Não imagino que sua equipe vá dormir muito esta noite.

— Não, não vamos. Obrigada, doutora.

Na sala de espera, Sterling olha feio para o celular, com um copo de isopor fumegando ao lado de seu cotovelo.

— Tem uma máquina automática de café, se quiser alguma coisa — informa ela. — Se o café for tão ruim quanto o chá, você pode não querer arriscar.

— Estou desperta o suficiente por enquanto — admito, me largando no banco ao lado dela. — Ainda não tirei meu celular do silencioso. Alguma notícia dos garotos?

— Disseram que a cena é parecida com a da casa dos Wilkins. O pai foi imobilizado com dois tiros, a mãe foi esfaqueada até a morte, o pai foi *realmente* esfaqueado até a morte. Diferentemente de Daniel Wilkins, Samuel Wong tem vários ferimentos de faca na região na virilha.

— Ronnie Wilkins não era abusado sexualmente, Sarah Carter era, então acho que faz sentido.

— Eles vivem em um dos bairros na extremidade da cidade, onde as casas têm terrenos grandes. Nenhum vizinho perto o suficiente para ouvir ou ver alguma coisa. — Ela levanta os olhos do telefone.

— Vic disse que os espelhos no quarto e no banheiro de Sarah estavam cobertos.

— Não é incomum para alguém que estava sendo machucada daquele jeito.

— Os peritos vão até a cena do crime, mas até agora nada se destacou. A maioria das pessoas no bairro não tranca as portas à noite.

— Uma vizinhança segura.

— Tenho certeza de que se sentem seguros agora. — Ela suspira e deixa o telefone virado para baixo, no colo. — Ela os fez assistir?

— Não. Três seriam muito mais difíceis de controlar do que um, em especial porque dois deles não tinham sido abusados. Ela os despertou depois e os fez ir até lá para ouvir as batidas dos corações.

— Santo Deus.

Ficamos sentadas em silêncio por vários minutos. Tento decidir o que é melhor: contar eu mesma para Siobhan, apesar de seu pequeno decreto sobre deixá-la entrar em contato quando e só quando ela estiver pronta para isso, ou deixá-la saber pelas conversas de corredor no trabalho. Preciso enviar um e-mail para o grupo de analistas para que possam começar a fazer verificações cruzadas assim que chegarem ao escritório, encontrando qualquer coisa e tudo que ligue Sarah a Ronnie. Um ponto no espaço em geral é quase inútil, mas dois pontos, dois pontos podem levar a uma semelhança, ao início de um padrão. Dois pontos podem formar uma reta. Eu gostaria que Yvonne, a analista dedicada à nossa equipe, já tivesse voltado da licença-maternidade. Ela é boa em encontrar essas linhas ocultas entre A e B.

— Você acha que a cama de Eddison é grande o bastante para três pessoas?

— O quê?

Sterling inclina a cabeça em meu ombro. Em algum ponto ela prendeu o cabelo em um rabo de cavalo, e alguns fios soltos fazem cócegas na minha nuca.

— A minha não é grande o bastante, e a sua provavelmente vai estar lacrada. Nenhum de nós devia ficar sozinho esta noite.

Estendo o braço e dou uma puxadinha de leve na orelha dela.

— Você ainda está um pouco bêbada, não está?
— Só um pouquinho.
— Nenhum de nós vai conseguir dormir hoje de manhã? Só à noite? — Apoio a cabeça na dela e respiro. — Se a cama do Eddison não for grande o bastante, podemos todos dormir no chão da sala do Vic.
— Combinado.

O silêncio retorna, quebrado por conversas distantes e pela chamada ocasional do interfone. Depois de um tempo, um grupo de médicos uniformizados e com aventais cirúrgicos descartáveis passa correndo por nós, em direção à área das ambulâncias, e alguns minutos mais tarde ouvimos o som das sirenes se aproximando. O celular de Sterling vibra e toca com uma série de mensagens de texto entregues em rápida sucessão. Respiramos fundo mais uma vez, esperamos mais um instante, e então ela pega o telefone, abre o aplicativo de mensagens e começa a ler em voz alta.

Capítulo 9

— Estão dizendo que mais crianças foram deixadas na sua porta.

Siobhan está na minha mesa, e não tenho ideia de que horas são, mas ela obviamente já esteve em sua mesa esta manhã (ainda é de manhã?) porque está usando seu suéter horroroso. Tem uma saída de ar-condicionado bem em cima da mesa dela, e, qualquer que seja o termostato ao qual está ligado, está sempre congelando. O fato de meu cérebro estar preso em seu suéter, e não em sua presença na minha mesa, não é um bom presságio para a conversa que certamente se seguirá.

Eu me recosto na cadeira, tentando não esfregar o rosto, porque minha maquiagem é a única coisa que me faz parecer semi-humana neste momento.

— Deixei uma mensagem de voz para você — digo depois de um momento. — Pedi que me ligasse de volta.

— Sim, e então cheguei na minha mesa e Heather estava esperando para me contar tudo sobre minha namorada que teve mais crianças ensanguentadas entregues na porta de casa.

— Não é como se eu estivesse encomendando na Amazon.

— Mercedes!

— O que você quer que eu diga, Siobhan? Sim, havia crianças na minha porta. Sim, os pais delas foram mortos. Sim, foi terrível.

— O que vai acontecer com elas?

— Não sei — Suspiro. Falei por telefone com a assistente social de plantão. Os avós de Sarah e Ashley na Califórnia estão dispostos a aceitar as meninas, mas aparentemente são racistas fervorosos e não aceitam o "mestiço", e Sarah já anunciou que, se for mandada para qualquer lugar sem os dois irmãos, vai fugir. O que, você sabe, é bom para ela, mesmo assim... O pai das garotas está na prisão por um crime de colarinho branco e os avós paternos morreram há anos. Já os avós de Sammy não foram localizados. Não há tios ou tias, e é difícil encontrar lares adotivos dispostos a aceitar um trio e mantê-lo junto. — Por enquanto estão no hospital, até que tenham certeza de que a mais velha está bem, e então serão levados para um orfanato até que a situação seja resolvida.

— E você está bem com isso.

— E você veio até aqui só para gritar comigo?

Siobhan parece envergonhada. Cansada, também, os olhos vermelhos de exaustão, e o corretivo mal consegue cobrir as olheiras ou disfarçar o jeito como a pele suave fica flácida com a fadiga. Ela não anda dormindo.

— Sinto sua falta — sussurra ela.

— Também sinto sua falta, mas foi você quem se afastou.

— Crianças ensanguentadas, Mercedes!

— Vítimas, Siobhan, que certamente não pediram que seus pais fossem assassinados para poderem incomodar você.

— Uau. — Ela se senta, ou se empoleira, na verdade, na beirada da minha mesa e encara os pés. — Em geral, quando brigamos, você não é má desse jeito.

— Em geral, quando brigamos, é por besteira. — Vasculho a bagunça de papéis na minha mesa até encontrar meu celular, que me diz que já são quase oito e meia; estive sentada em minha mesa por quase cinco horas. *Madre de Dios*. Girando minha cadeira, posso ver Sterling em seu computador, digitando rapidamente, e Eddison com os pés apoiados no canto de sua mesa obsessivamente arrumada ali perto, com uma pasta grossa aberta no colo. — Ei, *hermano*... — digo para ele.

— Traga algo para mim — devolve Eddison.

— Combinado. — Pego minha bolsa da última gaveta e me dirijo para o elevador. Um segundo mais tarde, uma surpresa Siobhan me segue.

— O que... aquilo foi uma conversa? O que foi aquilo? — questiona ela.

— Vamos tomar um café.

— Tenho que voltar ao trabalho.

— É por isso que você estava na minha mesa? — Aperto o botão com mais força do que necessário, e tenho que me conter para não ficar apertando várias vezes. É esse tipo de manhã. — Você pode vir ou não.

— Mercedes...

O elevador se abre e eu entro e me viro, erguendo uma sobrancelha para ela. Xingando baixinho, ela me segue.

— Não estou com minha carteira.

— Está com seu crachá?

— Sim.

— Então, desde que você possa voltar para sua mesa mais tarde, tenho quase certeza de que consigo arcar com o custo de um café, mesmo que seja o seu.

— O que você quer dizer com isso?

— Que você pede um café ridiculamente complicado.

— Ah. Isso é... isso é verdade.

Estou cansada, irritada e confusa, e mais do que um pouco magoada por suas escolhas recentes, então estou bem ciente que meu humor atual pode ser descrito como desagradável. Saímos do prédio e seguimos até uma das cafeterias. Apesar das várias que há nas redondezas, estão todas lotadas, alimentando o vício que mantém uma grande porcentagem dos agentes operando na mesma capacidade. A alguns quarteirões dali, conseguimos encontrar uma que está um pouco mais tranquila, com um pequeno pátio com um punhado de cadeiras e mesas minúsculas vazias. Alguns fregueses estão sentados lá dentro, no ar-condicionado, e há outros comprando para viagem, mas podemos ter o pátio só para nós. Ninguém quer se sentar no calor úmido, não importa quão cedo ainda seja.

O pedido de Siobhan enche a lateral da xícara com runas misteriosas, e o meu ganha um sorriso rápido do barista por ser muito simples.

Também compro um bagel para mim e um cannoli para Siobhan. Claro que não vão ser tão gostosos quanto os de Marlene, mas talvez seja bom para lembrar que, quanto mais tempo ficar irritada comigo por algo que não é minha culpa, mais tempo vai demorar para ela comer aquelas delícias maravilhosas de novo.

Não sou contra suborno.

Esperamos nossas bebidas em silêncio. Ela brinca com os punhos de seu suéter gigante e feio, e eu verifico as últimas mensagens recebidas de Holmes: *Por que você tem tantos vizinhos na cama às dez da noite?* Com isso, imagino que ninguém percebeu um carro chegando na minha casa e descarregando as crianças. As pessoas na rua são amigáveis, mas fica cada um na sua. O acordo que Jason e eu temos para cortar a grama e lavar a roupa atinge um grau incomum de coexistência. Não há muito motivo para passar seu tempo espiando o mundo lá fora pelas cortinas quando sua vida está dentro de casa.

Com os cafés e os desjejuns em mãos, seguimos para o pátio. Ela cutuca o cannoli, esmagando a crosta grossa com o indicador e o polegar. Estou faminta demais para ser delicada, e meu bagel desaparece em cinco mordidas. Talvez eu devesse ter comprado dois.

— Mercedes? Por que não moramos juntas?

O cabelo dela está tão brilhante sob o sol da manhã, os cachos ruivos que parecem saca-rolhas e lutam contra qualquer tentativa de domá-los ou contê-los. Ela não consegue sequer usar uma tiara quando o cabelo está seco; nesta manhã, o rabo de cavalo dela está preso por um rolo flexível gigante em um tom cor-de-rosa forte. Eu me acostumei mal nos últimos três anos, podendo sentir aquele cabelo contra minha pele, seu peso em minhas mãos.

— Mercedes.

— Porque não gosto de dividir meu espaço de modo permanente — respondo com simplicidade. — Porque ter meu próprio espaço, ter trancas entre mim e todo o resto, é importante para mim, e não estou pronta para abrir mão disso. Porque não posso ter apenas um quarto, ainda que convertido em escritório, como meu único espaço seguro, meu único espaço privado. Porque eu amo você, mas ainda não sou capaz de morar com ninguém.

— Eu sempre fico na sua casa, você fica na minha, e você e Eddison dormem um na casa do outro o tempo todo. Qual a diferença?

— A possibilidade de dizer não.

— Eu não...

— Quando eu era criança, meu quarto não tinha uma tranca que eu pudesse controlar. Fui para um lar temporário aos dez anos, e eram de duas a seis pessoas em um quarto, e, se houvesse uma tranca, seria do lado de fora da porta, nada que pudéssemos tocar. Quando minhas últimas tutoras temporárias perguntaram se eu queria ficar com elas até a maioridade, fizeram isso comprando uma tranca e me ajudando a instalá-la do lado de dentro da porta. Elas entenderam o que isso significava para mim, como isso me fazia sentir segura, e foi por isso que eu fiquei. Foi o primeiro espaço que era só meu, não só porque eu estava lá dentro, mas porque podia controlar quem tinha acesso a ele.

Ela dá um gole em sua bebida, observando os carros passarem.

— Você esteve em um lar temporário? — pergunta ela, depois de um tempo.

— Durante oito anos.

— E não foi adotada?

— As últimas se ofereceram. Eu disse que não.

— Por quê?

— Porque minha família me machucou. Eu não estava pronta para tentar de novo. Mas fiquei com elas durante quatro anos, e ainda mantemos contato. Nos vemos algumas vezes durante o ano.

— Três anos e você nunca me contou isso?

— Você gosta de editar seu mundo, Siobhan. Não pode me dizer que não está curiosa em saber por que eu fui para um lar temporário, mas vai ficar zangada se eu explicar. Porque não é o que você quer, na realidade. Crianças não são machucadas em seu mundinho.

— Isso não é justo.

— Não, não é, e estou cansada de fingir que é algo que posso fazer. — Bato com o polegar nas cicatrizes em meu rosto. Mantenho-as cobertas a maior parte do tempo, mas não sempre. Ela já as viu, e nunca perguntou como as ganhei. Fui grata por isso até que entendi que ela não estava me dando privacidade. Ela realmente não queria saber, porque suspeitava que pudesse ser algo terrível. E era, e é, mas mesmo assim. — Você me pune o tempo todo por fazer um trabalho que você acha que não devia ser necessário, enquanto se recusa a admitir que é. Estou cansada de sentir que tenho que proteger você da minha história simplesmente porque você não gosta que o mundo possa ser um lugar horrível.

— Não sou tão ingênua! — ela protesta, mas nego com a cabeça.

— Você quer ser. Você não é, e sabe que não é, mas *quer* um mundo simples assim, e desconta nas pessoas que a fazem lembrar que não é.

As mãos dela estão tremendo. Observo seus dedos apertarem a xícara para tentar controlar o tremor, e então ela solta a xícara e esconde as mãos no colo.

— Parece que você está terminando comigo.

— Não estou.

— Sério?

— Eu devia ter parado de fingir há muito tempo. Mas você precisa entender o seguinte, Siobhan: não vou mais fazer isso. Você precisa decidir se quer estar em um relacionamento com alguém com uma história pessoal dolorosa, alguém que precisa ser capaz de falar sobre as dificuldades e os triunfos de um trabalho que você odeia. Se puder, ou se achar que pode, maravilha. Realmente espero que sim, e que possamos descobrir como fazer isso seguir em frente. Se não puder, posso entender, mas a escolha de terminar é sua.

— Você está me colocando contra a parede.

— Sim. — Bebo o resto do meu café e coloco o lixo dentro da xícara. — Posso contar para você algo sobre as crianças?

A expressão dela diz *que diabos, não*, mas, depois de um momento, ela confirma com a cabeça.

— Elas foram machucadas pelos pais, e quando essa mulher as tirou de casa, ela as trouxe para minha casa e disse a elas que estariam seguras. Que eu as manteria em segurança. E, sim, é assustador que ela saiba onde eu moro e o que eu faço, mas ela também está confiando em mim para manter essas crianças em segurança. A história que eu tenho com meu trabalho, a reputação que construí, significa que essas crianças não estão sendo deixadas em suas casas, com os pais mortos. É uma pequena clemência, mas uma clemência de todo modo. Ela não machuca as crianças, e sabe que eu também não vou fazer isso.

— Não tenho certeza se tenho algo a dizer — responde ela, trêmula.

— Não tem problema. Apenas pense nisso enquanto toma sua decisão.

Meu telefone vibra com outra mensagem de texto, desta vez do detetive Mignone. *Wong tirou fotos da enteada. Nas fotos, ela parece não perceber. A assistente social quer você presente quando forem contar para ela.*

Pode demorar mais ou menos uma hora até eu chegar aí, respondo.

Tudo bem. Eu aviso para ela.

— Preciso ir para Manassas — anuncio.

— Você vai para casa? O dia mal começou.

— Meu dia de ontem ainda não terminou, e vou para o hospital falar com uma das crianças. Quer me acompanhar de volta ou precisa de algum tempo?

Ela me olha por um longo instante, e seus ombros caem.

— Vou ficar mais um pouco. Acho... Acho que falo com você... quando?

— Quando você decidir. O arremesso é seu.

— Arremesso?

— Com um irmão como Eddison, é realmente tão surpreendente que o beisebol tenha se infiltrado no meu vocabulário? — Eu me levanto e jogo o lixo fora, incluindo o cannoli destruído dela, quando ela me confirma que posso fazer isso. Não tenho certeza se chegou a comer alguma coisa, honestamente. — Não vou aparecer no seu apartamento ou na sua mesa, não vou me comunicar com você, não vou mandar mensagem de texto, ligar ou mandar e-mail. Não vou mandar bilhetinhos como na escola. Agora é com você.

Hesito, e então decido que diabos e me inclino para beijá-la. Por mais que ela esteja irritada comigo, nossos corpos conhecem um ao outro, e ela se inclina na minha direção, sua mão segurando meu cotovelo. Ela tem gosto de framboesa, chocolate branco e hortelã daquela bebida idiota. Um motorista que passa assobia, mas ignoro, concentrada em sentir seus lábios nos meus, o pequeno suspiro quando meus dedos acariciam sua mandíbula. Esta pode ser a última vez que nos beijamos, e é assustador perceber que desisti de poder opinar nessa decisão. Assustador, mas certo. Me afasto um pouco, nossas respirações se misturam, enquanto minha testa encosta na dela.

— *Te amo y te extraño y espero que sea suficiente.*

Vou embora e parece que estou deixando um pedaço de mim, mas não olho para trás. Em vez disso, volto para a cafeteria, peço bebidas para Eddison, Sterling e Vic, e mais um café para mim. Quando saio, com os copos colocados com cuidado em uma sacola, Siobhan já não está mais na mesa.

Capítulo 10

A fúria de Sarah ao saber que o padrasto tinha câmeras escondidas por todo seu quarto ocupa praticamente o restante do dia. Ela está muito zangada e magoada, mas ainda não contou para a irmã o que aconteceu, então toda aquela raiva cresce internamente até que a levamos para fora e a deixamos gritar. Nancy, uma assistente social com mais de trinta anos de experiência, intercepta habilmente os seguranças de plantão para que eles saibam o que está acontecendo, e eu fico com a pré-adolescente gritando e soluçando no pequeno jardim que provavelmente já viu muito dessas coisas. Ela se acalma devagar, mais um sintoma de exaustão do que calma propriamente dita, penso, e pergunta se pode ver as fotos.

— Você acha que isso vai ajudar? — Nancy pergunta de forma imparcial.

— São fotos *minhas*. Quantas outras pessoas as viram?

— O detetive Mignone as encontrou quando estava mexendo no guarda-roupa do seu padrasto, e colocou-as imediatamente em um envelope que foi lacrado — explico. — Vai ter mais uma pessoa cujo trabalho é catalogar as fotos como evidência, juntamente com uma descrição básica do conteúdo, e então o novo envelope será lacrado. Considerando que o sr. Wong está morto e não pode ser levado a julgamento, não há motivo para que as fotos sejam vistas em um tribunal. Não há motivo para que advogados peçam para revisar a evidência.

— E se Samuel mostrou para mais alguém? Tipo para os amigos dele ou algo assim, ou se as compartilhou na internet?

— A detetive Holmes está pedindo ao seu departamento que a deixe trabalhar juntamente com a divisão de crimes cibernéticos do FBI — conto para ela. — Temos pessoas especializadas em rastrear arquivos e fotos na internet. Se ele enviou para alguém usando seu computador, vamos descobrir. A polícia também vai conversar com os colegas de trabalho e amigos dele.

— Então, mesmo que não tenham visto as fotos, eles vão saber que as fotos existem?

— Não. Eles não vão mencionar as fotos especificamente, a menos que tenham absoluta certeza de que pegaram alguém. Eles vão ser muito cuidadosos, Sarah. Ninguém quer machucá-la ainda mais.

— E se eles tiverem as fotos?

— Vão ser presos e processados por posse de pornografia infantil. Sarah, você tem doze anos. Ninguém, e eu quero dizer ninguém, quer que essas fotos fiquem por aí para que alguém possa vê-las.

— Mas eu tenho que *saber* — sussurra ela, largando-se no banco como uma marionete cujos fios foram partidos.

— Eu entendo isso. — Nancy se inclina para a frente, sem se aproximar demais de Sarah, mas se envolvendo um pouco mais agora que a gritaria parou. — Mas eles estão tentando proteger você. Essas fotografias são evidência de um crime, Sarah, e eles não vão simplesmente dá-las para você, mesmo que você apareça nelas. Eles não vão devolver pornografia infantil. Se eu acho que ver as fotos pode ajudar você? Possivelmente. Se eu acredito que vê-las pode machucar você? Provavelmente. Sarah...

Sarah, coçando o pulso onde a pulseira de plástico do hospital raspa sua pele, espera que a assistente social termine seu raciocínio, o que é um bom sinal, acho.

— O que seu padrasto fez com você, o que ele tirou de você, foi extremo. Você realmente quer ver o quanto ele tirou?

— Eu não... — Ela solta um suspiro frustrado. — Não gosto que outras pessoas vejam um pedaço de mim que não sei qual é. Samuel me machucou em particular, mas agora partes disso são públicas.

— Elas não são públicas.

— Mas outras pessoas estão vendo, outras pessoas sabem que elas existem e por que e como, e eu não posso vê-las.

Nancy pensa naquilo por um longo momento, e quase posso vê-la repassando as opções em sua mente.

— A única coisa que posso prometer é que vamos falar com o advogado sobre isso assim que o tribunal nomear alguém. Qualquer coisa além disso está completamente fora das minhas mãos. Mas vou prometer isso para você. Veremos se há qualquer base legal para o pedido. O que eu preciso de você em troca é que se prepare para a decepção. Se, e é um grande *se*, você tiver permissão para ver as fotos, isso vai ser um resultado inesperado. — Ela estende a mão devagar, dois dedos estendidos, e toca o rosto de Sarah de leve com a parte de trás dos dedos. Não é ameaçador, um jeito de tocar e confortar sem implicar a possibilidade de dano. — Você não pode deixar que essas fotos sejam a única coisa que vai poder curar você. Você precisa achar seu caminho sem elas. Pode trabalhar comigo nisso?

— Tenho escolha?

— Nenhuma que seja boa.

Sarah dá uma risada e parece surpresa com isso, e acho que provavelmente isso também é um bom sinal.

Quando as deixo, elas ainda estão no jardim, conversando sobre a melhor forma de contar para Ashley o que o padrasto delas fez. Pelo que Sarah diz, Ashley gostava de Samuel porque ele lhe dava coisas bonitas. Ela vai ter dificuldade para entender.

Vou para a casa de Vic porque é o que essa equipe faz quando não sabemos mais o que fazer, e Eddison e Sterling chegam alguns minutos depois de mim. Marlene sai para nos receber, embora todos tenhamos a chave, e me envolve em um abraço apertado, os braços elegantes cravando em minhas costas de um jeito que deveria ser doloroso, mas na verdade é reconfortante.

— Como você está? — pergunta ela, com suavidade.

Dou um sorriso torto.

— Estou indo.

— Bem, isso é alguma coisa, não é? E aquela pobre garota?

— Zangada.

— Bom.

Isso me faz rir, e eu a abraço também, só soltando-a quando Eddison e Sterling se aproximam de seu alcance.

As filhas de Vic estão fora esta noite, ou trabalhando ou passando o tempo com os amigos, então somos só nós seis espalhados pelo quintal dos fundos ao redor da churrasqueira. Jenny prepara o que chama de *jantar hobo*, que é jogar um monte de coisas em uma folha de papel-alumínio, fazer uma trouxinha e colocar na churrasqueira no bafo ou no forno. Ela tem um caderno inteiro de receitas escritas a mão disso, e é sempre delicioso, desde que Vic faça sua parte e tire da churrasqueira antes que a catástrofe ocorra.

— Priya me enviou uma coisa hoje — conta Sterling, enquanto observamos Marlene e Jenny brincar de cabo de guerra com os cachos de Eddison. Jenny está tentando convencê-lo a cortá-los, ou pelo menos dar uma aparada, pelo amor de Deus, e Marlene proclama dramaticamente que ele tem permissão para não fazer uma coisa dessas. Entre as duas, Eddison enrubesce e gagueja, e nos lança olhares desesperados por ajuda. Permanecemos a uma distância segura com nossas cervejas.

— Ela faz isso de vez em quando. O que ela mandou?

Ela me entrega seu telefone, que tem um link na mensagem. Quando toco, tenho acesso a montagens de fotos de des-celebração, nas quais mulheres comemoram um divórcio ou o fim de um noivado com montagens de fotos delas destruindo seus vestidos de casamento de várias formas. Uma mulher e seu grupo de damas de honra enfiam alegremente seus vestidos em um triturador de galhos. Outro grupo está usando seus vestidos e jogando paintball. Uma mulher, que parece ter rasgado seu vestido em tiras e amarrado uma na outra, está descendo de uma janela de hotel pintada SUÍTE MATRIMONIAL – RECÉM-CASADOS.

— ¡¿*Qué chingada?!*

— Não é? Olhe aqui... ah, o que é isso... ah, este aqui.

Dou uma risadinha, olhando para a tela, e vejo uma noiva zumbi e sua brigada de damas de honra.

— Definitivamente, esse é um jeito criativo de usar um vestido que não pode ser devolvido.

— Ela perguntou se eu tinha alguma ideia.

— Você tem?

— Ainda não. — Ela toma um longo gole de sua cerveja, então ergue a garrafa para Eddison em um cumprimento quando ele engole suficientemente o orgulho para fugir de Marlene e Jenny. — Mas isso me fez pensar.

Deus abençoe Priya.

Depois de um frango e uma abobrinha com molho marinara incríveis, e cogumelos para quem gosta deles, conversamos um pouco sobre as garotas Hanoverian, e como vai ser estranho no próximo ano quando Janey for para a faculdade como suas irmãs. Quando Marlene começa a bocejar, limpamos tudo e nos preparamos para ir embora, ainda que ela nos chame de bobos por fazer isso.

— Você vai para casa comigo? — pergunta Eddison.

Sterling responde antes de mim.

— Não, ela vai comigo. Você pode ter uma noite livre de estrogênio para variar.

— *Y puede que la luna vaya a caer del cielo* — murmura ele.

— O que você disse?

— Obrigado, vocês são muito gentis.

— Pensou rápido — sussurro, e dou uma cotovelada nas costas dele. Ele esfrega a lateral do corpo com cara feia, mas não responde.

Eu mando uma mensagem de texto para Holmes para avisar que estamos prontos para instalar as câmeras que Sterling pegou no caminho da casa de Vic, e, quando chegamos na minha casa, um policial uniformizado está lá para nos deixar passar pela fita da polícia. Ele nos cumprimenta de modo afável e nos observa trabalhar. As câmeras são pequenas, muito discretas e fáceis de esconder, e Sterling já trabalhou com elas antes. O que é bom, porque quando digo que vamos instalar quero dizer que Sterling as instala, e eu entrego as coisas que ela me pede. Ela só precisa de uma hora para preparar as duas e colocá-las devidamente na rede, o vídeo sendo armazenado tanto em um HD externo quanto em um serviço de armazenamento on-line. Ela é nossa guru tecnológica sempre que Yvonne está indisponível.

Agradecemos o policial e pegamos a estrada até o apartamento de Sterling. Ela vive a poucas ruas de Eddison, em um complexo de propriedade da mesma empresa e que parece quase idêntico exceto pelo fato de os edifícios serem laranja claro em vez de marrom-amarelado. Ela separa a correspondência na caixa de correio, jogando três quartos direto na lata de lixo no canto da sala.

— Será que as empresas realmente conseguem fazer negócios suficientes com essas propagandas para valer a pena o dinheiro e o desperdício?

— Provavelmente não, mas por que isso iria impedi-las?

O apartamento fica no segundo andar, e ela faz uma pausa com a chave na porta.

— Pode estar um pouco bagunçado agora — ela diz, se desculpando. — Tenho feito de tudo para conseguir doações.

— Dá para andar lá dentro?

— Sim.

— Tem algum bicho?

— Não — diz ela, me olhando de soslaio.

— Tem alguma coisa crescendo aí?

— Não!

— Então está tudo bem.

— Você tem padrões tão baixos que chega a ser deprimente — suspira ela, e empurra a porta para acender a luz de entrada.

Entro atrás dela, fechando e trancando a porta atrás de mim, e dou a primeira olhada em sua casa.

— Santo Deus, Eliza.

Surpresa, ela deixa as chaves caírem no chão em vez de pendurá-las no gancho que estava procurando.

— Você nunca me chamou de Eliza.

— É porque eu nunca tinha visto isso antes. Acho que nunca mais serei capaz de chamá-la de Sterling novamente.

Ela cora profundamente e pega as chaves, pendurando-as organizadamente no pequeno gancho perto da porta.

— Nunca poderei deixar Eddison vir aqui, não é?

— Ah, diabos, não. Ele vai sair correndo e gritando até o estacionamento. — Solto uma gargalhada, entrando no apartamento. As paredes são pintadas de um tom delicado e frio de rosa, com uma parede pintada com um rosa mais ousado para destacar. A porta de vidro deslizante leva a um minúsculo balcão e é coberta não só por persianas verticais para bloquear o sol, mas também por uma cortina rosa transparente e cercada por cortinas cor de lavanda e azul bebê, com um desses... o que é isso, um bandô? Um frisado? É uma coisa mais curta que vai sobre a cortina e, assim como as cortinas, está presa por duas fitas cor-de-rosa com minúsculos laços nos intervalos. Cada coisa da sala parece perfeitamente coordenada, como um catálogo da Martha Stewart, possivelmente como se a Santa Martha dos Cupcakes em pessoa tivesse vindo para abençoar. O mesmo vale para a cozinha, que tem panos de prato coordenados pendurados nas gavetas e no puxador do forno.

A única bagunça que consigo ver é perto da mesa da sala de jantar, que tem duas toalhas, uma amarela e outra verde-hortelã. Duas das cadeiras têm pilhas de roupas sobre elas, uma tem uma caixa meio cheia em cima, e a outra tem um saco de lixo praticamente cheio.

— Santo Deus, Eliza Sterling. Eu... honestamente não consigo me lembrar da última vez que vi tanto frufru. Ou são babados?

O rosto dela está queimando agora, e ela se ocupa pendurando a bolsa perto das chaves.

— Por favor, não conte para Eddison.

— Eu jamais estragaria a surpresa. — Não consigo parar de rir, e a pobre garota parece mais envergonhada a cada minuto, então eu passo os braços por sobre seu ombro como se fosse um abraço de coala. — Por que você nunca disse que era tão mocinha fora do trabalho?

Pelo menos isso me garante um sorriso torto.

— Já é difícil o bastante ser levada a sério. Você consegue imaginar se os meninos descobrem isso?

— Humm.

— O quê?

Solto o corpo nela, mergulhando o queixo em seu ombro.

— Estou tentando me lembrar da última vez que você treinou luta com um homem e não terminou com ele sendo lançado repetidas vezes no tatame. Você sempre acaba com eles. É por isso que Eddison não treina com você. Quando eles conseguirem derrotar você no tatame, então podem falar qualquer coisa sobre o rosa e os babados.

Ela dá uma gargalhada e me empurra.

— Me deixe trocar de roupa e depois vou te ajudar a arrumar o sofá.

Troco de roupa na sala, vestindo uma camiseta e uma boxer recém-tirada da gaveta de Eddison, porque as minhas outras realmente precisavam ser lavadas, e descubro que a gaveta de uma das mesas de canto é, na verdade, um pequeno cofre de armas.

— Zero-dois-um-quatro-dois-nove — declara ela, quando volta para a sala e me pega olhando. —Sei que é estúpido, mas queria alguma coisa sobre a qual não tivesse que pensar.

— Zero-dois-um-quatro é o quê? O Dia de São Valentim? Dois-nove?

— O Massacre do Dia de São Valentim, 1929.

Penso naquilo por um momento, olhando para todos os babados, tons pastel e decoração perfeitamente coordenada ao meu redor.

— Você é uma pessoa complicada, Eliza Sterling.

— Não somos todos?

— Com certeza.

Com a mesa de centro empurrada até o rack, há espaço bastante para o sofá se transformar em uma cama, que finalizamos com um jogo de cama completo que ela pega do armário. Ela se limita a revirar os olhos para minhas risadinhas intermitentes.

— Não consigo evitar — insisto. — É só que... você é tão severa no trabalho, só usa preto e branco, está sempre com o cabelo preso, é tão cuidadosa com a maquiagem, e aqui é um completo conto de fadas. Adorei isso.

— É mesmo?

— Claro! Só vai levar um tempo para que meu cérebro possa conciliar os dois. De todo modo, você devia ver quanto tempo levei para parar de gargalhar na primeira vez que vi o apartamento de Eddison.

— Sério? Mas o apartamento dele é exatamente do jeito que imaginei.

— Se você fosse mudar algo, para torná-lo ainda mais Eddison, o que você faria?

Ela pensa nisso enquanto coloca a fronha no travesseiro e o afofa.

— Tiraria as fotos da parede e mudaria a mesa para algo mais entediante — responde ela, depois de um tempo. — Não são toques dele.

— Priya.

— Adoro aquela garota.

Não ficamos acordadas para conversar; foram dias longos, no final das contas. No entanto, por mais cansada que eu esteja, o sono leva algum tempo para chegar. Não durmo em minha cama há algumas semanas, e, embora o sofá-cama seja tão confortável quanto um sofá-cama pode ser, ainda é um sofá-cama.

Mas não é isso na verdade que me mantém desperta. Vivemos metade de nossas vidas na estrada, em camas de qualquer hotel que conseguimos arrumar. Dormimos em sofás em delegacias e, às vezes, até no chão de salas de reuniões quando não há tempo para mais nada além de um cochilo.

Continuo pensando em Sarah, sozinha em sua cama à noite, ouvindo passos no corredor, perguntando-se se será deixada em paz ou se o padrasto vai entrar em seu quarto. Se ele colocaria uma mão em sua boca e a lembraria, em um sussurro, que ela tinha que ficar quieta, que não podia deixar que a mãe ou a irmã a ouvissem. Sentada na cozinha pela manhã, dolorida e enojada, encarando a mãe e se perguntando se era realmente possível que ela não tivesse ouvido, que ela não soubesse.

Não é impossível se curar de algo assim, mas as cicatrizes ficam. Elas mudam o jeito como você olha para as pessoas, o quanto você é capaz de confiar ou de deixar as pessoas se aproximarem. Muda seus hábitos, e até mesmo seus desejos e sonhos. Muda quem você é, e, não importa o quanto você lute para voltar para aquele lugar, para ser a pessoa que era no início, você nunca chega lá de verdade. Algumas mudanças são irreversíveis.

Meu telefone vibra com uma mensagem de texto.

É de Priya.

Sterling diz que você está tirando sarro do apartamento dela. Você sabe que fui eu que dei algumas dessas coisas para ela, né?

E às vezes a mudança é para melhor. Ou leva a algo melhor, de toda forma.

Capítulo 11

Apesar do início, a semana segue bastante tranquila. Sarah e eu conversamos várias vezes por dia, e recebo atualizações tanto de Holmes quanto de Mignone. Sarah consegue dar algumas descrições úteis sobre a mulher que matou seus pais: alguns centímetros mais alta do que Sarah, mas não muito alta, esguia, mas forte – ela carregou Sammy para o carro e depois do carro até a varanda, enquanto as meninas a seguiam. Ela usava um macacão branco, que cobria do pescoço até os pulsos e tornozelos, e luvas brancas, e tinha uma bolsa no ombro com vários conjuntos de proteção de plástico para seu tênis branco. A máscara branca, com sugestão de feições e olhos espelhados, ela já tinha descrito, mas a linha do cabelo loiro descia pela parte de cima da máscara de tal modo que devia ser uma peruca, de cabelo longo e liso.

E é onde as discussões que Eddison e eu estamos tendo se desenvolvem para uma longa conversa sobre a diferença entre *proveitoso* e *útil*, porque nenhum desses detalhes vai realmente nos ajudar a encontrar o assassino até que localizemos a pessoa e possamos encontrar esses itens com ela. Mignone já tentou rastrear as compras dos itens, mas é outra coisa que é mais fácil fazer depois do fato.

A polícia também teve notícias do Serviço Social: os arquivos de Ronnie Wilkins e Sarah Carter passaram pelo escritório do Serviço de Proteção à Infância de Manassas, mas nenhum dos nomes neles coincide. A única queixa feita pela escola de Sarah foi dada para alguém novo no escritório, enquanto o mesmo homem vem cuidando do arquivo de Ronnie há vários anos.

Na quarta-feira, vou aos arquivos do FBI apresentar um pedido. Todos os arquivos dos nossos casos, juntamente com nossas anotações feitas a mão durante e depois as investigações, são preservados para a posteridade ou para a auditoria, o que vier primeiro. (Auditoria. Sempre é a auditoria.) Considerando que estou na agência há dez anos, trabalhei em muitos casos. A maioria deles foi com a equipe ou feita como consultora, mas ocasionalmente fui designada para outras equipes. Todos nós temos que fazer isso, na verdade, se outra equipe está com pouca gente ou precisa de uma especialidade em particular.

A agente Alceste, que trabalha nos arquivos porque isso exige o mínimo possível de interação humana, ouve o motivo para o meu pedido enquanto olha a papelada que já foi preenchida e que espera pela aprovação dela. Alceste não gosta de mim – ela não gosta de ninguém, na verdade –, mas me odeia menos do que odeia a maioria porque, se realmente preciso incomodá-la, faço questão de estar o mais preparada possível.

Sua voz rouca ainda tem uma forte inflexão quebequense, provavelmente porque ela não conversa com as pessoas com frequência suficiente para suavizá-la. Ela me diz que vai precisar de alguns dias para recolher tanta informação. Está esperando que eu discuta com ela; a maioria faz isso.

Eu me limito a agradecer pelo seu tempo e esforço e a deixo na solidão de seu escritório. Posso acessar a maioria do que preciso do meu computador, mas conseguir todos os arquivos em um único drive vai ser muito mais fácil do que procurar por cada caso. Além disso, dessa forma consigo ver as anotações de Vic e Eddison, e não apenas as minhas. Trabalhamos bem como equipe porque vemos coisas diferentes; eles podem ter notado algo em um dos nossos casos que eu não percebi, algo que talvez seja relevante agora.

Espero não estar arranjando uma quantidade ridícula de trabalho à toa, mas não consigo me livrar dessa sensação chata de que talvez seja possível saber por que eu. Por que esse assassino dá meu nome para as crianças e diz a elas que agora estarão seguras. Que eu vou mantê-las a salvo.

E se foi porque alguma vez eu disse a mesma coisa para ele ou para ela?

É o que sempre dizemos para as crianças que resgatamos. *Você vai ficar bem. Você está em segurança agora.*

Acho que todos estamos dando voltas ao redor dessa ideia, sem querer admitir a possibilidade – ou mesmo a probabilidade – de que o assassino tem sua origem em algum lugar nos arquivos dos nossos casos. Ainda não estamos prontos para dizer isso em voz alta, como se o som desse muito significado ao pensamento. O que não significa que vamos continuar a evitá-lo, no entanto.

No final da manhã de sexta-feira, Sterling e eu estamos sentadas na mesa de Eddison, para fazê-lo se contorcer enquanto nós três discutimos o que pedir de almoço. Vic vem pelas baias, entregando arquivos e relatórios para vários agentes em seu caminho sinuoso.

— Eu devia falar para vocês três irem para casa.

— O quê?

— Amanhã é o Dia da Independência. É dia de folga, já que é feriado federal. Vocês não deviam estar aqui.

— Tem muita gente por aqui.

— Porque ou estão na escala de segunda-feira, ou são tão ruins em separar a vida privada do trabalho quanto vocês três.

Ui. Também um pouco hipócrita, já que... bem, tudo.

Vic balança a cabeça. Está usando uma gravata que Priya, Inara e Victoria-Bliss lhe deram de aniversário no ano passado, com borboletas aquareladas sob um fundo preto, e é tão assustadora quanto parece, mas ele a usa mesmo assim, porque elas lhe deram.

— Vão para casa. Não levem trabalho com vocês. Relaxem. Lavem roupa. Assistam a um jogo.

Nós continuamos a olhar surpresos para ele.

— Vocês têm dias de folga com uma regularidade razoável — ele nos recorda com um suspiro. — Sabem como sobreviver a eles.

Sterling inclina a cabeça para o lado.

— Não — diz ele, com severidade. — Nada de dormir um na casa do outro, nada de se enfiarem no bar. Cada um vai para a própria casa, e vocês não vão aparecer na minha, porque Jenny e eu vamos ter a casa só para nós no que deve ser a primeira vez em trinta anos.

— Para onde Marlene vai?

— Minha irmã a buscou ontem, e elas vão passar o final de semana na praia com as crianças, para o Quatro de Julho.

Na verdade é um pouco difícil imaginar isso. Marlene é tão ativa e saudável, mas sempre usa calça social e um conjunto de blusa e cardigã, com um colar simples de pérolas e o cabelo perfeitamente arrumado. Isso não parece combinar com praia.

— Agora, os três vão para casa.

— Ainda não decidimos o que vamos almoçar — observa Sterling, quando Vic se afasta.

A voz dele vem por sobre seu ombro.

— É porque vocês vão para casa separados.

É uma tarde estranhamente normal. Vou para casa e tiro meu terninho, limpo a geladeira de algo que estragou durante a semana e meia desde que estive fora, vou até o mercado, escolho uma caixa com lindos cupcakes para Jason como agradecimento pelo trabalho no jardim, porque ele ama essas malditas coisas, mas não é capaz de comprá-las para si mesmo, e ainda tenho mais tempo livre diante de mim do que estou acostumada. Então, lavo a roupa, tiro o pó e limpo o banheiro, e, quando coloco a segunda carga de roupa na máquina, penso seriamente em seguir o exemplo de Sterling e vasculhar o guarda-roupa para tirar coisas que não servem ou que não uso mais.

Em vez disso, acabo no sofá com uma cerveja e um livro de problemas lógicos. Em geral gosto de comprar roupas, mas odeio procurar propositalmente coisas que não servem.

Já é tarde, embora ainda esteja claro lá fora, quando meu estômago me lembra que não fiz questão de almoçar. Sigo para a cozinha para vasculhar minhas compras. Comprei oito milhões de tipos de vegetais frescos, porque até eu sei que nossos hábitos alimentares são atrozes (uma das muitas razões pelas quais Marlene e Jenny ficam tão ansiosas em nos alimentar, eu acho), e cozinhá-los com frango e molho teriyaki parece absolutamente delicioso. Abóbora, abobrinha, cogumelos, cebola, brócolis, três cores de pimentões, misturo tudo com um pouco de óleo, tempero, sal e pimenta-do-reino, no pequeno grill hibachi que Eddison implicou que eu tivesse instalado no balcão.

Ele ainda implica, mas também vai comer qualquer coisa e tudo o que fizermos nele, então acho que venci.

O frango está mais ou menos em cubos e marinando em uma tigela, e estou prestes a cortar as verduras quando alguém bate na porta. Antes que eu registre completamente o som, a faca gira em minha mão, em uma posição mais adequada para lutar do que para cozinhar. É um reflexo desconfortável para se ter na própria casa. Um a um, obrigo meus dedos a se abrirem para poder deixar a faca no balcão.

— Um segundo — grito, lavando a mão na pia.

Ainda estamos em plena luz do dia; ninguém vai deixar nada nefasto enquanto for dia claro.

Secando as mãos nas laterais da calça jeans, sigo até a porta e espio pelo olho mágico, que está basicamente tomado com vibrantes cachos ruivos.

— Siobhan? — Destranco a porta rapidamente e a abro. — Você tem chave.

Ela me dá um sorriso hesitante.

— Você passa a tranca quando está em casa. E eu não tinha certeza...

— Entre.

Ela parece insegura em minha casa, de um jeito que não acontece há um bom tempo. Não desde um período turbulento no ano passado, depois que eu não quis que morássemos juntas.

— Você está fazendo alguma coisa.

— Estou só cozinhando. Você já jantou? Estava planejando fazer a mais para a semana, então estou preparando uma tonelada de comida. — Volto para a cozinha e para a tábua de corte, deixando-a decidir quão confortável pretende ficar. Ela olha ao redor como se talvez algo tivesse mudado desde a última vez que esteve aqui (não mudou) ou talvez como se estivesse procurando algum sinal visível de que eu mudei (não mudei).

As mães me disseram há um tempo que eu precisava parar de fingir. Estou começando a lamentar não tê-las ouvido antes.

— Cortei os pimentões bem grande, então você vai conseguir separá-los — digo, ignorando o fato de que ela não me respondeu ainda, na verdade.

— Obrigada. — Ela coloca a bolsa na mesinha estreita ao lado da porta e hesita um ou dois minutos antes de se sentar em um banquinho acolchoado no outro lado do balcão. — Nenhuma criança nova na sua porta?

— Tenho certeza de que Heather estaria dando pulinhos de alegria na sua mesa se isso tivesse acontecido.

— Provavelmente, mas você teria me contado, certo?

— Não. Eu disse que o primeiro contato tinha que ser seu. — Verifico a temperatura do grill e jogo tudo lá, saboreando o assobio e a onda de vapor que sobe.

— E você não deixaria essa decisão de lado para me dizer que outra criança foi entregue para você.

— Bem, as entregas não exigem assinatura de recebimento, você sabe.

Ela suspira e apoia os braços dobrados no balcão, a uma distância segura da churrasqueira e de qualquer coisa que possa espirrar.

— Alguma pista?

— Não.

— Então, elas simplesmente podem continuar aparecendo.

— Sim.

— Mercedes.

— Não sei o que você quer que eu diga. — Dou de ombros, cutucando os vegetais com a espátula de metal. — Não há pista alguma, elas continuam aparecendo, o que mais você quer que eu diga?

— Eles não podem, não sei, vigiar sua casa ou algo assim?

— É preciso ultrapassar um limite antes que o departamento possa justificar essa despesa.

— Desde quando Vic não quer...

— Não é um caso do FBI — esclareço.

— A polícia, então.

— A rua é tranquila demais e aberta demais para uma vigilância discreta, e eles não podem se dar ao luxo de tirarem policiais de suas tarefas normais por algo sem rotina ou previsibilidade.

— Existem respostas simples, sabia?

— Você literalmente acabou de brigar comigo por lhe dar respostas simples.

Ela apoia o queixo nos braços e não responde.

Acrescento um pouco de tempero ao frango e às verduras, e abro a geladeira.

— Quer beber alguma coisa?

— Vinho?

— Claro. — Sirvo uma taça para cada uma de nós e volto a cutucar a comida. Adiciono o molho aos vegetais quase no último minuto, dando tempo para que cozinhem sem ficarem encharcados, e divido em partes iguais entre dois pratos e três potes de plástico. Entrego um garfo para ela, pego para mim um par de hashis, os lindos laqueados que Inara e Victoria-Bliss me deram de Natal, e coloco-os ao lado do meu prato para poder limpar o grill enquanto ainda está quente.

Comemos em silêncio, eu recostada no balcão da cozinha, ela sentada do outro lado, no que pode ser a refeição mais solitária da minha vida adulta. Quando acabamos, enxáguo os pratos e o garfo e coloco tudo na lava-louças, e então lavo os hashis a mão e deixo-os sobre um pano de prato para secar. Por algum motivo, aquilo me faz pensar na cozinha coordenada de Sterling, ainda que meus panos de prato sejam finos e surrados, e comprados aleatoriamente nas promoções de um dólar da Target.

— Estou com saudade — sussurra Siobhan enquanto estou de costas.

— É por isso que está aqui?

— Por que você acha que estou aqui?

O som que faço devia ser uma gargalhada, mas na verdade não é.

— Juro por Deus, Siobhan, que não tenho a mínima ideia. Adoraria pensar que você está aqui porque quer dar um jeito em tudo isso, mas, se eu presumir isso, você vai me dizer que ainda precisa de espaço, então não vou presumir nada. — Ainda tenho a maior parte da minha taça de vinho, mas a dela está vazia, então sirvo mais. — Você decidiu o que quer?

Ela fica em silêncio por um longo tempo. Tento não pressioná-la. Eu me recosto no balcão, tomando meu vinho, e deixo que o silêncio se instale entre nós. Aquele silêncio é familiar, sempre esteve ali, sob o fluxo constante da conversa dela. Por fim ela responde, a voz baixa e assustada.

— Não.

— Então por que está aqui?

— Porque sinto sua falta! — ela exclama.

— E nós o quê? Temos um grande reencontro, caímos na cama e tudo é consertado magicamente? Porque, acho que concordamos, Hollywood é uma grande bobagem.

— Como uma pessoa tão romântica pode ser completamente não romântica?

— Resposta situacional.

Ela me mostra o dedo do meio, então olha para o dedo levantado e suspira.

— Aprendi maus hábitos vendo você e Eddison juntos.

— Está tudo bem, Sterling também faz isso.

— Não sei o que você quer que eu diga.

— Parece que essa é nossa vida agora. — Já que não estamos tendo uma conversa, sigo em frente e termino de limpar a cozinha, lavando a tábua de corte e a faca, e colocando tudo ao lado dos hashis para secar.

— Só por uma noite... só por uma noite, podemos, por favor...

— Fazer de conta? — Nego com a cabeça. — Você não acha mesmo que isso vai ajudar, acha?

— Mas que mal faria?

Poderia fazer muito mal. Poderia doer muito, muito mesmo, mas, quando ela vem até a cozinha e me beija com urgência, a beirada do balcão entrando em meu quadril, não a afasto. Já cometi erros piores antes.

Capítulo 12

Saio de um meio cochilo com a sensação dos dedos de Siobhan traçando as palavras nas minhas costelas, o verso de T. S. Eliot flutuando em uma nebulosa de cores vivas, *Ousarei perturbar o universo?* Dói para caramba tatuar sobre um osso dessa forma, mas, quando fiz isso, não queria me preocupar que a tatuagem aparecesse enquanto eu estivesse em campo. Amo Eliot, daquele jeito levemente embaraçoso e acanhado do ensino médio, não dos poemas inteiros, mas de versos e imagens solitários, do jeito que um verso salta e se prende aos seus pensamentos mesmo enquanto estrofes e rimas continuam. Esse verso é mais pessoal do que isso, a recordação de que perturbar o universo pode ser algo bom; está em minha pele, meu sangue que se mistura com a tinta para formar a única cicatriz que escolhi ter.

Os lábios dela roçam o ponto de interrogação. Abro os olhos e vejo o relógio acomodado entre as pernas do urso de pelúcia na minha mesinha de cabeceira. Onze e quarenta e cinco da noite. Foi o melhor sono que tive em um bom tempo.

— Seu nariz está se contorcendo — murmura Siobhan, sonolenta.
— Meu rosto está coçando.

Ela dá uma risadinha suave e empurra minhas costas.

— Então vai lavar.

Uso o banheiro e lavo o rosto para tirar a maquiagem que deixei por mais tempo que pretendia, prendendo o cabelo em um rabo de cavalo porque meu penteado pós-sexo não ajuda em nada meus cachos. É como centenas de outras noites; quando volto para o quarto,

Siobhan estará esparramada na cama, com cerca de quinze por cento de chance de sua cabeça estar em algum lugar perto da cabeceira, provavelmente já apagada, porque ela consegue adormecer quando quer. Mas esta noite não é igual a todas aquelas outras noites. Não sou muito boa em fingir que posso me convencer que é.

Gemendo, pego uma legging e uma camisete da cômoda e sigo para a sala de estar para buscar meus telefones. Algumas mensagens de texto chegaram – Eddison, Sterling, Priya e Inara –, mas nada·que precise de uma resposta urgente.

— Você vai voltar?

— Sim, só estou pegando meus celulares.

Ela responde com um som indistinto, e, quando volto para o quarto para plugar os celulares nos carregadores, ela se apoia em um cotovelo e faz cara feia. Ela está com uma perna por sobre o lençol, que envolve sua outra perna e metade de suas nádegas, e deixa o resto desnudo, o cabelo caindo selvagem sobre a pele clara. Sob uma luz melhor, eu seria capaz de ver as sardas que cobrem quase todo o seu corpo. Amo essas sardas, amo traçar constelações em sua pele com minha boca.

— Acho que você está grudada nessas coisas — reclama ela, e levo um segundo para perceber que está falando dos telefones.

Definitivamente, minha mente está concentrada nas sardas.

— Por que está vestida?

— Porque tive que ir até a sala.

— Por que você se veste para andar dentro da sua própria casa?

— Porque sempre fiz isso?

— Sério?

— Sim.

Continuando meu ritual da hora de dormir, me ajoelho para verificar se o cofre da arma embaixo da cama está seguro. Pego as três armas – duas pessoais, uma fornecida pelo FBI – e me asseguro de que estão descarregadas. Ainda estou com a arma de serviço na mão quando há uma batida na porta. Bem, não uma batida, mas sim uma pancada.

— Olá! Por favor, esteja em casa! Socorro!

— Vista-se, mas fique aqui — falo para Siobhan, carregando a arma e arrancando os telefones dos carregadores.

— Mercedes!

— Faça o que eu falei! — Fechando a porta do quarto atrás de mim, sigo para a porta da frente, com suas travas, corrente e olho mágico. Há uma garota lá fora, com o rosto ensanguentado e em pânico, mas não vejo qualquer sinal de um carro ou de outra pessoa.

— Meu nome é Mercedes — digo pela porta, e posso ouvir a garota engolir em seco e estremecer. — Vou abrir a porta, ok? Mas preciso que permaneça onde está. Você pode fazer isso?

— Eu posso... eu posso fazer isso. Eu posso fazer isso.

— Tudo bem. Você vai me ouvir abrir as trancas, ok? Não vou sair daqui. — Enfio os celulares no cós da legging e abro as trancas com uma mão. Quando a porta se abre, ela se lança para a frente, então se contém, torcendo as mãos na frente do corpo.

Ela é pouco mais que uma pré-adolescente, não muito mais velha do que Sarah, acho, com um óculos torto no nariz. Há sangue em seu rosto e nos dois braços, e escorrendo na frente de sua regata longa, que é a única coisa que ela usa sobre a calcinha. Também tem hematomas pelos braços e nas partes visíveis do peito. Há algo que parece uma queimadura recente de cigarro em sua clavícula.

Não há outros carros além do meu e do de Siobhan na garagem ou estacionado no meio-fio, nenhum sinal de alguém parado ou se afastando, nenhum traço de outra pessoa ao redor da casa.

— Querida, como você chegou aqui?

— Uma mulher — responde ela, engolindo em seco.

— Ela ainda está aqui?

— N-não. Nós dobramos a esquina e ela me disse para sair e caminhar até aqui, vindo da rua. Eu a ouvi indo embora.

Cógeme. Espere. A câmera na caixa de correio deve ter pegado alguma coisa. Por favor, que ela tenha pegado alguma coisa.

— Certo, querida. Está tudo bem. — Aciono a trava da pistola e, com muito cuidado, a coloco na parte de trás da minha legging, e nunca vou entender pessoas que acham que esse é um ótimo lugar para manter uma arma de fogo. Estendo a mão devagar, garantindo que ela possa ver o movimento, e toco sua mão. — Por que não se senta, *mija*? Qual é seu nome?

— Emilia. — Ela funga. — Emilia Anders.

— Emilia, você está machucada?

Ela assente com a cabeça, devagar.

— Minha cabeça.

— Posso olhar?

Seu sinal de concordância vem de um jeito mais relutante desta vez, mas vem. Eu a ajudo a se sentar no balanço da varanda, onde a luz é melhor, e, com muito cuidado e gentileza, sigo o rastro de sangue do rosto até sua têmpora. Logo depois da linha do cabelo, um corte sangra levemente sobre um galo inchado e púrpura.

— Quantos anos você tem, Emilia?

— Quase catorze.

— Quase? Quando é seu aniversário?

— Só em setembro — admite ela, as mãos fechadas com força sobre as coxas. — Mas soa melhor do que treze.

— Eu me lembro dessa época. Vou endireitar seus óculos, está bem? E abaixá-los um pouco no seu nariz, para poder ver melhor seus olhos.

— Tudo bem.

As hastes ainda estão um pouco tortas depois que as arrumo o máximo possível – é provável que os parafusos precisem ser ajustados por um profissional –, mas fica um pouco melhor, e claro o bastante para ver que suas pupilas estão dilatadas, mas não estouradas. O golpe foi forte o suficiente para atordoar e subjugar de forma parcial, mas provavelmente não foi duro a ponto de causar uma concussão.

— Emilia, o que aconteceu, querida?

Ela conta uma história que já se tornou dolorosamente familiar, mas, ao contrário dos outros – Ronnie, machucado e submisso, e Sarah, protegendo os irmãos –, Emilia lutou com a mulher que a despertou e arrastou até o quarto dos pais.

— Ela me chamou de ingrata — sussurra ela, me observando enviar a informação por mensagem de texto para Holmes e Eddison. Viro o telefone para que ela possa ver a tela. Holmes responde enquanto estou digitando para Eddison, dizendo que está a caminho com a ambulância, e para continuar conversando com Emilia em vez de ligar para o 911.

Consigo fazer isso.

— Por que ela acharia isso?

— Ela disse... ela disse que estava me ajudando. Ia me fazer ficar em segurança. Ela me mandou parar de lutar, mas não parei. Ela me bateu. Matou meus pais, e eu tive que ver. — A respiração dela acelera, ficando mais curta e entrecortada, e seus ombros estremecem. Escorrego para o lado, e pressiono suas costas gentilmente, para que ela incline o corpo para a frente.

— Coloque a cabeça entre os joelhos, *mija*, ou o máximo que conseguir. Apenas respire. — Mantenho a mão em suas costas, de leve, sem esfregar, porque posso ver mais hematomas desaparecendo sob a bainha da camiseta, e não quero machucá-la ainda mais. — Continue respirando. — Posso sentir os músculos dela estremecendo sob minha mão, suspiros secos que ela engole com gemidos. — Você está segura aqui, Emilia. Eu garanto.

Envio uma mensagem de texto para Siobhan, dizendo para ela ficar dentro de casa. Se ela sair, será para ir direto para o carro e ir embora, e, ignorando tudo o que isso vai me custar pessoalmente, não quero que Holmes tenha que ir atrás dela para interrogá-la. Isso seria traumático em várias frentes.

— Eu estava segura em casa — afirma Emilia, com a voz ainda trêmula e fraca.

Meu mindinho encosta na extremidade esverdeada de um hematoma em seu ombro, e ela estremece.

— Os pais podem disciplinar seus filhos — recita ela, em um murmúrio.

— Eles não podem machucá-los.

— Então nós os matamos? Isso pode?

— Não. Emilia, não, isso não pode. Nós vamos pegar essa pessoa.

— Minha mãe... — Ela inspira profundamente, estremecendo, e de imediato perde metade do ar em um gemido dolorido. — Minha mãe falou para eu não lutar, para fazer o que fosse necessário para permanecer em segurança. — Ela chora, e eu passo os braços ao seu redor em um abraço seguro para impedir que ela caia do balanço. — A moça foi até meu pai, e eu só fiquei parada ali, como uma idiota, segurando a mão da minha mãe enquanto ela morria. Minha mãe. E eu não fiz nada.

— Você *não podia* fazer nada — digo para ela com suavidade. — Emilia, aquela mulher tinha uma arma, e ela já tinha batido em você. Se você lutasse mais, ela provavelmente a teria matado.

— Mas ela disse que estava me salvando.

Mordo o lábio, tentando imaginar o que dizer para uma garota em choque e de luto.

— Emilia, quando alguém tem uma missão como a dela, alguma coisa que precise fazer, qualquer um que atrapalhe isso pode estar em grande perigo. Ela precisa salvar você, mas se você lutar muito contra ela, se você a fizer pensar que *não pode* salvá-la... Querida, já vimos esse tipo de coisa antes. Ela teria matado você, ou pelo menos machucado você muito seriamente. Você escutou sua mãe, e isso provavelmente salvou sua vida. Ela devia amá-la muito.

— Ela é minha mãe. Ela é minha mãe. Ela é minha mãe. — As palavras dela desaparecem entre soluços incoerentes, e eu apenas a abraço, deixando que o movimento do balanço a embale levemente.

É revelador, porém, que, mesmo em seu estado de choque, ela não tenha mencionado realmente o pai.

Eddison estaciona com Sterling no banco do passageiro, seguido por Holmes, a ambulância e outro carro de polícia. Alguns minutos mais tarde, Vic também chega, e a rua sem saída está novamente cheia de carros. Enquanto apresento Emilia para a detetive Holmes, posso sentir as mãos de Eddison em meu quadril.

— Calma, *hermana* — murmura ele, e tira a arma da minha cintura, *gracias a Dios*. Ele desliza a mão para pegar meu outro celular também, enquanto Sterling pega o telefone do trabalho que está sobre o banco, ao lado do meu joelho.

— Siobhan está no quarto — digo para Vic e, de canto de olho, posso ver as sobrancelhas de Eddison se erguerem de surpresa.

Balanço a cabeça. Vic assente e entra em casa. Ele é absolutamente a melhor escolha para isso; há algo nele que deixa Siobhan um pouco admirada, e, se há alguma chance de ela não explodir, é com Vic dando a notícia.

Assim que Emilia começa a responder às perguntas de Holmes e a ser atendida pelo paramédico, eu me afasto e vou para a outra extremidade da varanda, sentando-me sobre o parapeito. Eddison e Sterling fazem o mesmo.

— Vamos nos assegurar de que Siobhan chegue bem em casa — diz Sterling, sentando-se ao meu lado com um pulo.

— Obrigada.

Ficamos sentados em silêncio enquanto Holmes termina a rodada de perguntas e Emilia é levada para a ambulância, envolta em um cobertor prateado brilhante.

— Nenhum urso de pelúcia — observa Sterling.

— Ela largou na grama algumas casas abaixo — diz Holmes, juntando-se ao nosso pequeno grupo. — Markey vai ensacá-lo.

Eu me viro no parapeito, e realmente um dos policiais uniformizados está segurando um urso branco de aparência familiar. Suspiro e me viro novamente.

— Ela conseguiu acrescentar alguma coisa?

— Um pouco. Ela disse que, enquanto estava lutando, a assassina ficou irritada e começou a falar com um sotaque mais sulista.

Digerimos aquilo por um minuto antes que Sterling pigarreie.

— Algum sotaque do sul em particular?

— Não. Mas ela disse que foi só quando a mulher ficou irritada. Fora isso, ela não parecia ter vindo de lugar algum. — Guardando seu caderno de anotações, Holmes levanta os olhos e dá uma segunda olhada ao redor. — Jesus, Ramirez, quem você irritou?

Levanto uma mão para traçar a cicatriz em meu rosto, limpo de maquiagem.

— Foi há muito tempo.

— Parece larga demais para uma faca.

— Garrafa quebrada.

— Jesus — repete Holmes. Ela esfrega os olhos, pedaços de sangue seco de quando tocou as mãos de Emilia se soltam. — Mignone acaba de chegar na casa. Ele disse que, mesmo olhando por cima, a história dela se sustenta. Sinais de luta no corredor e nos dois quartos.

— Teve alguma reclamação sobre o pai dela?

— Ela disse isso?

— Não com tantas palavras.

— Você disse que a agente Ryan está lá dentro?

— Sim. Ouvimos a batida na porta e o grito de Emilia pedindo socorro, e eu disse para ela ficar lá dentro enquanto eu saía.

— Tudo bem, vou conversar com ela lá dentro, então, se estiver tudo bem. Imagino que ela vá ficar mais calma lá.

— Onde não dá para ver marcas de sangue? Sim.

— Essa festa do pijama significa que vocês se acertaram? — pergunta Eddison, depois que Holmes entra em casa.

— Não. E considerando o que aconteceu depois...

Sterling bate o joelho no meu.

Não parece que uma grande luta está por vir, a tentativa desesperada de salvar um relacionamento. Ela vai embora e eu acho... acho que estou bem com isso. Três anos, e é assim que um relacionamento morre, mas alguém tem culpa? Ela não consegue lidar com a situação, e eu não posso continuar fingindo, e provavelmente nós duas ficaremos melhor assim.

A dor virá mais tarde, os cortes precisos demais para que a dor seja registrada imediatamente.

Siobhan sai de casa cercada por Vic e Holmes, o rosto vermelho e inchado de chorar; ela segura uma sacola de plástico, de supermercado, levando tudo o que tinha deixado ali. Me olha de relance uma vez, se encolhe, e olha resoluta para seu carro. Sterling desce do parapeito e pega as chaves da outra mão de Siobhan, incentivando-a com gentileza a descer os degraus e seguir para o carro. Vic acena com a cabeça para nós e segue para seu próprio carro. Ele vai segui-las até a Fairfax e depois dar uma carona de volta para Sterling, só para ter certeza de que Siobhan vai chegar em segurança. Espero, quando o choque se dissipe, que ela fique grata por isso.

Feliz Dia da Independência.

— Não estamos mais perto — admite Holmes, recostando-se na parede, com aparência exausta. — Seis pessoas mortas, e não temos nenhuma pista.

— Talvez tenhamos sorte e encontremos uma ligação no terceiro arquivo do Serviço de Proteção à Infância.

— Vocês acham que poderíamos fazer uma parceria com o FBI daqui para a frente?

— Provavelmente, considerando que não há motivo para esperar que ela pare — responde Eddison. — Vai ter que ser com outra equipe.

— Conflito de interesses.

Ele confirma com a cabeça.

Ficamos em silêncio novamente, e me pego olhando para as manchas marrom-avermelhadas onde o sangue secou na varanda. Quando tudo isso acabar, eu provavelmente terei que repintar a varanda, o que é uma coisa estúpida de se pensar, mas acabamos de limpar tudo nesse domingo.

Domingo.

— Menos tempo entre as mortes desta vez — observo. Nove dias entre as duas primeiras, e só cinco até a seguinte.

— Como sabemos que isso é significativo?

— Se for menos tempo antes da próxima — responde Eddison, sem pretender ser grosseiro, mas meio que saindo dessa forma.

O rosto de Holmes fica tenso, mas ela não responde. Em vez disso, pega novamente seu caderno de anotações e abre em uma página em branco.

— Tudo bem, Ramirez. Vamos começar pela manhã. Hoje foi um dia normal?

Com Eddison inclinado ao meu lado, uma pressão quente que me dá apoio, eu começo. Costumávamos encenar essas coisas na academia, praticando técnicas de interrogatório com outros alunos, e acho que quase todos nós odiávamos. Você precisa ser detalhista sem ser irrelevante, tem que ser acessível sem ser frio ou sentimental, e tem que, tem que, tem que.

Ligo meu notebook, para que possamos ver as gravações da câmera de segurança até o momento em que Emilia bate na minha porta. Reconheço o carro de um dos tranquilos alunos de faculdade que moram em uma república no fim da rua sem saída, depois o dos jovens pais que moram a três casas daqui, seguido pela partida de sua babá regular. Alguns minutos antes que a menina batesse na minha porta, um carro desconhecido passa devagar, parando perto do final da minha casa, e segue em frente. No minuto seguinte, ele retorna.

Não muito depois, a câmera da varanda pega Emilia cambaleando pelo gramado.

— Uma SUV de tamanho médio — murmura Holmes.

Mesmo com a iluminação da rua, é impossível discernir a cor além de "escura". Preto, talvez, ou azul-marinho ou verde-escuro, talvez cinza escuro. Vermelho escuro tem um brilho diferente, mesmo sob essa luz, então está descartado, e o mesmo acontece com o roxo, ainda que seja uma cor rara em carros.

— Sem placas — suspira Eddison. — Ela deve ter tirado. Não temos o bastante para dar um alerta.

Nos primeiros *frames*, vejo Emilia recostada, atordoada, na janela de trás do carro, no lado do passageiro. É mais difícil ver o motorista, pois a luz bate no tecido branco de um jeito que faz parecer brilhar. Na direção contrária, há uma tomada decente da máscara branca, perturbadora e sem feições, manchada de sangue, cercada por... hum. Dou zoom na imagem para ter certeza.

— Ou ela tem muitas perucas ou uma peruca muito boa — destaco. — É cacheada. Sarah disse que o cabelo do anjo era liso.

— E Ronnie?

— Trança. Em geral não dá para fazer penteados diferentes tão bem em uma peruca sintética. E perucas de cabelo humano podem ser bem caras.

— Tem certeza de que é uma peruca, então? Não pode ser o cabelo dela?

— Dá para ver como a franja começa embaixo desse volume de cabelo? — Aponto para a tela, passando o dedo sob o lugar em questão. — Essas máscaras costumam ser feitas de porcelana, ou então de gesso. São grossas. Esse volume é causado ao puxar a parte da frente da peruca por cima da máscara. Definitivamente é uma peruca.

— Me mande esse vídeo por e-mail — diz Holmes. — Vou pedir para os técnicos começarem a identificar a marca e o modelo do carro. Por enquanto não vamos divulgar a imagem dela.

— Ou dele — corrige Eddison. — Ainda não conseguimos descobrir isso.

Holmes olha feio para ele, mas confirma com a cabeça. Faz sentido – por detrás da peruca e da máscara, pode ser um homem –, mas nenhum detetive gosta que o rol de suspeitos aumente.

— Vocês dois já podem ir embora.

Arrumo uma bolsa nova, enquanto Eddison coloca as sobras do jantar e a maioria das compras que acabei de fazer em um cooler, porque não faz sentido deixar tudo apodrecer, e vamos para o carro dele. Holmes e um dos policiais uniformizados permanecem ali para lacrar minha casa mais uma vez. Estou tão cansada, e minha casa parece cada vez menos um lar sempre que volto, e eu simplesmente...

O que aconteceu com essa mulher? Onde nossos caminhos se cruzaram, e por que ela está tão obcecada por mim?

Era uma vez uma garotinha que tinha medo de vermelho.
Havia muito dessa cor por aí.
Ela se lembrava do sangue nas janelas do carro de sua mamãe, como parecia escuro sob a luz da lua, mas como era vermelho vivo quando estava sob as lanternas dos policiais. Sua mamãe escapou naquela noite, fugiu do Papai para sempre, e nem mesmo tentou levar sua garotinha consigo.

Ela conhecia o vermelho em seu corpo, o sangue das mordidas e o rosado dos tapas, e o vermelho mais escuro dos lugares que se transformariam em hematomas. Ela conhecia o vermelho da pele rasgada. Doía por dias, depois de fazer xixi.

Depois veio um novo vermelho, mais grosso, mais pesado, e o Papai riu e riu quando viu aquilo. Agora você é uma mulher, minha garotinha. Minha bela mulher.

Um dos amigos dele era médico, do tipo que cuida de senhoras, Papai disse, e a levou ao consultório dele para um exame. O médico quase chorou quando conseguiu tocá-la lá pela primeira vez. O Papai nunca deixava seus amigos tocá-la. Depois daquilo, havia uma pílula todos os dias. Um dos amigos do Papai riu ao ver os pelos que começavam a crescer entre as pernas dela, e disse que todas as putas mais gulosas eram ruivas.

Papai ficou pensativo ao ouvir aquilo.

Ela odiava quando o Papai parecia pensativo.

Não demorou muito para ele chegar em casa com duas caixas de tinta para cabelo. Não eram sequer da mesma cor; uma era um vermelho da cor do carro de bombeiros, e a outra era mais laranja, e ele não as misturou direito e esqueceu de pintar alguns lugares, mas riu e disse que ela estava linda mesmo assim, e tirou os pelos entre suas pernas e sob seus braços.

Naquela noite, quando os amigos dele chegaram para a festa no porão, Papai exibiu sua obra com a tintura. Cavalheiros, disse ele, se o preço for bom...

Entre todo o clamor, um deles tinha quase trezentos dólares na carteira, e deu tudo para o Papai dela. O Papai ajeitou sua máquina fotográfica favorita.

Eles nunca tinham tido permissão para tocar nela antes.

Eles realmente adoravam uma ruiva.

Capítulo 13

Já estamos com excesso de horas extras e isso, como Vic gosta de nos lembrar, é uma coisa que o FBI prefere evitar quando estamos fazendo serviço burocrático. Nenhum de nós tem permissão para trabalhar na segunda, e passamos o dia esparramados uns sobre os outros no sofá de Eddison diante da TV. Não tenho notícia alguma de Siobhan, e, quando chego ao escritório na terça de manhã, há uma caixa na minha mesa com um punhado de coisas que eu deixava no apartamento dela. Eddison espia por sobre meu ombro e faz uma careta

— Acho que é isso.

— Acho que sim.

— *Olvídate de las hermanastras, la próxima vez encontraremos a la Cenicienta* — diz ele, e tem tanta coisa errada nisso que não consigo sequer começar a listar.

Ainda estamos parados ali, olhando para a caixa, quando Vic entra na sala. Ele percebe do que se trata de imediato e faz uma careta em solidariedade.

— Estou prestes a piorar sua manhã — admite ele. — A agente Dern precisa ver você. Depois a equipe de Simpkins precisa falar com você.

— Eles estão trabalhando com Holmes e a polícia de Manassas?

— Sim. Eles estão com todas as anotações de Holmes, mas...

— Mas querem fazer seus próprios interrogatórios quando possível — interrompo, e ele confirma com a cabeça. Pego a caixa, coloco-a no chão e a empurro com o pé para baixo da mesa, fora da vista, e, com sorte, pelo menos por um tempo, fora da mente. — Simpkins vai concordar com isso?

— O que quer dizer?

— Da última vez que Eddison e eu trabalhamos com ela, ela ficou superirritada, e Cass disse que alguma coisa aconteceu no último caso deles na semana passada em Idaho.

— Não sei de nada sobre Idaho, mas ela é uma boa agente. Boa o bastante para não deixar que sua desaprovação sobre como coordenei a equipe interfira no caso.

Eddison bufa, mas não comenta nada. Simpkins nunca tentou fingir aprovar o estilo de Vic, mas, da última vez que fomos emprestados para ela, ela nos tratou como se fôssemos agentes recém-saídos da academia que tinham dormido durante todo o curso. Foi bem desagradável e desnecessário.

Vic me leva até a Corregedoria e ao escritório da agente Dern, o que não é nada surpreendente, e me acompanha até lá dentro, o que é um pouco inesperado. Ele apenas dá de ombros quando lhe dou um olhar de relance.

— Que tipo de amigo eu seria se a deixasse encarar a Mãe Dragão sozinha?

A agente Dern levanta os olhos do computador com um sorriso irônico.

— Eu achei que, em geral, estivéssemos de acordo que esse apelido não deveria ser usado na minha cara. Agente Ramirez, por favor, sente-se.

Conhecida como a Mãe Dragão da Corregedoria, a agente Samantha Dern já está no FBI há quase cinquenta anos. Seu rosto é enrugado e marcado, e sua maquiagem leve não faz nenhum esforço para esconder isso, assim como o cabelo branco prateado e volumoso não tem tinta para disfarçar. Os óculos de leitura com armação de plástico, quase do mesmo tom rosado da camisa de seda, estão pendurados no nariz, conectados a uma corrente fina pendurada no pescoço. Ela parece suave e gentil, como a avó favorita de alguém, mas é conhecida por fazer homens adultos chorarem em dez minutos.

— Agente Ramirez, por onde gostaria de começar? Por Emilia Anders, ou pela ligação da agente Ryan para o RH?

— O quê? Já? — Deixo escapar e cubro a boca com a mão. Felizmente, a maquiagem cobre o tanto que meu rosto está ardendo neste momento.

A agente Dern tira os óculos de leitura, girando lentamente uma das hastes entre os dedos.

— Bem... — diz ela, depois de um tempo, com uma expressão no rosto que está entre a compaixão e o divertimento. — Pelo menos não foi como você descobriu que está tudo acabado, suponho.

— Desculpe. Só fiquei... surpresa, acho. Precisei de quatro meses para convencê-la a contar para o RH que estávamos namorando, e mesmo depois que fizemos isso ela ficava nervosa em deixar os colegas descobrirem sobre nós.

— Compreenda que, neste momento, você tem todo o direito de me mandar cuidar da minha vida: você está bem?

— Estou, na verdade. — Dou um sorriso para ela, sentindo o cansaço da semana pesar nos músculos. — É uma merda, mas não posso dizer que não percebi que estávamos indo nessa direção.

— Pode ser difícil lidar com admiradores secretos, e eles raramente são tão charmosos quanto o cinema os mostra.

— Emilia é a primeira criança que o assassino machucou. Agora que fez isso, no entanto, me preocupo se ela não vai achar que é mais fácil subjugar as crianças com violência primeiro — observo.

— A agente Simpkins vai querer ouvir essa sua preocupação; temos alguns detalhes diferentes para revisar no momento. Você já trabalhou com Dru Simpkins antes?

— Sim, senhora. Eddison e eu fomos designados a ela pela última vez no caso da troca de crianças, há dez meses.

— Isso mesmo. Foi quando esse idiota foi parar no hospital.

— Eu estava fazendo meu trabalho, Sam — diz Vic, com suavidade.

A agente Dern apenas dá de ombros.

— Você se colocou em frente à bala que era endereçada para alguém que tinha estuprado e assassinado oito crianças.

— E quem tem que decidir se ele merece ou não ser executado é o tribunal, não o pai em luto de uma das vítimas. Não podemos cumprir apenas as leis com as quais concordamos.

Essa conversa já aconteceu muitas vezes, os detalhes mudam, mas o tom permanece o mesmo. A agente Dern ignora o comentário com um gesto de mão descuidado.

— De volta ao ponto inicial: a agente Ryan. Vocês não trabalham no mesmo departamento, então não há necessidade de mudar ninguém de lugar, mas gostaríamos de perguntar se você pode ser... discreta... quando as pessoas perguntarem o que aconteceu.

— Não tenho interesse algum em arrastá-la para a lama, senhora — respondo de forma respeitosa. — As coisas não deram certo. É triste, mas não há motivo para manchar o nome dela no FBI.

— Agradeço isso, e não esperava nada diferente de um dos *protégées* de Vic, mas o RH me pediu para mencionar isso. Agora vamos para a parte da qual você não vai gostar.

Vic se mexe desconfortável em sua cadeira.

— Temos que tirar você do trabalho de campo — diz a agente Dern, de um jeito direto pelo qual provavelmente serei grata mais tarde.

— Sam!

— Não é decisão minha, Vic, não mesmo. — Ela me olha com franqueza, sem se desculpar ou inventar justificativas. — Vocês sabem como são os advogados. Qualquer caso atualmente em investigação, qualquer caso no qual você esteja envolvida, pode explodir na corte. É estúpido, eu sei. Se temos uma certeza, é que você foi transformada em alvo pelo assassino por ser excelente em seu trabalho, não por qualquer propósito nefasto. Mas o FBI não pode correr o risco de que um advogado esperto possa explorar uma situação que possa implicar cumplicidade.

— Então eu... — Balanço a cabeça, tentando processar tudo aquilo. — Então estou suspensa?

— Não. Mas você precisa deixar todos os casos. Sua equipe já está fazendo trabalho burocrático, de qualquer forma, e suspeito que os agentes Eddison e Sterling vão se revoltar se alguém tentar mandá-los para o campo sem você, então todos vocês serão mantidos em Quantico até que tudo isso esteja resolvido. Eles poderão trabalhar como consultores.

— Mas eu não posso fazer nem isso.

— Não. Você terá duas tarefas distintas, agente Ramirez. — Ela aponta para o canto da mesa mais perto de mim, onde estão três pastas imensas cheias de papel. — Primeira tarefa: o chefe da sua seção acha, e eu concordo, que é necessário um treinamento para novos agentes designados para trabalhar com crimes contra menores. Algo específico para sua divisão, com a intenção de ajudar os agentes a se ajustarem a uma das seções mais difíceis do FBI. Sugestões de conteúdo foram solicitadas para todas as seções e chefes de unidade, para psicólogos do FBI e agentes. Você deve se lembrar do questionário que foi feito há alguns meses.

Eu lembro de Sterling aparecendo atrás de Eddison e o assustando de tal forma que ele derrubou o café sobre os questionários. Eu não lembro se eles tinham sido substituídos e entregues.

— Nós queremos que você o escreva.

— Eu?

— Você já está na divisão de crimes contra menores há dez anos — enfatiza ela. — E também tem isto.

Ela segura uma pasta muito menor, escrita com caneta hidrográfica na frente: *Um guia de vida para o agente em treinamento.*

— Ah, minha Nossa Senhora. — Consigo sentir o rubor subindo pelo pescoço e orelhas.

Vic gargalha e cutuca meu ombro.

— Como assim? Você não saiba que isso ainda estava circulando por aí?

— Por que alguém ainda teria isso dez anos depois?

— Porque as pessoas tiram cópias e passam umas para as outras, e para todos os novos agentes em treinamento logo na primeira semana — esclarece a agente Dern, secamente. — É informativo, pessoal e bem-humorado, e ajuda os agentes em treinamento maravilhosamente bem. Falando sério, agente Ramirez, há muito pouco que o FBI pode fazer para prevenir o *burnout* que acontece com tanta rapidez na divisão de crimes contra menores. O que podemos fazer, no entanto, é aumentar nossos esforços para garantir que aqueles que começam a trabalhar na divisão estejam mais bem preparados para o que vão encarar. E, se significar que, depois de ler o guia, eles vão descobrir que não são feitos para trabalhar na divisão, podemos transferi-los mais cedo.

— Eu estava muito bêbada quando escrevi isso — informo-a, sem meias palavras. — Praticamente um terço de nós passou o final de semana antes da formatura se embebedando, e esse foi o resultado. A coisa toda nasceu de uma tequila bem ruim.

— Escrito embriagada, mas editado sóbria — destaca ela. — E, durante dez anos, os agentes vêm usando isso como se fosse uma bíblia. Essa não é uma tarefa que surgiu do nada; já tínhamos você em mente desde o início. Estávamos planejando pedir para você fazer isso mais para o final do ano, mas não há motivo para não seguirmos em frente e pedirmos agora.

— Você disse que eram duas tarefas.

— Revise todos os casos em que trabalhou, nos quais teve contato direto com as crianças. Não as consultorias, nem os casos nos quais você participou primeiramente na delegacia ou trabalhando com adultos. Analise suas anotações, qualquer coisa que tenha escrito sobre as crianças. Não apenas as vítimas. Qualquer criança. Em algum lugar ali pode estar a chave para encontrar esse assassino. Isso é pessoal para ela; *você* é pessoal. Se tivermos sorte, em algum lugar dos últimos dez anos, uma das suas crianças vai tocar o alarme. Não se preocupe com os detalhes dos casos, não procure coisas que pareçam similares em algum ponto. Olhe para as crianças, agente Ramirez. Essa é sua segunda tarefa.

— Isso... na verdade, já estou fazendo isso, senhora.

Vic me olha surpreso, e sua expressão rapidamente se transforma em um sorriso de orgulho. Tenho trinta e dois anos, mesmo assim fico toda alegre e tímida toda vez que ele mostra que tem orgulho de mim.

— A agente Alceste está juntando todos os arquivos em um único disco de armazenamento para que eu possa ver as anotações de todo mundo, não só as minhas. Logo devo receber tudo.

— Você encarou a Alceste? — pergunta Vic, e seu sorriso se torna travesso.

— Sempre me perguntei por que ninguém se refere a ela como a Mãe Dragão dos Arquivos — concorda a agente Dern.

Porque às vezes os dragões interagem o suficiente para fazer alguma brincadeira, e Alceste é a humana menos maternal que já conheci, mas não vou dizer isso em voz alta. Em vez disso, me concentro no início da minha outra tarefa, todas as anotações e sugestões dos agentes e das lideranças sobre o que deve ser incluído em um guia de sobrevivência. Um manual de treinamento. As pastas no canto da mesa estão uma bagunça. Abas e post-its aparecem em locais aleatórios, e há folhas que simplesmente foram enfiadas dentro delas, seja porque não havia mais espaço nas argolas ou porque as pessoas ficaram com preguiça. As chances são as mesmas, na verdade. É um trabalho dos infernos, e não sei se vai resolver metade do que as chefias esperam. Não importa o quanto você esteja preparado intelectualmente, trabalhar com crimes contra menores é como trabalhar em uma bigorna; os martelos sempre acertam com força.

— Eddison vai se irritar por ficar preso à mesa dele por mais tempo — observo depois de alguns instantes.

— Provavelmente — concorda Vic. — Mas, mesmo se lhe déssemos a opção de trabalho de campo, ele não deixaria você para trás.

— Sterling é um saco de travessuras de olhos azuis. Se não houver consultorias suficientes, e ela ficar entediada...

— Pessoalmente, espero que ela provoque o agente Eddison até ele finalmente tentar revidar — a agente Dern responde placidamente. — Vai ser bem divertido de assistir.

— Sabe de uma coisa? — digo quase sem pensar. — Para alguém chamada de Mãe Dragão, há bem pouco fogo aqui.

Ela dá um sorriso amplo, linhas suaves aparecendo ao lado de seus olhos e boca.

— Entrei no FBI em um tempo no qual agentes mulheres eram consideradas, em grande parte, agentes de segunda classe — explica ela. — Então, é claro, fui colocada na corregedoria, o que significava que eu devia ser como a esposa chata, crítica, e que nunca deixa ninguém se divertir. Eu era a inimiga. Era necessário ser um pouco dragão, simplesmente para garantir que ninguém olhasse para mim presumindo que poderia se livrar de alguma coisa. Acabou se tornando um hábito, mesmo depois que a reputação que eu tinha permitia que eu não precisasse rosnar tanto. Bons agentes, Ramirez, nunca precisam se preocupar com a corregedoria. Estamos aqui para manter a prestação de contas e um grau de transparência, sim, mas também estamos aqui para apoiar nossos agentes. Você não está aqui porque fez algo de errado. Não preciso morder, rosnar ou soltar fogo pelas ventas ou qualquer coisa do tipo.

Agora faz sentido que ela e Vic sejam velhos amigos. Não acho que estiveram juntos na academia – ela provavelmente é uma década mais velha que ele, no mínimo –, mas é provável que tivessem conhecidos em comum. É o jeito como eles acreditam nas pessoas, o jeito que trabalham não só pelo que o FBI é, mas pelo que deveria ser, e insistem em manter os demais em padrões elevados, não para nos ver falhar, mas para nos ver melhorar e conquistar coisas.

— Você aceita as tarefas, agente Ramirez? — pergunta ela, com gentileza.

Ciente do olhar de Vic em mim, concordo com a cabeça.

— Sim, senhora. Obrigada.

— Excelente. Pedirei para alguém deixar as pastas em sua mesa, juntamente com um memorando oficial com suas novas obrigações. Vic, você pode levá-la até Simpkins?

— É claro. — Ele se levanta e oferece a mão para me ajudar a levantar, e é um pouco bobo fazer outra pessoa ir até a minha mesa quando eu mesma posso levar as pastas, mas ele dá um tapinha na minha mão. — Juntamente com o memorando, Mercedes. Ainda não chegamos lá.

Um memorando pode ser enviado por e-mail.

— Pare com isso — ele me repreende, e levo um segundo para descobrir se falei aquilo em voz alta ou se dez anos o ensinaram a ler minhas expressões bem demais. Pela sobrancelha inclinada da agente Dern, imagino que seja a segunda opção.

Murmuro um tchau para a agente Dern, recebo uma despedida altamente divertida em retorno, e sigo Vic pela porta.

— Você está bem? — pergunta ele, baixinho.

— Eu entendo — suspiro. — Não gosto, mas entendo, embora ache que o manual seja má ideia. Eu só...

Ele passa um braço ao redor dos meus ombros e me puxa em um abraço de lado, e então ficamos assim enquanto caminhamos. Atraímos os olhares de algumas pessoas quando passamos por elas. Ele as ignora.

— É muita coisa deixada na sua porta, literalmente, e não há uma maneira correta de sentir isso. Essa mulher invadiu sua casa. Eu conheço você, Mercedes. Sei o que isso significa para você.

Fui designada para a equipe de Vic e Eddison logo que saí da academia, mas Vic me conhece há um pouco mais de tempo. Às vezes, inexplicavelmente, esqueço disso. E então, como agora, eu me lembro.

— Como vou dormir lá, sabendo que outra criança pode aparecer naqueles degraus? — sussurro. — Como vou ficar em qualquer outro lugar, sabendo que outra criança pode ter que se sentar ali, suja de sangue e amedrontada, e ficar esperando?

— Não tenho uma resposta para você.

— Eu diria que está mentindo se tivesse.

Ele sorri e aperta meu ombro, usando o movimento para me dar um empurrãozinho para dentro do elevador.

— Você vai superar tudo isso, Mercedes, e vamos estar bem ao seu lado para garantir isso.

— O que vai acontecer...

Ele me dá um olhar curioso e espera que as portas se fechem, que a sensação de afundamento mostre que o elevador está em movimento, e então aperta o botão de emergência.

— O que vai acontecer quando?

Ando de um lado para o outro no espaço apertado, tentando transformar minhas preocupações em palavras que façam sentido.

— O que vai acontecer quando ela for verificar as crianças?

— O que quer dizer?

— Estamos trabalhando com a teoria que ela vai atrás dos pais porque eles estão machucando as crianças. Ela traz as crianças para mim para mantê-las em segurança.

— Certo...

— Então, o que vai acontecer quando ela for verificar Sarah, Ashley e Sammy e descobrir que estão com dificuldade para encontrar um lar que aceite os três juntos? Ronnie está indo muito bem com a avó, mas os únicos familiares de Emilia parecem estar na prisão ou vivendo fora do país. Em que tipo de lar ela será colocada? Meus primeiros lares temporários... nem todos eles eram terríveis, mas alguns eram. O que acontece com Emilia se ela for colocada em um lar ruim? E em que momento a assassina vai decidir que não está levando as crianças para mim para que as coloquemos de volta em um sistema falho?

— Você acha que ela vem atrás de você.

— Acho que temos que reconhecer que é uma possibilidade. Não vamos entender o que a move, ou quais são suas compulsões, antes de encontrá-la, não realmente. Então, o que vai acontecer quando ela ficar mais irritada com o sistema do que com os pais?

— Ela não deu nenhum indicativo disso — diz ele, depois de um momento. — Se ela estivesse preocupada com o sistema como um todo, nós não veríamos os tutores temporários na mistura?

— Isso ainda pode acontecer. Até agora foram só três casos. Falando de forma realista, ela está só começando.

— Mas ela não começou com eles. Qual você acha que é a diferença?

Ele não está perguntando para a agente Ramirez; está perguntando para Mercedes.

— Tutores temporários são desconhecidos; você nunca sabe o que vai receber. Já seus pais são as duas pessoas no mundo todo que supostamente nunca vão machucar você. Os ferimentos são mais profundos, de certa forma.

Ele pensa nisso, o rosto envelhecido movendo-se com as emoções que se prendem a pedaços de ideias ou teorias. Depois de um tempo, ele se recosta na parede do elevador e abre os braços. Eu aceito o abraço com gratidão, consciente das cicatrizes ainda recentes no peito dele.

— Não sei como resgatar você disso — admite ele.

Balanço a cabeça.

— Nós fazemos nosso trabalho. Confiamos que Holmes e Simpkins farão o delas. Não tenho certeza se há um resgate.

Ficamos parados daquele jeito, até que alguém no andar de cima grita para que liberem o maldito elevador, e ele se inclina para apertar o botão e retomar o movimento. E, porque ele é Vic, e às vezes é um pouco mesquinho, ele pula a parada do andar seguinte.

Aquilo me faz sorrir, ainda que provavelmente não devesse.

Capítulo 14

Vic insiste que todos nos juntemos à sua família para o jantar, e eu tanto entendo quanto sou grata por isso. Com as três filhas em casa à noite pela primeira vez, o ambiente se enche do som de vozes e risos. Ninguém menciona o caso ou o fato de que ninguém consegue decidir se devo ou não voltar para casa. Holly e Brittany, as duas meninas mais velhas, estão cheias de histórias da faculdade, das aulas, da vida no campus e das competições. As duas têm bolsas de estudos de atletas, Holly por causa do *cross-country* e Brittany pela natação. Janey ainda está no ensino médio, mas nos presenteia com relatos dos ensaios das apresentações de verão, e Vic não consegue disfarçar a cara de bobo de tanto orgulho que sente das três.

Como agentes, somos treinados para reconhecer o elefante na sala, para abordá-lo de alguma forma, mas nesta noite ele é alegremente ignorado.

Volto para o apartamento de Eddison para passar a noite, embora Sterling tenha mencionado que vai me sequestrar na semana que vem em algum tipo de acerto de custódia compartilhada bizarra. Enquanto troco de roupa e visto minha camiseta e a cueca boxer – escolho a que tem escrito "Revista corporal feminina", só para fazê-lo rir —, Eddison mexe em seu notebook e nos cabos até conseguir acessar o Skype em sua televisão imensa. Inara e Priya tomam toda a tela.

— Victoria-Bliss está no trabalho — diz Inara, em vez de oi.

— Parece que vocês duas também estão — respondo, aceitando a cerveja que Eddison me oferece e me sentando no sofá.

As duas dão de ombros, mas também parecem um pouco orgulhosas.

— A agente literária de quem sou estagiária me faz ler questionários e materiais enviados — diz Inara. — Ela toma todas as decisões, é claro, mas quer saber minha opinião, e então compartilha seu processo comigo. É interessante.

Priya sacode uma pilha de fotos, de modo que só conseguimos ver os cantos, nada dos temas das imagens.

— Vocês estão olhando para layouts.

— Projeto escolar ou projeto pessoal? — pergunta Eddison.

— Pessoal.

— Mesmo assim não podemos ver?

— Em algum momento vocês verão. — Priya sorri para ele, intensa e familiar, e posso ver realmente Eddison se debatendo para decidir se quer ou não saber do que se trata. Inara também percebe, e enterra o rosto na colcha para abafar a risada. — E como vão as coisas por aí? Não tem nenhum jogo bom sendo transmitido, e praticamente tudo o mais pode ser feito por mensagem de texto ou por ligação telefônica. Vocês estão bem?

— Queríamos saber como vão as coisas com vocês — diz Eddison, e as duas garotas acenam com a cabeça, hesitam e se concentram em mim.

Nossa equipe não adota muitas crianças, como fizemos com essas duas e com Victoria-Bliss, mas sempre fico feliz por termos feito isso. *Quase* sempre fico feliz por termos feito isso – ser o único foco de atenção e dos poderes de observação delas é um pouco como entrar no confessionário da igreja.

Apesar de ser basicamente minha história, é Eddison que conta para elas sobre as mais novas entregas – o fato de que elas aconteceram, sem compartilhar detalhes – e sobre Siobhan. Inara acena com a cabeça de maneira distraída, mas os olhos de Priya se estreitam quando Eddison chega na parte do fim do namoro. Ela nunca gostou muito de Siobhan. Não tinha nada contra ela como ser humano, só era contra o nosso namoro. Uma vez, e só uma vez, Priya me disse o motivo: ela não gostava que eu parecesse só metade de mim mesma quando estava com Siobhan. E, na beleza da percepção tardia, ela estava absolutamente certa.

Mas ela é também a primeira a perguntar.

— Você está bem?

— Por enquanto — digo para ela. — Acho que ainda estou esperando a ficha cair.

— Mas você vai ficar bem?

— Sim.

Ela começa a dizer algo, mas então balança a cabeça.

— Não tem problema não ficar bem, você sabe. Por um tempo.

Inara bufa juntamente com Eddison, e já faz muito tempo que nenhum dos dois ficava horrorizado por concordarem entre si. Quantas vezes dissemos para Priya – e para Inara – que não tinha problema não estar bem?

— Falando em não estar bem — Inara começa a falar, franzindo o cenho —, vocês souberam algo de Ravenna desde que ela visitou vocês? Ela ainda não está atendendo o telefone, e não respondeu ao e-mail.

— Ela não ligou, não. Tem algum motivo pelo qual vocês estão mais preocupadas que o normal?

Inara fica ruborizada, um bom e velho rubor, e abaixa o olhar para a colcha. De algum modo, apesar de tudo, ela não perdeu a capacidade de se importar com as pessoas, mas ainda fica envergonhada quando alguém destaca o fato. Muito parecida com Eddison, diga-se de passagem.

— Se você fosse classificar as Borboletas sobreviventes pela probabilidade de surtar e matar alguém, Victoria-Bliss é, sem dúvida, a número um, e eu sou a segunda.

Eddison e Priya concordam com a cabeça.

— Ravenna é facilmente a terceira.

Coloco minha cerveja na mesa de centro com um baque.

— Sério? Ela disse que estava indo bem, pelo menos até aquela última briga.

— Sim e não. Separar Ravenna e Patrice-a-filha-da-senadora, ou apenas descobrir como elas podem coexistir, não vai acontecer com a mãe por perto e com a publicidade constante.

— Minha mãe ofereceu o quarto de hóspedes para ela — acrescenta Priya. — Paris poderia dar a distância suficiente para começar a trabalhar de verdade nisso, e ela teria um lugar seguro para ficar, com pessoas que se importam com ela, e com uma ligação estável com Inara.

O rubor de Inara, que estava sumindo, retorna com força total, como sempre acontece quando alguém a lembra que ela é basicamente a matriarca das Borboletas, mesmo agora.

— Aviso vocês se ela entrar em contato — prometo.

Conversamos mais um pouco, contando histórias que não são para serem ditas por mensagens de texto. Um pouco depois da meia-noite, meu telefone pessoal toca.

Não reconheço o número.

Em qualquer outro momento, eu deixaria ir para a caixa postal, mas este mês tem tido um conjunto de circunstâncias bem espetaculares, não é? Eddison fica bem quieto ao meu lado, e as garotas fazem o mesmo, seus rostos um pouco borrados pela webcam ruim e pela tela gigante.

No terceiro toque, aceito a chamada.

— Ramirez.

— Ramirez, aqui é Dru Simpkins.

Merda.

Coloco no viva voz.

— Simpkins, Eddison está aqui comigo. O que foi?

Ela não comenta o fato de Eddison e eu estarmos juntos à meia-noite. Metade do FBI acha que estamos transando, e a outra metade acha que ainda não percebemos o quanto devíamos estar transando.

— Acabo de receber uma ligação da detetive Holmes — responde a mulher. — Um garoto de sete anos, chamado Mason Jeffers, foi deixado do lado de fora do pronto-socorro do hospital Príncipe William. Estava coberto de sangue, mas não parece ser dele. Não falou nada, mas tinha um bilhete preso no urso de pelúcia com seu nome, idade e endereço, e dizendo para chamar você.

— E os pais dele?

— Holmes quer você na casa do menino. Desta vez vou permitir. Desta vez. Simpkins já está com tudo.

— Qual o endereço?

Eddison procura uma caneta, encontra uma hidrográfica e escreve o endereço no antebraço por não encontrar um papel.

— Estaremos lá em vinte minutos — promete ele, e Simpkins se despede antes de desligar.

Inara e Priya nos observam com expressões sérias enquanto nos levantamos do sofá de couro.

— Tomem cuidado. — Priya exige de nós. — Nos contem o que puderem.

— Precisamos cancelar nossa viagem neste final de semana? — pergunta Inara.

— Não cancelem a viagem — diz Eddison. — Marlene já encheu o freezer. Vocês não podem nos deixar com todos aqueles doces.

— Bem... nós embarcamos no trem quinta-feira às seis da tarde; então, se alguma coisa mudar, esse é o ponto sem volta.

Eddison balança a cabeça, pegando o notebook para desligá-lo.

— Só você acha que seis horas é de tarde.

— Você acha que seis horas ainda é de manhã.

— É de manhã.

— Não se você ainda não foi para a cama — replica ela.

— Boa noite, meninas.

— Boa noite, Charlie — respondem as duas, em coro, e dão um sorriso para a expressão sofrida dele. Um pouco antes de a tela se apagar, posso ver os olhares preocupados que elas dão na minha direção.

— Vou ligar para Sterling enquanto troco de roupa — falo para Eddison. — Você liga para Vic?

— *Sí*. Não que algum deles possa fazer alguma coisa, mas vamos mantê-los atualizados.

Sterling recebe a notícia com calma, dizendo-me para mantê-la informada até de manhã, e que se responsabilizará pelas duas primeiras rodadas de café. Sterling é um anjo. Visto novamente a calça jeans e a jaqueta corta-vento, com uma camiseta diferente por baixo, porque eu simplesmente não sou capaz de vestir um terninho depois da meia-noite. Tenho roupas melhores no escritório, se por acaso não voltarmos para cá, e, além disso, estou presa à minha mesa de todo jeito. Se não posso usar essa desculpa para quebrar um pouco o código de vestimenta, então qual o sentido?

A casa dos Jeffers fica no lado oeste da cidade, em uma viagem que deveria levar trinta minutos se os semáforos cooperarem. Os semáforos não estão cooperando, mas tampouco Eddison está: chegamos lá em dezoito minutos. Depois de nos identificarmos para o policial uniformizado na porta, entramos e quase atropelamos a agente Simpkins.

Dru Simpkins é uma agente muito respeitada, de quarenta e poucos anos, com um cabelo grosso, loiro escuro, que nunca parece muito arrumado. Ela faz palestras na academia do FBI sobre o impacto da psicologia nos textos escritos pelas crianças, especificamente na busca de pistas e subtextos em diários ou tarefas escolares escritas, e lidera essa parte específica do treinamento na divisão de crimes contra menores. A Unidade de Análises Comportamentais gostaria muito que ela integrasse uma de suas equipes de desenvolvimento de perfis, mas ela é resoluta em permanecer na área de crimes contra menores. Foi ela quem identificou corretamente que eu era a autora do guia de sobrevivência dos agentes em treinamento. Aparentemente, eu tenho "uma voz".

— Nos três outros casos, foi sempre o pai quem levou a pior, certo?

Ela tampouco acredita em papo-furado.

— Sim — respondo. — O pai foi imobilizado a tiros, a mãe foi morta, o pai foi morto na sequência. Não é o caso aqui?

— Não parece ser. Venham dar uma olhada.

Pegamos os protetores de sapatos no corredor e os colocamos sobre nossos tênis antes de segui-la até o quarto principal. A legista nos faz um aceno com os dedos enquanto segura o termômetro no fígado do sr. Jeffers. Ele tem várias facadas no tronco, mas nem de perto a mesma extensão dos ferimentos das outras vítimas masculinas.

A sra. Jeffers, no entanto, *Jesucristo*. O rosto dela está destruído, e a carnificina continua corpo abaixo. Sua virilha é um aglomerado de ferimentos, e os outros ferimentos de facada cobrem seu estômago e se estendem em faixas ao redor de seus seios. A morte do marido foi bem rápida, mas essa mulher sofreu. E, a julgar pelo espaço sem sangue ao lado dela, na cama, seu filho foi obrigado a ficar parado ali, assistindo.

— Você disse que Mason não está falando? — pergunto.

O detetive Mignone, parado do lado da cama do pai, levanta o olhar e confirma com a cabeça.

— Uma vizinha diz que acha que ele não fala há anos.

— Então não foi causado pelo trauma.

— Pelo menos não foi causado por este trauma — observa Simpkins. Ela pega uma das fotos enquadradas na parede e a estende na minha direção. Então percebe que não estou com luvas e segura o quadro para que eu possa vê-lo. Há sangue espalhado no vidro. Não é muito, não a essa distância, mas um pouco. Não o bastante para obscurecer o jeito como a família está posando para o retrato: a mão da sra. Jeffers segurando o braço do filho, que tenta se afastar em direção ao pai.

— Abuso sexual de um parente do sexo feminino — murmura Eddison, por sobre meu ombro. — Isso é incomum.

— Por que você presume que o abuso era sexual? — pergunta Simpkins, claramente já sabendo a resposta, mas perguntando mesmo assim.

É a parte professora de sua personalidade.

— O jeito como os ferimentos estão agrupados — responde Eddison, automaticamente porque, afinal, estamos ambos acostumados com Vic. — Virilha, seios, boca. É um agrupamento muito específico.

— E o Serviço Social? — pergunto.

— Já chamamos. A assistente social de plantão está em um atendimento no Príncipe William, em um caso diferente, então vai pedir reforços.

— Parece que Mason pode se dar melhor com um assistente social do sexo masculino.

— Ela vai fazer o possível para conseguir um. Eles estão com falta de pessoal no momento.

Todos os serviços públicos do país estão.

— E o urso de pelúcia? Era o mesmo?

Simpkins recoloca a foto na parede com cuidado.

— Branco, asas e halo dourado.

— E o bilhete estava preso no urso?

— Escrito a mão ou digitado? — acrescenta Eddison.

— Digitado — responde Simpkins. — Demos uma olhada nos computadores, mas o assassino trouxe o bilhete consigo. Os Jeffers nem têm impressora.

— Então a assassina sabia com antecedência que Mason provavelmente não ia conseguir dizer nada. Ela veio preparada.

— Por que está dizendo que é ela?

Eddison e eu trocamos um olhar, e Mignone se aproxima para se juntar à conversa.

— A descrição que as crianças deram — diz Eddison, por fim. — Todos disseram que era uma mulher.

— Mas não sabemos se é isso mesmo. Dizer "ela" pode nos cegar para outros caminhos. Não estou querendo dizer que as crianças mentiram nem que estão enganadas, mas só porque alguém em uma fantasia parece uma mulher...

— Não quer dizer que seja — completa Mignone. — Poderia ser uma tática para desviar as suspeitas para o lado errado.

— Precisamente — concordo.

É perfeitamente razoável e, na verdade, uma prática melhor não bloquear linhas de investigação, mas meus instintos me dizem que estamos procurando uma mulher. Um homem poderia se vestir de mulher, se tivesse o impulso apropriado, mas as mensagens seriam diferentes. Essa assassina diz que as crianças estarão em segurança agora; um homem diria que as estava resgatando ou deixando-as em segurança. Os homens são mais propensos a anunciar ações, as mulheres anunciam estados de existência.

A julgar pelo modo como Simpkins nos observa, ela já chegou à mesma conclusão, e só está nos colocando à prova. Uma evidência dos motivos pelos quais sempre aprendo muito com Simpkins, mas não gosto de trabalhar com ela.

— Holmes está no hospital com o menino — diz Mignone. — Ela não estava na sala durante o exame, mas ele teve um ataque de pânico quando o médico precisou examinar por baixo da cueca. Eles tiveram que sedá-lo.

— Conseguiram terminar o exame? — pergunta Eddison, franzindo o cenho.

Mignone nega com a cabeça.

— Ele não parece ter ferimentos aparentes, e querem tentar ganhar uma certa confiança. Fizeram alguns raios X para verificar danos internos, para garantir que poderiam esperar, mas, fora isso, querem que ele esteja desperto para permitir o exame.

Os ombros de Eddison relaxam.

— Vocês se importam se eu for até o quarto de Mason? — pergunto. — Prometo não tocar em nada.

Como resposta, Simpkins me oferece um par de luvas.

Certo, então talvez eu possa tocar em algumas coisas.

Eddison vai atrás de mim, juntamente com Mignone.

O quarto de Mason é digno de revistas. Por estar oficialmente no caso, o detetive Mignone pode ser nosso acompanhante na cena do crime, por assim dizer, por ser capaz de jurar, se um problema aparecer mais tarde, que nenhuma evidência foi plantada, tirada ou alterada. As paredes estão pintadas em duas cores, a metade de cima um azul pastel e a parte de baixo um azul royal mais profundo. As duas partes são separadas por uma borda branca coberta com desenhos coloridos de várias profissões. Consigo ver caubóis, astronautas e médicos, diferentes ramos das forças armadas, entre outros. A cama é de plástico e baixa, na altura do chão, no formato de um foguete de desenho animado, e, exceto pela reentrância onde ele se deitou e por um canto dobrado para trás de quando ele se levantou, os lençóis e o edredom azuis estão perfeitamente arrumados. Tudo no quarto é perfeito, projetado para aparência, e não para funcionalidade.

Nada aqui diz que um *garotinho* vivia neste quarto.

Eddison abre as gavetas do guarda-roupa, as mãos enluvadas entrando com facilidade entre camadas de roupas perfeitamente dobradas e coordenadas por cor. O armário é tão arrumado quanto o quarto, com caixas transparentes na prateleira de cima, eliminando qualquer possibilidade de Mason usá-las para esconder qualquer coisa.

As crianças gostam da ideia de segredos; mas, na verdade, não gostam de guardá-los. As crianças *querem* contar as coisas para as pessoas.

Os bonecos na caixa de brinquedos parecem quase intocados, mas os animais de pelúcia demonstram um traço de personalidade preocupante: todos eles têm as calças grampeadas. Algumas calças são feitas de papelão, outras parecem ser roupas de bonecas, mas são grampeadas no tecido dos animais de um jeito bem preocupante e muito revelador. Eddison faz uma careta quando mostro para ele, mas confirma com a cabeça.

— Isso não pode ser tudo — comenta ele.

— Talvez não. — Voltando à cama, passo a mão por trás da cabeceira e sinto a luva escorregar sobre algo com uma textura diferente.

— Mignone?

O detetive ergue sua máquina fotográfica e tira fotos da cama antes e depois que a puxamos do canto da parede. Um protetor de folha de plástico, como a capa de um relatório, está preso com fita adesiva na parte de trás, cheio de folhas de cartolina grossa.

Mignone abaixa a câmera lentamente.

— São bonecas de papel?

— Sim. — Tiro as folhas de dentro do protetor e as espalho pelo chão. Provavelmente foram arrancadas de um livro em algum momento. Uma família de bonecas de papel, mas o pai e as duas crianças têm as calças presas na frente e atrás, não com as abinhas dobráveis, mas com mais grampos.

A boneca que representa a mãe está pintada com hidrocor preta, desenhada com tanta firmeza que a tinta da caneta encharcou e rasgou o papel grosso em algumas partes.

— Merda — murmura Eddison, e Mignone concorda com a cabeça enquanto levanta a câmera novamente para tirar mais fotos.

— Não sou especialista em psicologia infantil, mas esse é um sinal bastante característico de abuso sexual, certo? — pergunta o detetive.

— Sim. Sim, é isso mesmo.

Eddison dá um chutinho de leve no meu tornozelo.

— Você acha que ele tem um arquivo no Serviço de Proteção à Infância, não acha?

— Se encaixa no padrão, e esses sinais... as calças nos brinquedos e nas bonecas de papel, a mãe sendo marcada com tanta veemência... são tão claros que alguém deve ter notado e denunciado.

— Qual é sua teoria, Ramirez?

Para ganhar tempo e conseguir escolher as palavras adequadas para dizer o que estou pensando, empilho as bonecas de papel e as guardo no protetor de plástico, entregando tudo para Mignone.

— Acho que aconteceu algum tipo de acidente em algum lugar. Talvez na escola dominical, ou na festa de aniversário de um amigo. Alguma coisa. Talvez ele tenha urinado sem querer, talvez tenha derrubado algo nas calças, qualquer coisa que fosse suficiente para que ele precisasse trocar a calça, e um adulto se ofereceu para ajudar.

— Um garotinho surta de tal maneira com a ideia de alguém ajudá-lo a trocar a calça, e perguntas começam a ser feitas — concorda Eddison.

— Talvez até mesmo na escola. Alguém perguntou para os pais dele...

— Provavelmente para a mãe — acrescenta Mignone. — A sra. Jeffers não trabalhava fora.

— ... e é claro que a mãe diz que ele é só um menino tímido, e que vai melhorar quando crescer.

— Mas quem quer que tenha feito as perguntas ainda está incomodado e, em algum momento, faz uma denúncia.

— Mas como se passa de uma denúncia tão vaga a assassinato?

— Até termos notícia do Serviço Social, não temos como saber se foi vago — esclareço. — Eles podem ter feito um acompanhamento, talvez até feito algum exame. Se não há penetração ou hematomas, o abuso não vai ser tão óbvio.

— Sabe, eu meio que presumi que ter um novo membro na equipe ia acabar com esse hábito seu e do Eddison — comenta Simpkins, da porta, com voz arrastada. — Em vez disso, vocês estão doutrinando os outros.

— Pensar em conjunto é uma ferramenta útil, se não for usada com exagero — respondo com suavidade.

Simpkins não encoraja esse grau de interdependência entre seus agentes. Ela e Vic costumam discutir sobre isso de vez em quando, em especial depois que ficou conosco por um mês, enquanto Vic estava no hospital.

— Essa não é toda a sua teoria — diz ela, depois de um minuto.

— Acho que você precisa analisar os assistentes sociais — admito. — Quando um dos pais está abusando sexualmente de uma criança, o pai em geral é a presunção mais certeira, mas essa pessoa sabia que tinha que ir atrás da mãe. É alguém com acesso às queixas, pelo menos, talvez até aos próprios arquivos. É alguém de dentro do sistema.

— Ou alguém ligado a alguém do sistema.

Eddison se mexe de modo desconfortável.

— Isso seria uma tremenda indiscrição, agente Simpkins. Alguém que revele segredos como esse pode ser demitido bem rapidamente.

— Talvez. Ou talvez essa pessoa só revele os segredos para um indivíduo.

— Mesmo se for esse o caso, a pessoa ainda é cúmplice — aponto. — Esses assassinatos já estão no noticiário; os detalhes podem não ter sido divulgados, mas os nomes foram. Mesmo que a pessoa do sistema não seja a assassina, ela vai perceber que não pode ser coincidência. Se for parte ativa disso, se está tentando proteger um parceiro, ainda está ajudando um assassino.

— Vamos ver — comenta Simpkins, evasivamente. — Obrigada pela ajuda, agentes. Vocês já podem ir. — Ela pega as bonecas de papel das mãos de Mignone e desaparece pelo corredor.

Mignone fica olhando por onde Simpkins saiu, parecendo em conflito.

— Ela é sempre...

— Sim — respondemos em uníssono. Eddison me dá um sorrisinho e prossegue: — Qualquer que seja a palavra que você está procurando, sim, a resposta é sempre sim.

— Ela mantém as coisas para si — acrescento. — Não gosta de presunções, não gosta do que percebe ser linguagem descuidada, e acha que brigas verbais são indisciplina. Por tudo isso, é uma agente muito boa, e tem um histórico muito sólido.

— A-hã.

— Depois que ela se encontrar com Holmes e formar uma opinião, vai designar um de seus agentes para ser o ponto de contato principal com a polícia. Ela tem boas pessoas sob seu comando.

O bigode grisalho de Mignone se remexe; é volumoso o bastante para que seja difícil ler sua expressão exata.

— Quando honestidade e lealdade colidem, qual vence?

— Honestidade. — Ao respondermos novamente em uníssono, desta vez de forma não intencional, Eddison e eu nos viramos e mostramos a língua um para o outro. Mignone cai na gargalhada.

— É uma pena que vocês não possam trabalhar neste caso. Mas eu entendo — prossegue ele, em seguida, erguendo uma mão, embora eu não tenha certeza se um de nós ia protestar. — Mas é uma pena.

Minha pele coça com a necessidade de trabalhar neste caso, de deixar todo o resto de lado e descobrir quem está fazendo isso, quem é essa pessoa que se importa tanto, mas de um jeito tão retorcido.

É provável que seja exatamente por esse motivo que não tenho permissão para fazer isso.

Era uma vez uma garotinha que tinha medo de anjos.

Alguns dos amigos do Papai a chamavam assim, anjo lindo ou apenas anjo. *A Mamãe costumava chamá-la assim, mas tinha parado antes mesmo de morrer. Um dos homens tinha até um pequeno broche de estanho em formato de anjo, que ele sempre usava na camisa, entre o colarinho e o ombro. Ela encarava o broche sempre que o Papai pegava dinheiro do homem. Ele dizia que era seu anjo da guarda.*

Ela tentava pensar em outras coisas, como no forte no bosque. Parecia tão distante, e ela sonhava pegar um cobertor e uma sacola de roupas e fugir para viver lá para sempre. As outras crianças da vizinhança brincavam ali, mas ela nunca era bem-vinda. Ou talvez ela pudesse simplesmente sair andando, e andar, andar, andar e acabar em algum lugar novo a cada dia, e o Papai não poderia segui-la. Mas ela não podia escapar. Não importava o quanto tentasse pensar em outras coisas.

Uma noite, enquanto ela encarava o broche de anjo, houve uma batida na porta no térreo. Sempre dava para ouvir tudo naquela casa; não havia segredos. Todos os homens ficaram paralisados. Nunca ninguém tinha batido na porta à noite. Todo mundo já estava ali. Havia uma voz gritando alguma coisa, alta, mas indistinta por sobre a música. A garotinha manteve os olhos no anjo.

Mas o barulho continuou, e, antes que Papai e seus amigos pudessem se levantar, a porta do porão foi aberta com um chute e um clarão de luz formava halos atrás das pessoas que estavam paradas ali. O homem com o broche se afastou dela, e, em pânico e balbuciando, um dos amigos do Papai apontou uma arma.

A garotinha não prestou muita atenção na arma; essa nunca foi a coisa que a machucou.

Em vez disso, ela viu uma das pessoas recém-chegadas se aproximar dela, cachos escuros delineados na luz. A mulher se agachou sobre ela, cobrindo o corpo da garotinha o máximo que pôde, mas continuou com a arma na mão, apontada para o amigo do Papai, até que ele largou sua arma no carpete e ergueu as mãos.

Então a mulher pegou um cobertor e envolveu a garotinha nele, abraçando-a com força, mas de modo tão cuidadoso. Seus olhos eram gentis e tristes, e ela acariciava o cabelo da garota e sussurrava que ela ia ficar bem, que ela ia ficar bem. Que ela estava em segurança agora. Ela deu um ursinho de pelúcia para que a garotinha pudesse abraçá-lo e chorar nele, e ficou com ela mesmo enquanto os outros lotavam o porão para levar o Papai e todos os amigos dele embora. Papai estava furioso, gritando coisas terríveis, mas a mulher simplesmente abraçou a menina e cobriu seus ouvidos, para que ela não tivesse que ouvir o que seu pai dizia. A mulher ficou com ela na ambulância e no hospital, e lhe disse que ela ia ficar bem.

Era uma vez uma garotinha que tinha medo de anjos.

Então ela conheceu um, e não teve mais medo.

Capítulo 15

No fim da manhã seguinte, quando a cafeína das várias xícaras de café causou um buraco nas minhas entranhas, pego o elevador para ir até a lanchonete comprar um sanduíche e o que mais me der vontade na hora. Na volta, outra agente entra no elevador até então vazio antes que as portas se fechem.

— Já almoçou?

— Oi para você também, Cass.

Cassondra Kearney é da equipe de Simpkins, mas também é minha amiga. Cursamos a academia juntas, e, agora que penso nisso, ela é provavelmente o motivo pelo qual o guia de sobrevivência, bem... sobreviveu. Ela está de óculos, o que significa que está pelo menos a meio caminho da exaustão.

— Almoço?

Olho para o monte de sanduíches embrulhados em plástico nos meus braços, e depois para o brilho levemente maníaco no olhar dela. Aquele brilho nunca significou coisas boas para mim.

— Deixe-me entregar isso para Sterling e Eddison e pegar minha bolsa.

— Ótimo. Espero você aqui.

— No elevador?

Ela para as portas que se abrem e se posiciona no canto, perto do painel de controle, onde não pode ser vista do corredor. As tentativas de subterfúgio de Cass são invariavelmente assustadoras. Mas, por pior que seja nisso, ela sempre tem um motivo para fazer essas coisas, então, em vez de discutir, resolvo concordar.

Eddison não está em sua mesa, mas Sterling está na dela, lendo um pedido de consulta do qual não tenho permissão para chegar perto. Eu empilho os sanduíches no canto da mesa dela.

— Diga para ele que saí para almoçar com uma amiga da época da academia.

— Ele vai saber quem é?

— Provavelmente. — A maioria dos meus amigos daquela época não trabalha em Quantico, então isso limita o rol de possibilidades. O fato de eu não mencionar o nome deve ser a verdadeira dica. — Volto logo.

— Entendido.

Quando Cass disse que esperaria ali, ela realmente queria dizer *exatamente ali*. Ela tem um pé no trilho das portas, para impedi-las de fechar. Anderson tenta passar por ela para entrar no elevador, e ela rosna de verdade para ele. Espero dentro do escritório até que ele desiste e resolve usar as escadas, e então vou até Cass.

Não conversamos durante a descida, e nem no caminho até o estacionamento.

— Vamos evitar que nos vejam juntas? — murmuro.

— Por favor.

— Estou no segundo andar; me pegue lá.

Ela confirma com a cabeça, sem olhar para mim. Suas chaves batem em sua coxa. Ela corre até o elevador do estacionamento, e eu caminho pela rampa até meu carro no segundo andar. Não acho que alguém esteja observando, mas, só por precaução – e, agitada como ela está, isso provavelmente vai fazê-la se sentir melhor –, fico remexendo no meu porta-malas, como se estivesse procurando alguma coisa. Quando ouço o carro dela se aproximar, fecho o porta-malas, tranco o carro e me sento no banco do passageiro dela.

— Agora você vai me explicar?

— Vamos fazer uma parada rápida antes de comermos — diz ela.

— Onde?

— No Serviço de Proteção à Infância de Manassas.

— Ah, merda, Cass. — Fecho os olhos e deixo a cabeça bater no apoio do banco. — Você não estaria fazendo todo esse ar de segredo se não tivesse sido instruída explicitamente a não me envolver.

O silêncio dolorido dela é resposta suficiente.

— Cass, *¿Qué mierda?*

— Simpkins diz que não temos permissão para atualizar sua equipe. — Quanto mais distantes ficamos do prédio do FBI, mais ela relaxa em seu assento. — Não é como se tivéssemos tomado um caso de vocês; esta é sua vida.

— Cass.

— Eles conseguiram terminar os exames em Mason Jeffers — conta ela, abruptamente. — Havia sinais de abuso com penetração intermitente, mas o pior não é isso: ele está com herpes.

— Herpes.

— Tipo um, então basicamente herpes labial, mas ele tem nos genitais.

— Deixe-me adivinhar: a mãe tem histórico de herpes labial.

— Certo.

Suspiro.

— Uma criança de sete anos com DST.

— Holmes quer que você converse com as vítimas anteriores. Mason ainda não está falando nada, e o psicólogo não acha que ele vai conseguir superar isso com mulheres ao redor dele, mas Holmes quer que você verifique os outros. Simpkins diz para não haver contato.

— No que Holmes acha que eu falar com eles vai ajudar?

— Vai mostrar para a assassina que você ainda está na história.

Então Holmes tem a mesma teoria que eu, de que a raiva da assassina pode se voltar para mim se parecer que eu abandonei as crianças.

— A menos que Holmes retire o pedido de ajuda do FBI, Simpkins é a agente no comando. Ela tem que tomar essa decisão.

Cass espirra. Todos os nossos colegas de academia a chamavam de Gatinha, porque ela espirra toda vez que dá risada.

— Você não vai tentar me convencer de que realmente gosta disso.

— Não, eu odeio muito, mas a decisão não é minha. E não vou fazer isso pelas costas dela.

— Na verdade, eu estava pensando em dizer para Holmes ir falar com Hanoverian.

Bato com a cabeça no assento várias vezes, esperando prender algum parafuso solto.

— Você quer falar para a detetive local passar por cima da sua chefe e ir falar com o chefe da unidade para que um agente sob mira possa conversar com as vítimas anteriores.

— Quando você coloca assim, parece bem ruim.

— Eu me pergunto por quê.

Ela espirra de novo.

— Se está tentando me levar até as crianças, por que está me sequestrando para me levar até o Serviço de Proteção à Infância em vez de ir para o hospital?

— Porque eu preciso ir ao Serviço de Proteção à Infância. Estava a caminho de lá e imaginei que essa viagem de carro era a melhor oportunidade de conversar com você. — Ela me olha de relance enquanto entra na rodovia. — Você sabe como Dru se comporta a respeito da sua equipe; ela acha que não é saudável para uma equipe permanecer junta tanto tempo quanto vocês estão. Ela já falou até em trocar os Smith, e eles só estão na equipe dela há seis anos.

— Mas nós não somos mais a mesma equipe. Vic foi promovido. Nós roubamos Sterling de Denver.

— Ela se inscreveu para o cargo de chefe de unidade há dez meses.

— Merda.

— Ninguém pensou que Hanoverian aceitaria. Ele já tinha recusado tantas vezes.

— Mas então ele levou um tiro no peito, e foi o único jeito de continuar no FBI. Ela deve ter ficado zangada.

— Ela não gosta do jeito que ele faz as coisas, nunca gostou. Você sabe disso.

Durante grande parte do caso, dez meses atrás, Simpkins ficou tentando retreinar a mim e a Eddison. Eu já estou no FBI há dez anos, Eddison está há... dezesseis? Não somos agentes novatos. Aquilo tornou o caso um inferno, porque ela insistia em nos tratar como se não tivéssemos aprendido nada de útil sob o comando de Vic. A promoção de Eddison e a transferência de Sterling chegaram como notícias bem-vindas, porque significava que ficaríamos em uma equipe separada em vez de subordinados de forma permanente a Simpkins.

— Então, o que você vai fazer no Serviço de Proteção à Infância? — pergunto, sem nem mesmo fingir uma mudança de assunto elegante.

— Ela tem a teoria de que a assassina pode ser uma assistente social.

Dou uma bufada contra minha própria vontade.

— Deixe-me adivinhar: sua teoria? — pergunta Cass.

— Que ela parecia pouco inclinada a aceitar.

— Ela é agente de campo há mais de vinte anos; quer subir na estrutura enquanto ainda é jovem o bastante para ter alguma chance.

— Odeio política — resmungo. — Só quero fazer meu trabalho. Não quero acompanhar quem quer qual promoção ou quem não gosta de quem.

— Bem, você vai poder colocar esses avisos no guia de boas-vindas.

— Falando nisso...

— Ei, o que você vai querer de almoço depois que terminarmos? — cantarola ela.

— Bela tentativa. Por que você deu o guia dos agentes em treinamento para eles?

O sorriso tímido dela é a única admissão de culpa da qual realmente preciso.

— Precisamos de alguma coisa, Mercedes. É início de julho, e já temos vinte agentes que ou foram transferidos da divisão de crimes contra menores, ou deixaram o FBI completamente, só este ano.

— Então por que você não escreveu alguma coisa?

— Quantas vezes você me ouviu falar sobre largar a academia?

— Toda vez que tínhamos que disparar uma arma. Isso só significa que você não gosta de armas. Você é ótima em todo o resto.

— Mas uma agente de campo que não suporta armas não é muito útil como agente de campo, é? Você me fez superar isso. Pode ficar irritada o quanto quiser por não termos contado para você que o guia ainda era distribuído por aí, tudo bem, mas você é a escolha certa, porque, não importa quantas vezes você teve que conversar com um de nós, ou teve que incentivar um de nós, você nunca mentiu. Você nunca disse uma única coisa que não fosse verdade. É *disso* que precisamos para os novos recrutas. Eles não precisam ser paparicados, eles precisam ser advertidos honestamente. Quem pode fazer isso melhor do que você?

— O único motivo pelo qual não odeio você completamente é porque esse manual estúpido é a única coisa que está entre mim e uma suspensão.

— Aceito sua gratidão na forma de rocamboles de passas e canela de Marlene Hanoverian.

— Não força.

Meu telefone vibra com uma mensagem de texto de Sterling. *Simpkins está aqui. Eddison precisa falar com você quando voltar do almoço.*

— Problemas? — pergunta Cass, ultrapassando um carro que seguia muito abaixo do limite de velocidade sem motivo aparente.

— Se você e Holmes querem que eu veja as outras crianças, precisamos fazer isso enquanto estamos aqui. Assim que voltarmos, Eddison vai ter que me dizer que estamos de mãos atadas.

— E ele falar isso agora não se aplica?

— Ele não me falou isso. Pediu para Sterling me falar algo sobre o assunto.

— Certo, talvez eu esteja começando a questionar se é uma boa ideia você ensinar os novatos.

— Agora é tarde demais.

— Que seja, então. — Ela acelera, passando dez, quinze, vinte quilômetros acima do limite. — Vamos aproveitar ao máximo o almoço.

Capítulo 16

O Serviço de Proteção à Infância de Manassas é silencioso na hora do almoço, já que a maior parte da equipe saiu para comer fora ou está almoçando na própria mesa para poder continuar trabalhando na papelada. Os assistentes sociais, enfermeiros e administradores têm seus próprios escritórios, mas a parte central da sala maior é um aglomerado de baias com meia parede que ficam de guarda diante do recinto do arquivo físico. Todo arquivo digital tem sua contrapartida física, só por precaução, e os funcionários também são responsáveis por reunir os arquivos duplicados para a polícia ou para o tribunal. Há toques pessoais pequenos e restritos nas mesas, uma consciência de que, apesar de ser um local de trabalho, também é um espaço público, por ser o que é.

— Posso ajudá-las? — pergunta a mulher na baia mais próxima. Provavelmente com vinte e poucos anos, ela tem um sorriso brilhante e um cordão de crachá com o logotipo da Universidade do Estado da Flórida. Há uma fileira de lápis de cor com a parte de trás felpuda presa no alto de seu monitor, uma fila alegre de gatos, raposas, cachorrinhos e patos de borracha, com um urso de pelúcia no meio, e um bordado em ponto-cruz, cuidadosamente emoldurado, que diz: *A vida é uma droga e, então, você morre: em alguns dias é difícil perceber a diferença*, em um quadrado charmoso com uma borda de corações e flores. Ela parece familiar, do mesmo jeito que muitos novos agentes em treinamento parecem familiares: uma pessoa de vinte e poucos anos assombrada com o mundo além da faculdade e lutando para perder o peso ganho no início do curso. Isso faz com que eu me sinta velha, e ainda sou jovem demais para isso, maldição.

Cass dá um passo adiante, já que eu supostamente nem devia estar ali.

— Sou a agente Cassondra Kearney, do FBI. Qual é seu nome, por favor?

— Caroline — responde a funcionária, e uma covinha se aprofunda em sua bochecha. — Caroline Tillerman. Como posso ajudá-la, agente?

— Se eu lhe der uma lista de números de casos, você consegue me dar uma lista de todos que trabalharam nesses arquivos?

O sorriso de Caroline diminui, e ela inclina a cabeça para o lado.

— Posso pegar seu pedido de informação e entregá-lo para alguém do administrativo — diz ela, depois de um momento —, mas tenho quase certeza de que vão precisar de um mandado. Quero dizer, sei que não é tão sensível quanto os arquivos em si, mas não acredito que tenha permissão para entregar essa informação. Às vezes a família pode ficar um pouco brava, entende?

Ah, eu entendo.

— Para quem do administrativo você passaria isso? — pergunta Cass. — Porque eu tenho um mandado tramitando, e, se eu puder conseguir a informação, posso simplesmente enviar o mandado assim que o juiz assinar. Já adiantamos para os dois lados.

— Nosso supervisor direto aqui no setor de registros é Derrick Lee, e ele está em seu escritório. Posso levar vocês até lá?

— Isso seria excelente, Caroline, muito obrigada.

Caroline se levanta e ajusta o pingente em formato de coração na garganta, com um gesto que parece enraizado, e leva Cass pelo corredor. Ela lança um olhar curioso por sobre o ombro na minha direção mas eu provavelmente já estou causando problemas suficientes só por estar aqui. Não preciso dar motivos para um supervisor lembrar que estive.

Em vez disso, caminho pelo corredor que divide as seções de baias, examinando as personalizações. Ou alguém no escritório gosta de bordar em ponto-cruz, ou todos compraram juntos, porque todas as seis mesas têm um quadrinho parecido com o de Caroline, todos eles um pouco subversivos, até que o último, colocado em um canto onde é mais difícil que os visitantes vejam, eleva um pouco o nível com um *Abençoado seja este maldito escritório*, cercado de flores. É ao mesmo tempo encantador e desanimador.

— O que você está fazendo aqui?

Viro na direção da voz, parada no meio do corredor, com as mãos segurando os cotovelos, para não ser ameaçadora e para mostrar que não estou segurando nada. A mulher deve ter quarenta e poucos anos, com uma expressão severa e um blazer feio de retalhos de veludo cotelê.

— Admirando os bordados — respondo simplesmente. — Qual deles é seu?

Os olhos dela seguem para a última mesa, aquela que tem a frase mais subversiva.

— Ninguém tem permissão para entrar aí.

— Peço desculpas. — Passo por ela, e volto para meu posto perto da porta. — Sou agente do FBI; a agente Kearney está com alguém da administração e com Caroline.

Ela se inclina na divisória entre a mesa de Caroline e a mesa de trás.

— E por que você não está com elas?

— Não é um caso meu; Kearney precisava passar aqui antes de irmos almoçar.

A mulher ajeita o blazer contra o corpo, enfiando as mãos dentro das mangas. O ar-condicionado é fraco, parece que não funciona muito bem, mas ela parece realmente sentir frio no escritório quente. De repente ela engasga, tossindo com força em uma das mangas. Com a outra mão, a mulher segura a divisória para que possa se manter em pé. Faço menção de me aproximar, mas o olhar feroz dela faz com que eu fique parada no lugar durante o resto de seu acesso. Quando termina, ela respira fundo com cuidado, e o rubor irregular de seu rosto retrocede lentamente. Então o rubor volta com força total quando leva uma mão ao cabelo e percebe que tossiu com força suficiente para tirar a peruca loira do lugar.

Afasto os olhos, observando de canto de olho enquanto ela endireita a peruca com mãos trêmulas. Ela tem a aparência de alguém que está perdendo peso, uma palidez subjacente e uma leve flacidez na pele em lugares inesperados. Isso pode explicar o frio que ela sente mesmo neste calor.

— Gostaria que eu pegasse um copo de água? — pergunto, com voz neutra.

— Como se água fosse ajudar — resmunga ela, mas volta para sua mesa para pegar um copo. A placa com o nome na divisória diz que ela se chama Gloria Hess.

Meu telefone vibra com outra mensagem de texto de Sterling. *Simpkins vai mandar dois agentes para o hospital depois do almoço. Eddison e estamos almoçando com eles, para que possamos contar o que observamos nas crianças.*

Ei, vamos lá, Cass. Precisamos ir.

Depois de alguns minutos de silêncio, e com a srta. Gloria olhando feio para mim do outro lado da sala, Caroline e Cass retornam. Cass vem até meu lado, e eu estendo o telefone para que ela possa ver a mensagem. Ela não precisa de grande quantidade de familiaridade para decodificar, e assente rapidamente com a cabeça.

Voltando para sua mesa, Caroline sorri para a colega de trabalho.

— Gloria, esta é a agente Kearney. Ela está trabalhando no caso daquelas pobres crianças.

Gloria levanta uma sobrancelha cuidadosamente desenhada.

— Você consegue pensar em um caso neste escritório que não inclua alguma "pobre criança"? — Ao ver Caroline corar e gaguejar, ela se volta para Cass. — Pode nos dizer qual caso?

Cass olha de relance para mim, e dou de ombros. Os incidentes já estão nos jornais, embora os detalhes e suas conexões tenham sido ocultados e confidencialidade à parte, um escritório é um escritório; as pessoas fofocam.

— Os assassinatos dos Wilkins, dos Carter-Wong, dos Anders e dos Jeffers.

As duas mulheres parecem surpresas com o tamanho da lista, e Caroline empalidece. Gloria se aproxima e dá um tapinha em seu ombro.

— Houve mais algum? — pergunta a mulher mais velha. Ao ver Cass confirmar com a cabeça, Gloria olha para mim com os olhos apertados. — Você é a agente Ramirez, não é? Aquela para quem as crianças foram levadas.

Maldição.

— Sim — confirmo. — Mas, por favor, não mencione que eu estive aqui. Não tenho permissão para trabalhar no caso, não quando estou tão envolvida com ele. Só me preocupo com as crianças, então a agente Kearney me deixou vir com ela. — Tento dar um sorriso tímido. — Honestamente, eu meio que estava esperando encontrar Nancy, talvez conseguir alguma atualização.

— Ela está fora, em visitas, o dia todo — informa Caroline. — Mas quer deixar um recado?

— Ah, não. Não quero que ela entre numa enrascada — falo rapidamente. — Supostamente estou fora disso, mas essas crianças...

Para minha surpresa, Gloria parece relaxar um pouco ao ouvir aquilo.

— Vamos falar para ela que você esteve aqui, extraoficialmente. Se houver alguma mudança, tenho certeza de que ela encontrará um jeito de informá-la.

— Agradeço muito, de verdade.

Ela acena lentamente com a cabeça, pensativa, como se eu tivesse lhe dado algo novo para considerar.

— Agente Kearney! — Um homem vem correndo pelo corredor que leva à área administrativa, segurando um post-it verde neon na mão. Quase combina com o esmalte em suas mãos. É um homem magro, de altura mediana e voz suave. — Quando conseguir aquele mandado assinado, este é meu telefone direto — diz ele, com um suave sotaque de Charleston. É a única cidade que conheço onde esse jeito apressado e tenso de falar é uma coisa comum. — Assim que me ligar, começaremos imediatamente a preparar aquela lista para você.

Cass murmura um agradecimento e guarda o post-it com seu distintivo.

— Sr. Lee, esta é a agente Mercedes Ramirez. Mercedes, este é Derrick Lee, o administrador do arquivo.

Ele segura uma de minhas mãos entre as dele.

— Isso é realmente horrível, não? Como você está?

No momento estou um pouco distraída pelo fato de que o delineador dele é melhor do que o meu. Como ele faz as pontinhas inclinadas tão iguais?

— Estou bem por enquanto, sr. Lee, muito obrigada. Só tentando descobrir como as crianças estão.

— Nancy diz que são todas muito corajosas. — Ele aperta minha mão e a solta. — Se vocês duas precisarem de alguma coisa, e eu quero dizer qualquer coisa mesmo, por favor, avisem. Todos queremos aqueles anjinhos em segurança, não queremos?

— Obrigada, sr. Lee.

Cass também repete seus agradecimentos e uma despedida, e seguimos para o carro.

— O que se passa nessa cabeça, Mercedes? — pergunta ela, enquanto colocamos os cintos de segurança.

— Quando o mandado permitir, veja se os funcionários também estão listados nos arquivos nos quais trabalharam, da mesma forma que os enfermeiros e os assistentes sociais.

— Que nome eu devo procurar?

— Gloria Hess.

— Algum motivo em particular? Afinal, se personalidades charmosas fossem fatores conclusivos, Eddison já estaria na cadeia há anos.

— Uma peruca loira e um acesso venoso central; ela tem câncer. Se passa a vida cara a cara com o melhor e o pior que o sistema tem a oferecer, o que vai querer fazer quando não tiver mais nada a perder?

Cass pestaneja.

— E também Derrick Lee — acrescento. — Ainda não descartamos a hipótese de que o assassino pode ser um homem. Coloque uma peruca e roupas largas em Lee, e ele pode facilmente ser confundido com uma mulher. Então precisamos ficar de olho nele também.

Cass me encara por um momento, então encosta a testa no volante do carro e xinga de maneira enfática.

Capítulo 17

Aceleramos para o hospital, porque não dá realmente para dizer quanto tempo Sterling e Eddison vão conseguir segurar os colegas de equipe de Cass. Quero dizer, tenho um respeito saudável pela habilidade deles de mentir e atrapalhar – certa vez, Sterling conseguiu fazer com que um suspeito não só perdesse o voo, mas deixasse o aeroporto por vontade própria para lhe dar uma carona até a delegacia. Foi lindo, mas Dru Simpkins mantém a rédea curta em sua equipe. Se ela lhes diz para ir AGORA, não importa se eles ainda não conseguiram toda a informação que buscavam.

Cass só está na equipe de Dru há um ano e meio, e eu lhe dou mais alguns meses ou mais um caso difícil antes que ela vá até Vic e peça para ser transferida. A abordagem que ela tem da vida e das investigações é mais parecida com a nossa.

Ah, Deus, Cass na nossa equipe.

Pobre Eddison.

Mason, Emilia e Sarah estão no hospital, ainda em tratamento, mas foi permitido que Ashley e Sammy ficassem com a irmã, em vez de serem levados para um orfanato ou para uma família temporária. Paramos para ver o trio Carter e Wong primeiro. Sammy está dormindo no colo de Sarah, segurando um tigre de pelúcia nas mãos. Todos os ursos que o assassino deu para as crianças foram levados como evidência, mas elas receberam outras pelúcias para confortá-las. Não vejo Ashley no quarto.

Sarah se encolhe no início, quando a porta se abre, mas sorri quando me reconhece.

— Agente Ramirez.

— Pode me chamar de Mercedes, Sarah. Como vocês estão?

— Estamos... — Ela hesita, passando os dedos pelo cabelo escuro do irmão. Ele se remexe ao toque dela, e então relaxa, babando um pouco no tecido colorido do tigre. — Estamos bem — completa ela. — Tudo bem por enquanto.

— Posso apresentar uma pessoa para você?

Ela olha com curiosidade para Cass, e confirma com a cabeça. Ela conheceu uma sucessão infinita de pessoas nos últimos nove dias (Deus, faz só nove dias?), então ter alguém pedindo permissão para isso deve ser algo novo.

— Esta é a agente Cassondra Kearney...

— Cass — interrompe minha amiga, com um aceno alegre.

— ... e ela está na equipe do FBI que está trabalhando oficialmente com a polícia de Manassas para descobrir quem é a mulher que matou sua mãe e seu padrasto. Ela também é uma velha amiga, alguém em quem confio.

Cass ruboriza um pouco. Somos amigas há dez anos, e há muita coisa implícita nesse nível de amizade, mas acho que nunca declarei isso de forma tão transparente. Não tenho certeza sequer se houve motivo para isso.

Sarah lhe dá um sorriso tímido, mas quase em seguida franze o cenho.

— Então... você não está mais no nosso caso?

— Tecnicamente, eu nunca estive. Não posso estar.

— Por que foi na sua casa?

— Exatamente. Cass é parte de uma equipe, e acho que você vai conhecer mais dois membros da equipe esta tarde, mas eu queria ver como vocês estão. Depois disso, pode ser que eu não tenha mais permissão para tanto.

Sarah olha para mim e para Cass.

— São regras estranhas.

— São sim — concordo —, mas são feitas para proteger vocês. Falando nisso, onde está Ashley?

— Uma voluntária a levou até a lanchonete. Foram tomar um sorvete. Acho que foi só para tirá-la um pouco do quarto. — O lábio dela treme um pouco, mas ela respira fundo e endireita os ombros. — Ela gostava de verdade de Samuel. Ele lhe dava coisas que ela queria.

— Ela está zangada.

— Bem zangada. Fica falando que é minha culpa. — Os olhos dela estão cheios de lágrimas quando ela olha para o irmão. — Mercedes...

— Estou bem aqui, Sarah. — Sento-me ao lado dela na cama, com uma mão em seu ombro.

— Nancy acha que não vamos achar um lugar que aceite nós três. Eu não... não quero me separar deles, mas Ashley está tão zangada...

Mudo a mão de lugar para lhe dar um abraço lateral, balançando-a com gentileza.

— Parece que Nancy está mantendo você informada.

Ela confirma com a cabeça apoiada em meu ombro.

— Ela diz que isso vai me ajudar. Talvez eu não tenha muito poder de decisão no que está acontecendo, mas pelo menos sei o que esperar.

— Vocês já conversaram com seus avós?

— Uma vez. Eles são... eles são realmente...

— Racistas?

— Sim.

Acomodando-se em uma cadeira ao lado da cama, Cass ergue as sobrancelhas o máximo que pode, mas não diz nada.

— E, como eu disse, Ashley realmente gostava de Samuel. Se ela tiver que ouvir nossos avós falando mal dele, acho que vai fugir. E, bem, Sammy. — Ela funga para conter as lágrimas, e parte meu coração vê-la se esforçar tanto para parecer forte. Já sei que ela é forte; sei ao que ela sobreviveu. — O que você faria?

Cass se remexe em sua cadeira. Ela sabe que tenho motivos pessoais para trabalhar na divisão de crimes contra menores. É o tipo de coisa que fica implícita, mas eu nunca lhe contei que tipo de coisa pessoal é.

— Fui eu quem foi tirada de casa — digo com suavidade para Sarah. — E meus parentes distantes nunca foram realmente uma opção. É diferente no seu caso.

— Os médicos dizem que estou limpa — diz Sarah, de forma abrupta. — É tipo aquelas coisas da aula de saúde, certo? Tipo doenças?

— Doenças e a garantia de que você não está grávida.

— E se eu estivesse? Grávida, quero dizer?

— Isso dependeria do tempo de gravidez, se está causando riscos para sua saúde e de quem ficaria com sua custódia. Não há um caminho direto neste caso. Eles falaram como está indo seu tratamento?

— Tenho uma infecção, mas disseram que é uma coisa realmente comum. Ah... alguma coisa urinária?

— Uma infecção do trato urinário, e, sim, é bem comum em mulheres por uma série de motivos. Felizmente não tem efeitos duradouros e é bem fácil de tratar.

— Eles não me deixam colocar açúcar no suco de cranberry.

— Sim, e fica bem ruim, não é?

Ficamos ali um pouco mais de tempo, mas acho que ela não está mentindo quando diz que está bem por enquanto. Ashley ainda não voltou quando partimos; talvez seja melhor assim. Se ela está tão zangada quanto Sarah diz, provavelmente está irritada comigo também. Não é inteiramente lógico, mas raiva, luto e trauma raramente são.

— Sempre me esqueço — diz Cass enquanto nos dirigimos para o quarto de Emilia.

— Esquece o quê?

— Como você é honesta com as vítimas.

— Crianças — eu a corrijo. — Sou honesta com as crianças, e acho que todo mundo deveria ser.

— Nada de Papai Noel para você?

— Isso é diferente. Papai Noel não está pedindo que alguém confie nele.

Nós nos anunciamos no quarto de Emilia, e ela pede que entremos. Está caminhando de um lado para o outro, diante de uma janela, um braço em uma tipoia. Eu a apresento para Cass, assim como fiz com Sarah, e pergunto como ela está.

Ela bufa e olha para a tipoia.

— Não quero usar isto, mas me falaram que é preciso.

— Qual o problema?

— Disseram que meu ombro está deslocado e, hum, minha clavícula está trincada. Disseram que já deve estar assim há um tempo, então querem que eu use isto por algumas semanas. Para que tudo "sare de maneira adequada".

— Por que a tipoia incomoda você?

— Ela... ela...

— Emilia, não há resposta errada aqui, desde que seja honesta.

— Parece que estou implorando por atenção — admite ela, largando-se na ponta da cama. — Ou mostrando para as pessoas o lugar mais fácil para me machucar.

— Encontraram um lugar para você, não foi?

Tanto ela quando Cass parecem surpresas.

— Como você sabe? Ah — continua ela, agitada —, é claro que contaram para você.

— Não contaram, mas você não estaria preocupada em parecer machucada se fosse ficar mais um tempo no hospital. É meio para isso que este lugar serve.

— Ela fazia isso na academia também — Cass finge que sussurra para Emilia, que até dá uma risadinha.

Passando os dedos pela tira da tipoia, Emilia a afasta do pequeno curativo quadrado que cobre a queimadura de cigarro.

— Meu pai tem um primo em Chantily.

— Seu pai e esse primo eram próximos?

— Sim, ele mora a vinte minutos daqui, me disseram.

Cass faz uma careta.

— Quer dizer que eram amigos?

— Ah. Eles se encontravam para ver jogos de vez em quando, mas não eram exatamente amigos. Mas eu o conheci. Já o conhecia antes, e ele veio ontem me perguntar se eu gostaria de morar com ele. Ele parece legal.

— Bem, isso é uma vantagem, não é?

— Vou ter que mudar de escola. Mas... — Emilia olha para nós duas e respira fundo. —Talvez isso não seja ruim? Quero dizer, ninguém em Chantily vai saber que meus pais foram assassinados, certo? Eles não vão saber que eu fui má?

— Você não foi má — Cass e eu falamos em uníssono, e o olhar de Emilia volta a ter aquela expressão assustada.

Estendo o braço e toco o joelho dela com a parte de trás da mão.

— Emilia, garanto para você que nada disso aconteceu porque você foi má. Seu pai morreu para você há muito tempo, e talvez ele tenha morrido para ele também. Talvez ele tivesse se convencido de que você era má para não se sentir culpado por machucar você. Mas você não foi má. Garanto que não era.

— Lincoln, o primo do meu pai, quer que eu faça terapia.

— Acho que pode ser uma grande ajuda.

— Meu pai sempre disse que terapia era para malucos e covardes.

— Seu pai estava errado sobre muitas coisas.

Parece que ela precisa pensar nisso por algum tempo, então nos despedimos e a recordamos de que ela pode ligar para Cass sempre que precisar, mesmo se for só para conversar. Ao fechar a porta, ouvimos um alto "Aí está você", e nos sobressaltamos.

Mas não é Simpkins. É Nancy, a assistente social.

— Desculpe — bufa ela, correndo pelo corredor. — Não queria parecer irritada, só não queria que você fosse embora. Uma das enfermeiras me disse que você estava aqui.

— Só estou vendo como as crianças estão — digo para ela.

— O que acharia de conhecer Mason?

Hum.

— Ele vai ficar bem com isso? Considerando que somos mulheres e tudo o mais?

— Mantenham uma boa distância, e ele parece ficar calmo o suficiente. E ele começou a se comunicar um pouco conosco.

— Ele está falando?

— Escrevendo, mas, para ser honesta, considero isso maravilhoso.

— Nancy, você conhece Cass Kearney? Ela está na equipe da agente Simpkins.

Nancy estende a mão, e Cass a aperta rapidamente, trocando os cumprimentos padrão.

— Mason leu o bilhete na noite passada, e acho que quer saber quem é você, Mercedes. Não sei se conhecê-la vai ajudá-lo ou não, mas acho que não vai fazer mal. Tate concorda.

— Tate também é assistente social?

— É sim. Está com Mason o dia todo. — Nancy nos leva pelo corredor até outro quarto, batendo na porta e dizendo: — Tate, é Nancy. Estou com duas agentes aqui.

— Podem entrar — chama uma voz masculina calorosa.

— Regra do quarto — Nancy sussurra enquanto vira a maçaneta. — Nenhuma mulher ultrapassa o trilho da cortina. Ele parece ficar bem com essa distância.

Mason Jeffers, de sete anos, está sentado em um pufe no chão, do outro lado do quarto. A alguma distância, um homem negro, muito alto, está sentado no chão também, as compridas pernas esticadas diante de si. Os calcanhares de Mason repousam nas pernas de Tate, logo abaixo do joelho. Mason encolhe os ombros quando nos vê, o medo tomando conta de sua expressão, mas, fora isso, ele não se mexe, apenas nos observa segurando o que imagino seja o iPad de Tate.

Ele está muito magro, quase a ponto de parecer doente. Fora isso, não parece fisicamente machucado. Sei que não é o caso, em especial não com o que Cass me contou no carro, mas, mesmo com o medo visível, ele permanece terrivelmente calmo.

— Mason, essas são as agentes sobre as quais Nancy e eu estávamos falando — Tate informa para o garotinho. — Esta é Mercedes Ramirez — dou a Mason um aceno de cabeça e um tchauzinho —, e esta é...

— Cass Kearney — diz ela, imitando meus gestos.

— Este é Mason Jeffers.

Olhando o trilho da cortina no teto, me sento no chão, encostada na mesma parede que Tate, garantindo que nem um fio do meu cabelo ultrapasse a linha. Isso me deixa a três metros de distância, com Tate entre nós.

— Você teve uma manhã bem ruim, hein?

Mason concorda com a cabeça.

— Essa deve ser uma pergunta bem difícil de responder no momento, mas você está bem?

Ele parece pensar no assunto, e então dá de ombros.

— Tudo bem, vamos tentar alguma coisa mais fácil. Se ficarmos onde estamos, você se importa se ficarmos aqui com você?

Ele franze o cenho, e dá de ombros novamente.

— Certo. Se isso mudar, Mason, e você quiser ou precisar, a gente vai embora. Só avise Tate, ok? E nós vamos. Este espaço é seu, e não queremos deixá-lo desconfortável.

Ele não parece saber o que fazer com isso, o que não é nada surpreendente, como eu gostaria que fosse. Nunca teve permissão para entender o que "seu espaço" devia ser.

— Você se importa se eu fizer algumas perguntas? Vão ser perguntas para responder sim ou não, e, se você não souber a resposta ou não se lembrar, não tem problema nenhum.

Há momentos neste trabalho em que digo tantas vezes que está tudo bem que isso não parece mais um conceito verdadeiro saindo da minha boca. No entanto, Mason faz que sim com a cabeça, depois de olhar para Tate um pouco inseguro, então me acomodo de forma mais confortável contra a parede, cruzando as pernas vestidas com minha calça social, e mantendo as mãos nos joelhos, palmas para cima e dedos relaxados, para ser o menos ameaçadora possível.

— A pessoa que trouxe você ao hospital conversou com você?

Ele faz que sim com a cabeça, lentamente.

— Era uma mulher?

Outra confirmação.

— Ela usava uma máscara no rosto?

Ele acena com a cabeça de forma mais confiante desta vez.

— Esta é importante, Mason: ela machucou você?

Ele nega com a cabeça.

— Ela mencionou outras crianças ou outras famílias?

Ele nega novamente.

— Quando vocês estavam no carro, ela o trouxe direto para o hospital?

Ele confirma.

Isso é... estranho.

— Ela era baixinha como a agente Cass?

Ela tem só um metro e cinquenta e cinco, então é uma pergunta válida, por mais que o discreto chute que ela dá na minha coxa diga que não ficou feliz com isso. Mason olha para ela de cima a baixo, os olhos passando para Nancy antes de finalmente negar com a cabeça.

— E quanto à sra. Nancy? Ela tinha a altura da sra. Nancy?

Ele tira uma mão do tablet e a balança no ar.

— Que tal o polegar para cima se ela for mais alta e o polegar para baixo se for mais baixa? Você pode fazer isso por mim, Mason?

Ele analisa a sra. Nancy mais uma vez, que lhe dá um sorriso suave e continua exatamente onde estava. Devagar, sem muita certeza, ele mostra o polegar para cima.

— Isso vai ser um pouco mais difícil: polegar para cima se ela for mais próxima da altura da sra. Nancy, e polegar para baixo se for mais próxima da minha altura.

Ele olha para nós duas por vários instantes, e entao segura novamente o iPad e encolhe os ombros, mantendo-os elevados, perto das orelhas. Por que diabos perguntei isso enquanto estava sentada?

— Está tudo bem, Mason. Não tem problema se você não tem certeza. Sei que tinha muita coisa acontecendo ao mesmo tempo.

Ele não sorri, mas relaxa um pouco os ombros e seus lábios se mexem no que provavelmente é o mais próximo de um sorriso que ele consegue.

Quero manter aquele quase sorriso. Faço mais perguntas abertas, umas que transformam aquilo em uma brincadeira de adivinhar, tipo, qual é minha cor favorita ou quem é o super-herói favorito dele, e, aos poucos, conforme minhas perguntas ficam mais e mais descontraídas, ele começa a se inclinar para a frente em seu pufe, ansioso para fazer que sim ou que não com a cabeça para cada resposta, e Tate me dá um sorriso amplo. Quando Mason começa a bocejar, nós nos despedimos, deixando-o com Tate, e seguimos Nancy para fora do quarto.

— Ele tem algum familiar de confiança que possa cuidar dele? — pergunta Cass.

Nancy confirma com a cabeça e segue conosco até o elevador.

— Seus tios estão fazendo os arranjos necessários para tirá-lo daqui; eles esperam chegar esta noite ou amanhã, se puderem ajeitar as coisas com os chefes. É o irmão do pai e o marido dele, se não me engano.

— Se ele estiver confortável com o iPad, você pode pedir para Tate mostrar para ele tipos diferentes de carros? Se ele puder identificar o modelo do carro, isso seria de grande ajuda.

— Vou falar com ele.

Aperto o botão para chamar o elevador.

— Uma das funcionárias do escritório, Gloria — digo como quem não quer nada, ciente de Cass ficando tensa ao meu lado. — Ela é sempre tão mal-humorada?

Longe de suspeitar alguma coisa, Nancy dá uma risada suave e triste.

— Ah, querida. Gloria. Ela... bem, ela está passando por maus bocados, eu acho.

— Ela está doente.

— Sim. Câncer de mama, mas já espalhou para os pulmões e pelo abdome. Mas ela insiste em trabalhar sempre que se sente forte o bastante para isso. Acho que ter algo para fazer a ajuda um pouco emocionalmente. E, bem... isso pode ser algo que faz com que as fofocas no Serviço de Proteção à Infância se espalhem mais do que se estivessem no noticiário nacional, mas você já ouviu falar alguma coisa do escritório em Gwinnett County? Na Georgia?

Cass e eu negamos com um gesto de cabeça.

— Ela cresceu na periferia de Atlanta, e tanto sua irmã quanto seu cunhado trabalham naquele escritório. Ela é enfermeira e ele é assistente social. Houve um grande escândalo lá, recentemente, e uma investigação descobriu que vários funcionários estavam encobrindo de propósito alguns casos de abuso, ou deixando de investigar como deviam, e eram todos casos envolvendo filhos de empregados ou filhos de amigos.

— A irmã e o cunhado dela?

Nancy concorda com a cabeça de forma relutante.

— Eles saíram da prisão, mas o tribunal não deixa Gloria ficar com os sobrinhos e sobrinhas por causa do câncer. Dizem que ela não tem saúde suficiente para cuidar de cinco crianças. E, para dizer a verdade, ela não tem mesmo, mas as crianças foram separadas entre vários membros da família, e, então, com a morte súbita do marido, ela realmente vem passando por uns meses bem ruins. Se ela ofendeu vocês...

— Ah, não, nada disso. Ela foi ríspida, mas claramente tem motivos para ser. Eu só fiquei me perguntando se a pegamos em um dia ruim ou se ela é sempre mal-humorada. Todo escritório tem alguém assim, você sabe.

— Ah, meu Deus, sim. Mas vou falar uma coisa para vocês: dê um nome para ela e ela é capaz de encontrar o arquivo em menos de dez minutos sem nem ter que procurar. Ela sabe o nome de cada criança que passa pelo nosso escritório e, no ano passado, reorganizou toda a sala de registros, de modo que agora faz sentido, e deixou todos os arquivos digitais com marcadores e referências cruzadas.

— Qual o prognóstico dela?

— Sinto dizer que não é muito bom. Ela descobriu muito tarde.

— Vamos rezar por ela — digo, e Nancy sorri. — Mas... talvez seja melhor não contar isso para ela.

— Deus abençoe vocês duas. Vocês vão ver Ronnie agora?

— Ele está morando com a avó, certo?

— Sim. Ela vive em Reston. Deixe-me pegar o telefone dela para vocês.

Esperamos para ligar depois que saímos do hospital. O telefone de Cass não parou de vibrar durante a última hora, e todas as mensagens de voz e quase todas as mensagens de texto são de Simpkins. As que não são dela são de seus colegas de equipe. Avisando-a, presumo. Não consigo entender as palavras do segundo correio de voz, mas o tom é irritado.

— Tente não ser advertida por minha causa — falo para ela, digitando o número da avó de Ronnie.

— E se eu fosse advertida pelo bem das crianças?— pergunta ela. — Fez bem para eles verem você.

— Caixa postal. Deixo uma mensagem?

— Claro. Ninguém falou o contrário para você até agora.

Isso enlouquecia nossos instrutores na academia. Por mais que eu esteja disposta a buscar "interpretações alternativas" a fim de conseguir alguma coisa, Cass leva isso a níveis subatômicos.

Limpo a garganta um pouco antes do bipe.

— Esta mensagem é para a sra. Flory Taylor. Senhora, aqui é a agente Mercedes Ramirez, do FBI, e eu gostaria de ter notícias do Ronnie, saber como ele está depois de tudo o que aconteceu. Eu ficaria grata se pudesse retornar esta ligação quando for mais conveniente. — Deixo meu número, e depois o nome e o número de Cass, por precaução, e desligo. — Tudo bem. Mais alguma coisa que precisamos fazer em Manassas antes de encararmos o baile?

— Holmes e Mignone ainda não estão de serviço, estão?

— Ainda falta várias horas para isso.

— Então não consigo pensar em mais nada. Almoço?

— Aposto vinte dólares que Simpkins vai reclamar com Vic que a equipe dele é má influência para os agentes dela.

— Aceito a aposta. Duvido que ela vá reclamar dessa forma para o chefe da unidade, não abertamente.

Capítulo 18

Você ganhou vinte pratas ontem, então vai pagar o café hoje, Eddison me informa por mensagem de texto enquanto escovo os dentes na pia da cozinha dele.

O fato de ele ter sentido necessidade de enviar aquela mensagem do banheiro é... perturbadora? Ele podia ter simplesmente gritado.

É também o prenúncio de quão inteiramente péssimo o resto do dia vai ser, porque Simpkins passou umas boas duas horas nos jogando na fogueira por "interferir na investigação dela". Depois de um tempo, Vic teve que dar um basta naquilo, e foi quando a coisa ficou feia. Vic raramente grita – ele não gosta de dar essa satisfação para ninguém –, e fazia muito tempo que eu não o via chegar bem perto disso. Mas, quaisquer que sejam as ambições de Simpkins, Vic está em posição superior à dela, tanto em seu cargo atual quanto em tempo de serviço; ele é agente do FBI há trinta e oito anos.

Ele começou a trabalhar no FBI dois meses antes de Eddison nascer.

Por mais estranho que seja, Eddison é quem mais se incomoda com esse fato em particular.

Assim que saímos do fogo cruzado, passo o resto da manhã mergulhada no disco de armazenamento recém-enviado dos Arquivos. Foi deixado por uma das agentes mais jovens, e, antes mesmo que ela chegue à minha mesa, já sei onde trabalha; as agentes jovens designadas para os arquivos são todas imunes ao encanto de Eddison porque todas morrem de medo da agente Alceste. Até perceberem que não precisam ter medo de Alceste, desde que a deixem em paz, elas já superaram a vulnerabilidade ao encanto do meu parceiro, em grande parte.

Odeio isso, ter que remexer em casos antigos para ver que criança pode ter crescido e virado um assassino. Não só as crianças que resgatamos, mas seus amigos e familiares, os amigos e familiares daquelas que não pudemos salvar e até – em alguns casos – os filhos daqueles que causaram os danos. Em alguns poucos casos mais terríveis, as crianças que causaram os danos. Ler todos aqueles arquivos para avaliar eventuais conexões, uni-los ao nosso sistema para descobrir onde estão agora... é horrível.

Crianças que encaram monstros podem crescer e se tornar monstros, eu sei disso, e algumas crescem e começam a perseguir monstros. Só não quero pensar que uma criança que eu abracei e confortei possa ter crescido para fazer isso.

É um trabalho lento, entediante, de partir o coração, e uma recordação muito vívida de que o resgate é um momento, não um estado do ser. De quem quer que os tenhamos salvado, não temos poder para influenciar no que veio na sequência. Sei isso melhor do que a maioria.

Esse, eu acho, é exatamente o motivo pelo qual somos treinados a largar os casos assim que eles terminam. Como poderíamos fazer nosso trabalho se estivéssemos o tempo todo cientes de que até nossos sucessos podem levar a coisas terríveis?

No fim do dia, todo mundo está sem paciência ou pisando em ovos na nossa seção. Sterling e eu estamos sentadas na mesa absurdamente organizada de Eddison, com nossos pés na coxa dele para mantê-lo sentado, olhando cardápio após cardápio para decidir o que vamos jantar, quando Vic entra. Todos o observamos desconfiados.

Porque tem essa coisa que Vic faz às vezes, quando ele fica completamente do seu lado em público, mas no particular ele explica em detalhes excruciantes exatamente o que você fez de errado e por que nunca mais você deve fazer aquilo. Não é cruel ou odioso, não é sequer maldoso, é só que...

Ele fica tão desapontado quando precisa fazer isso. Desapontar Vic é algo que faz você se sentir pior do que lixo.

— Parem com isso — ele nos repreende. — Vocês não estão encrencados.

— Tem certeza? — duvida Sterling.

— Simpkins exagerou. Sim, vocês provavelmente não deviam ter ultrapassado tanto os limites quanto fizeram, mas recebemos uma ligação da assistente social chefe dizendo como a visita de Mercedes ajudou as crianças, então, com certeza, você fez o que era necessário. Agora. Nenhum de vocês vem para cá amanhã.

— Não?

— Não. Já falamos sobre isso. Quando vocês estão trabalhando no escritório, tem essa coisa chamada hora extra que o FBI não quer pagar para vocês. Por isso estão de folga pela semana. Vão para casa. Melhor ainda, vão para a estação de trem esperar as meninas, porque tenho uma reunião com o chefe de seção para explicar a confusão de hoje.

Reunindo o punhado de cardápios, Eddison os empilha com cuidado e os guarda na gaveta de cima, tirando as pernas de Sterling do caminho com gentileza para fazer isso.

— Tudo bem, vamos levá-las para jantar.

— Íamos pedir pizza em casa — explica Vic.

Eddison apenas dá de ombros.

— Não vou deixá-las ver aquele apartamento até que você esteja lá para mostrar para elas, e você sabe que Jenny vai automaticamente levá-las para lá.

Vic lhe dá um olhar prolongado, mas se rende sem dizer mais nada.

— Aviso quando estiver saindo do escritório, então.

Descendo da mesa de um pulo, Sterling quase passa por cima de sua bolsa, puxando algo fino dentro de um saco de lixo que estava atrás de seu gaveteiro.

— Eu esperava mesmo que fôssemos buscá-las.

— Você vai nos mostrar o que é isso? — pergunta Eddison, olhando para o saco.

Ainda não.

Pegamos o carro de Vic para ir até a estação, deixando as chaves de Eddison com ele, já que o carro de Vic é o único capaz legalmente de levar seis passageiros. Quando chegamos lá, Sterling pede licença para ir até o banheiro enquanto Eddison e eu tentamos descobrir aonde precisamos ir. É um pouco como um zoológico, com todos aqueles passageiros voltando para casa. Mas Inara e Victoria-Bliss preferem vir para cá de Amtrak. Inara, que nunca parece realmente ter medo de alguma coisa, odeia voar, e já fez isso uma vez. Não uma viagem de ida e volta. Só de ida. Ela chegou a cancelar o voo de volta e pegou o trem, de tanto que odiou. Priya nunca pareceu se importar de viajar de um ou de outro jeito, mas não vai voar separada delas por causa de algumas centenas de dólares a mais.

— A avó de Ronnie já retornou a ligação? — pergunta Eddison quando nos aproximamos do lugar em que precisamos estar.

— Sim. Ela disse para Cass que Simpkins lhe disse para não atender ou retornar minhas ligações, e ficou muito confusa. Não tenho inveja de Cass por ter que explicar isso.

— Você tem permissão para falar com Cass?

— Quando Anderson foi almoçar, entrei no chat do escritório pelo computador dele, então, se Simpkins ficar nervosa, vai parecer que foi Anderson quem fez isso.

— Ela vai comê-lo vivo.

— Por mim, tudo bem.

— Não é só você, certo? Todas as mulheres no escritório o odeiam?

— Odeiam quem? — Sterling pergunta de repente, aparecendo por trás e fazendo Eddison se encolher violentamente.

— Guizos — murmura ele. — Juro por Deus que vou arrumar guizos.

— Anderson — falo para Sterling.

— Ah. Sim, a maioria de nós o odeia.

— E as outras? — pergunta ele, com uma mão ainda no coração.

— Elas não precisam interagir com ele. Ah, lá estão elas. — Ela entrega o saco de lixo para Eddison, rasga o nó e tira um cartaz de papelão enrolado com imensas letras verdes e cheias de glitter que dizem: VADIAS AQUI.

— Cristo! — Eddison suspira, olhando para o teto em busca de inspiração ou de paciência.

Podemos dizer o exato momento em que as meninas, descendo as escadas, veem o cartaz, porque Victoria-Bliss cai na risada, perdendo o equilíbrio, e tanto Inara quanto Priya precisam segurar a blusa da amiga por trás para impedi-la de rolar de cabeça.

— ADOREI — grita ela, do outro lado do terminal, sem perceber ou sem se importar com os olhares feios em sua direção, vindos dos outros passageiros e familiares.

Assim que chegam perto o bastante, é uma confusão de abraços, e até Victoria-Bliss dá um soco no braço de Eddison. É basicamente a versão dela de abraço se você é homem.

— Onde está Vic? — pergunta Priya, passando um braço ao redor da cintura de Eddison e beliscando-o quando ele tenta pegar uma das malas dela.

— Fazendo política no escritório.

Ela revira os olhos e belisca Eddison mais uma vez quando ele tenta novamente pegar as malas.

— Ele já se arrependeu da promoção?

— Não tanto quanto teria se arrependido da aposentadoria, se não tivesse aceitado. — Desistindo da mochila de Priya, Eddison consegue pegar as bolsas de viagem tanto de Inara quanto de Victoria-Bliss.

Neste ponto, Inara estende o braço para a mochila de Priya, e a outra garota entrega sem resistência.

Eddison *murcha*. Não há outra palavra para descrever. Ele parece um cachorrinho que não sabe o que fazer depois que alguém gritou com ele.

— Pare de fazer beicinho — Priya lhe diz calmamente. — Fiz uma promessa para Keely sobre algumas das fotos ali.

— Por acaso eu já mexi em alguma coisa sua sem sua permissão explícita?

— Não, nunca mexeu, mas se trata de deixar uma garota de quinze anos mais confortável para me deixar tirar fotos dela, então eu prometi para ela que Inara e Victoria-Bliss seriam as duas únicas outras pessoas que encostariam na mochila e também nas fotos.

Ele pensa naquilo por um momento, e então segura as outras duas malas com mais determinação.

— Tudo bem.

É uma viagem alegre até o restaurante, uma churrascaria mongol na qual Priya insiste em comer pelo menos uma vez a cada visita. Elas nos contam sobre os espetáculos que viram e sobre alguns dos clientes mais estranhos do restaurante onde Inara e Victoria-Bliss trabalharam por anos. Priya nos mostra uma foto de um imenso quadro de anotações na parede, cheio de adesivos coloridos, onde elas estão marcando os vários tipos de comidas étnicas que estão provando neste verão, e, por algum motivo que nenhuma delas pode explicar, os adesivos são todos de lutadores profissionais.

Assim que Vic nos avisa que está indo para casa, pagamos a conta e levamos todo mundo para o carro, ainda rindo e conversando sem parar. É mais tarde do que eu imaginava, a noite já chegando. Inara é a primeira a ver a casa.

— Ah, ele terminou de reformar a garagem.

Vejo o sorriso de Sterling pelo retrovisor, mas ela não se vira para que as meninas possam vê-lo.

Eddison para o carro no lugar habitual de Vic na frente da casa, e todos nós descemos, pegando aleatoriamente as malas, exceto a mochila de Priya, que ela mesma leva. Vic nos encontra do lado de fora, girando três chaves em um dedo. As três garotas se jogam contra ele para um abraço, e ele está gargalhando tanto quanto nós.

Sterling tira uma foto com seu celular.

— Tudo bem, isto aqui é para vocês — anuncia Vic, entregando uma chave para cada uma delas. Cada chave é diferente, daquelas decoradas que são vendidas em casas de material de construção, em vez daquelas prateadas ou cor de cobre sem graça que vêm como padrão na fechadura. As garotas olham para as chaves, umas para as outras, e novamente para ele.

— Por aqui. — Ele as leva por um pequeno caminho, recém-feito, que segue da calçada até o lado externo da garagem, terminando perto de uma porta resistente.

— Experimente.

— Vic... — Inara diz lentamente.

— Experimente.

A chave dela tem um tom azul vivo, com joaninhas, e entra com facilidade na fechadura. Ela imediatamente se depara com um lance estreito de degraus, e as outras duas a seguem quando nenhum de nós se move. Então saímos correndo atrás delas.

Quando chegamos ao andar de cima, damos de cara com o flash de uma câmera, o que quer dizer que Jenny e Marlene já estavam ali esperando. Durante toda a primavera e o início do verão, a empreiteira contratada teve que trabalhar duro para acrescentar um segundo andar à garagem, o andar de cima totalmente climatizado e com instalações elétricas. Há uma pequena cozinha, basicamente para fazer um lanche, um banheiro com chuveiro, um quarto com três camas escalonadas – algo entre uma treliche e uma escada – e, na maior parte, uma sala de estar com sofás confortáveis, pufes e uma TV em um canto.

— Bem-vindas ao lar — diz Vic, simplesmente, e as garotas ficam olhando ao redor, maravilhadas.

Elas largam as malas e se atiram sobre ele em outro abraço que o faz andar para trás até cair de costas, no sofá. Um pouco antes que ele aterrisse, Priya pega uma das almofadas e coloca nas costas de Vic, para amortecer a queda. Ela sorri, balançando no assento ao lado dele, e Victória-Bliss ri e tagarela, mas Inara, os olhos marejados, apoia o rosto em seu ombro e o abraça com força.

Aparecendo entre Eddison e eu, em um movimento que só assusta Eddison um pouco, Sterling coloca os braços ao redor das nossas cinturas.

— Hoje foi um bom dia — sussurra ela.

Apesar de tudo o que aconteceu mais cedo, tenho que concordar.

Eddison não diz nada, mas está com aquele sorrisinho que é exclusivo para a família, e isso é melhor que qualquer comemoração efusiva.

No dia seguinte, Vic deixa as garotas na casa de Eddison, no caminho para o trabalho, com um aviso sério de que temos que passar o dia relaxando, e Sterling se junta a nós logo após o café da manhã. Nenhuma das três garotas é especialmente ativa pela manhã, e tenho certeza de que ficaram até tarde acordadas, animadas por causa do apartamento. Quando elas já estão mais despertas, nos revezamos no banheiro para vestir nossas roupas de banho e vamos para a piscina. Inara e Victoria-Bliss usam maiôs com as costas cobertas, o que não me surpreende. Por mais confortáveis que fiquem com as imensas asas de borboletas tatuadas em suas costas à força, elas em geral optam por não mostrá-las em público.

Priya sai vestindo um biquíni azul royal e uma saia de beisebol aberta. Olho de relance para Eddison, que suspira e morde a parte interna da bochecha para não implorar que ela vista algo mais discreto, porque, embora ele seja maravilhoso em respeitar a autonomia corporal, Priya é sua irmã caçula. Não sei como muitos irmãos podem ficar confortáveis com suas irmãs caçulas (ou com as irmãs em geral, acho) usando biquínis. Então Sterling aparece usando um maiô de duas peças rosa chiclete, com um babado charmoso nos quadris, e as bochechas de Eddison ganham um tom que quase combina.

Enquanto o restante de nós se acomoda no deque para tomar sol, Eddison imediatamente mergulha na piscina para começar a nadar. Ele não vai dizer, a menos que eu o pressione, mas suspeito que esteja um pouco desconfortável sobre como ser parte desse grupo pode ser percebido pelas pessoas que não nos conhecem. É como se fosse um pequeno harém. Mas eu não pressiono. Ele é um homem genuinamente bom, e fica desconfortável mais por nossa causa do que por ele. De fato, não há como tirá-lo disso.

— Por acaso sua mãe está sabendo disso? — pergunta Sterling, apontando para a tatuagem que toma toda a lateral esquerda de Priya.

— Ela me ajudou a escolher o estúdio e foi comigo em cada uma das sessões — responde a garota, com uma gargalhada. No início do verão, ela começava a falar em francês sempre que não estava se dirigindo diretamente para um de nós, seu cérebro condicionado pelos três anos morando em Paris. Mas ela já não faz mais isso há algumas semanas.

Eu me inclino na cadeira para poder ver melhor. Eu sabia que ela estava fazendo isso ao longo dos meses da primavera, mas ela não chegou a nos dizer como era o desenho. Da última vez que ela esteve aqui, no início do verão, a sessão mais recente ainda estava cicatrizando, então ela não nos mostrou. Se o tamanho da tatuagem surpreende, as imagens são cem por cento Priya. Uma grande rainha de xadrez, feita de vitrais coloridos, está sob uma base de flores. Junquilhos, lírios de calla, frésias, todas as flores deixadas pelo assassino em série que matou sua irmã e depois caçou Priya. As flores de Chavi, crisântemos amarelos, cobrem a coroa da rainha. Acima dos crisântemos estão duas borboletas, grandes o bastante para poder distinguir suas colorações específicas.

Não preciso olhar para saber o que são: uma elfin ocidental do pinho e uma mexicana da asa azul, que podem ser encontradas em mais detalhes nas costas de Inara e de Victoria-Bliss, respectivamente.

— Sinto como se finalmente tivesse deixado para trás — Priya comenta baixinho.

— O quê?

— A sensação de ser uma vítima. Como se, de algum modo, tudo fosse finalmente meu, e sob a minha pele, onde deve estar, em vez de me destruindo.

Sem pensar, meus dedos traçam a cicatriz em minha bochecha, coberta com maquiagem à prova d'água. Priya já a viu ao natural, mas acho que Inara e Victoria-Bliss ainda não tinham visto.

Mas, mesmo sem contar as tatuagens, elas têm suas próprias cicatrizes. As mãos de Inara sempre vão mostrar os sinais da noite em que o Jardim explodiu, queimaduras e pedaços de vidro deixando suas marcas enquanto ela lutava para manter as outras Borboletas em segurança sob circunstâncias impossíveis. As mãos de Priya têm cicatrizes claras e finas nas palmas e nos dedos, de quando ela lutou pela posse de uma faca, e uma linha mais forte ao redor do pescoço, de uma lâmina colocada para cortar sua garganta.

As cicatrizes significam que sobrevivemos a alguma coisa, mesmo quando os ferimentos ainda doem.

O dia nos traz uma sensação muito necessária de relaxamento, mesmo depois que o calor nos faz correr para dentro em busca do ar-condicionado. Conforme a noite cai e a temperatura começa a ficar mais amena, voltamos para o pátio com os braços cheios de ingredientes para prepararmos s'mores, porque Sterling ficou sabendo que Inara nunca comeu um s'more. Não é possível fazer uma fogueira no prédio, mas é só encurtar as pernas de uma das churrasqueiras para deixar as chamas em uma altura confortável, e Priya já deixa a câmera pronta para capturar a primeira mordida de Inara. Ela fecha os olhos como se estivesse provando o paraíso, com um pouco de chocolate derretido se acumulando no canto de sua boca, um monte de marshmallow grudado no nariz, e não posso esperar para mostrar aquela foto para Vic.

Então meu telefone do trabalho toca.

Todos ficamos paralisados, olhando para o aparelho colocado inocentemente sobre meus sapatos. Nenhum de nós mencionou o caso hoje. De alguma forma, chegamos a esse acordo tácito de deixar o assunto para outro dia, talvez para daqui a dois dias. Simplesmente... para depois.

Sterling se inclina para ler a tela.

— É Holmes — sussurra ela.

Pego o aparelho e aceito a chamada.

— Ramirez.

— Não me importa o que Simpkins diga — diz a detetive, em vez de falar oi. — Essas crianças estão histéricas e precisam de você aqui.

— Que crianças?

— As três que estavam vagando perto do corpo de bombeiros, há meia hora, com ursinhos de pelúcia e o seu nome. Vá para o Príncipe William.

Era uma vez uma garotinha que tinha medo de chorar.

Parecia que ela tinha passado a vida toda chorando. Naqueles poucos dias no hospital, depois que Papai for preso, sempre que ela chorava, uma enfermeira ou uma assistente social entrava correndo no quarto se o anjo já não estivesse lá. Elas a confortavam com vozes suaves e abraços gentis, coisas que ela nunca tinha conhecido antes, e ela se sentia mais forte, até que o medo levava a melhor novamente. Então ela foi mandada para o primeiro lar temporário, onde só lágrimas dadas para Deus tinham algum significado. Ela não sabia como dar suas lágrimas para Deus.

Ela não sabia como dar nada para Deus.

Mas aquela casa já não tinha mais crianças, não desde que um dos meninos desmaiou no meio da aula, e um médico descobriu que estavam todos passando fome. Foram todos mandados para lares diferentes, e a garotinha gostou de sua segunda casa. A mulher era engraçada e gentil, e o homem tinha olhos tristes e um sorriso suave, e sempre parecia saber quais das meninas eram as mais destruídas, porque falava com suavidade com elas, sempre com as mãos nas laterais do corpo. Ele nunca as tocava, nunca as encurralava, tinha cuidado ao lhes dar espaço e nunca as chamava por apelidos carinhosos.

Ele nunca a chamava de anjo, ou querida, nunca a chamava de linda.

Mas então houve um acidente de carro, e, diferente do que aconteceu com Mamãe, este realmente foi um acidente, e outro grupo de crianças foi separado. A casa seguinte era boa, todo mundo bem satisfeito em ignorar uns aos outros fora das refeições, mas então a irmã do homem e seus filhos vieram morar com eles, e a irmã estava doente, doente demais para que o homem e a mulher cuidassem de crianças que não eram deles.

Foi quando a garotinha foi mandada para cá, para a mulher que passava os dias em uma névoa de remédios, e as noites com álcool e sedativos, e nunca soube o que o marido fazia com as crianças que estavam sob os cuidados deles.

Papai teria gostado do marido.

Ela chorava, porque supostamente isso não devia acontecer, ela supostamente não tinha que sofrer tudo aquilo de novo (nunca mais, o anjo tinha dito; supostamente ela não ia ter que passar por aquilo nunca mais) mas o homem ia até o quarto dela e dizia que ela gostava daquilo, que ela sabia que gostava, que ela sabia que sentia falta daquilo, de ser cuidada como se deve.

Mas ela não podia parar de chorar; nunca pôde.

Capítulo 19

— Sterling, leve as garotas para a casa de Vic. Venha, Ramirez, precisamos nos trocar. — Eddison joga areia na grelha, extinguindo as chamas, e pega tudo o que consegue para levar para o apartamento. Depois de um momento, o restante de nós começa a se mexer, e então corremos atrás dele. As garotas pegam suas bolsas e nos dão abraços e beijos enquanto seguem Sterling para ir embora.

Parece estúpido perder tempo para trocar de roupa, em especial quando não estamos trabalhando no caso, mas não posso aparecer lá usando short e top. Vestimos calças jeans, e Eddison me joga uma camiseta de manga comprida da Universidade de Miami, para que eu possa vestir por cima do top. Saímos porta afora menos de dois minutos depois das meninas, e acabamos chegando ao estacionamento antes delas.

— Elas estavam vagando do lado de fora do corpo de bombeiros — conto para ele, segurando a alça do teto como se minha vida dependesse disso. Eddison não brinca em serviço quando está indo para uma cena de crime. — Três crianças, e estão sendo levadas para o Príncipe William.

— Entendido. — Ele xinga ao ver o sinal vermelho, e então, ao ver que não tem ninguém vindo por nenhum lado, passa assim mesmo. — Três dias. O tempo entre as mortes está ficando cada vez mais curto.

O freio do carro grita no estacionamento do hospital, logo atrás das ambulâncias, e então saímos correndo para a entrada do hospital, para seguir as crianças, que são pequenas demais para as macas nas quais estão. Os meninos parecem gêmeos, tão magros que é impossível determinar a idade deles, e a menina não parece nada melhor. Holmes está esperando no balcão da enfermagem. Ela se prepara para receber as crianças, mas, ao vê-las, seu copo de café gigante desliza de seus dedos inertes e se espatifa no chão.

— Elas estão *drogadas*? — sibila ela.

Um dos meninos está tremendo, não uma convulsão, mas um tremor que toma todo o seu corpo, fazendo-o ranger os dentes enquanto a cabeça balança para a frente e para trás. Ele arranca e rasga a pele ao redor das unhas das mãos, deixando grandes rastros de sangue para trás, e não parece conseguir parar de falar, as palavras saindo rápidas e mal formuladas. Seu irmão gêmeo está em silêncio, mas suas pupilas estão tão dilatadas que é possível que não esteja vendo nada, e sua pele está coberta de suor. Ele fica tentando engolir, mas toda vez sua garganta seca arranha e trava, e ele tenta novamente. A irmã deles...

A irmã está gritando, parando só o suficiente para respirar novamente, e seus braços estão amarrados à maca, presumo que para impedi-la de continuar a arranhar todo o braço. Ela está completamente histérica, as pupilas dilatadas e os olhos desfocados.

— Foram expostos a metanfetamina — digo sem fôlego. — *Muita* metanfetamina, para ter esse tipo de efeito.

As enfermeiras entram em ação, a enfermeira-chefe distribuindo instruções e mandando uma delas ir correndo atrás dos médicos.

— Quanto você acha, para estarem assim? — pergunta Holmes.

— Os pais deles deviam estar cozinhando a droga. — Jesus, minhas mãos estão tremendo. Já vi crianças sob influência antes, mas nunca assim. Em geral, quando alguém está drogando uma criança, é para subjugá-la, não para deixá-la alterada. — Alguém já descobriu quem são os pais?

— O corpo de bombeiros mais próximo — responde ela, sombria.

— A casa pegou *fogo*?

Eddison xinga baixinho.

— Cozinhas de metanfetamina explodem com muita frequência, mas vou imaginar que essa teve uma certa ajuda. Se os pais estavam lá dentro...

— Isso explica por que o único sangue nas crianças é o que elas tiraram de si mesmas.

— Mignone está na cena do crime; já ligamos para Simpkins, e ela e alguns de seus agentes estão vindo para cá, mas a garota, Zoe, ela fica repetindo seu nome. Você pode...

— Sim. — Deixo Eddison e Holmes secando o café derramado, e vou para trás da cortina da garota. Zoe, disse Holmes. Ela está lutando com as enfermeiras que tentam soltá-la, os braços magros agitados enquanto ela continua a gritar. — Zoe? Zoe, você está me ouvindo?

Se ela me escuta, está agitada demais para responder.

— Zoe, meu nome é Mercedes, Mercedes Ramirez.

Os gritos param, pelo menos, e ela me encara, ou tenta, os ombros balançando com a respiração irregular e difícil.

— Mer-mer-mercedes. Mercedes. Segurança, Mercedes, ela disse isso.

A enfermeira responsável libera uma mão para apontar para um lugar na cama. Obediente, sento-me ali, colocando as luvas que ela me dá, e, quando elas transferem Zoe para a cama, estou em perfeita posição para segurar suas mãos entre as minhas, com gentileza, mas firme o bastante para impedi-la de voltar a se arranhar. Ao redor dos arranhões compridos e frenéticos, erupções cutâneas vermelhas aparecem por todo o braço.

— Está tudo bem, Zoe — digo com suavidade. — Você está em segurança agora. Você está no hospital, seus irmãos estão aqui. Vamos ajudar você. Você está em segurança aqui.

A respiração trêmula se transforma em soluços, e ela cai para a frente, deixando-me embalá-la contra o peito. Com cuidado, apoio o rosto dela no meu ombro, mantendo a menina afastada da pele exposta no meu pescoço. Não quero ter um contato acidental com a metanfetamina em sua pele e roupas.

— Vamos cuidar de você — murmuro, segurando-a com firmeza para as enfermeiras.

Elas trabalham com rapidez, checando os sinais vitais e colocando uma intravenosa para ministrar soro. Com um pouco de incentivo, Zoe vira o braço para que a enfermeira possa tirar sangue. A metanfetamina está clara, mas elas precisam verificar para ter certeza de que é tudo.

— Meus irmãos — diz ela, engasgando.

— Eles estão aqui, Zoe, está tudo bem. Estão recebendo ajuda também. Estão do outro lado desta cortina.

Ela está começando a ofegar, e passo a mão em círculos em suas costas para tentar acalmá-la um pouco.

— A mulher. Ela segurou. Ela agarrou. A mulher.

Ela puxa a mão, com força o bastante para quase deslocar a segunda agulha que está tirando sangue. Há marcas vermelhas perto do pulso, mais escuras do que as erupções cutâneas. Dedos? O início de hematomas?

— Ela agarrou seu braço, não foi, Zoe? Segurou firme, para que você e seus irmãos não lutassem?

Confirmando com a cabeça, ela respira fundo. Ainda é uma respiração trêmula, mas está mais forte, e é seguida por outra boa inspiração.

— Um anjo de Misericórdia. Ela não tinha asas.

— Zoe, você e seus irmãos estavam dormindo quando ela chegou?

— Dormindo? Tentando. Tentando, mas nossa pele estava viva.

— Ela olha para os braços e tenta puxar as mãos para poder coçar. Uma das enfermeiras segura o braço do soro, e eu mantenho o outro encostado na coxa de Zoe.

— Quando sua pele ficou viva? Zoe? Quando começou?

— Queríamos jantar. As camas estavam sem comida. Mamãe e Papai fizeram o jantar. Nunca comemos na cozinha. Mas comemos na cozinha, com Mamãe e Papai.

— *Cagaste y saltaste en la caca. Jesucristo.* — Aqueles idiotas não estavam cozinhando metanfetamina no porão ou na garagem; estavam usando a maldita cozinha da casa. As camas estavam sem comida? As crianças tinham que esconder comida no quarto para não terem que ir até a cozinha? *Santa madre de Diós.*

— Vocês jantaram e estavam tentando dormir. Zoe, o que aconteceu então? Zoe?

— Um anjo veio. — As palavras dela são suaves, sua voz rouca e falha de tanto gritar. — Anjos têm asas. Não tinha asas.

— O que o anjo fez, Zoe?

— Ela... ela... — Com um engasgo súbito, ela começa a convulsionar. As enfermeiras a tiram dos meus braços para deitá-la na cama, apoiando a cabeça e o pescoço contra os espasmos. Uma delas observa o relógio, cronometrando o ataque.

— Quanto tempo? — pergunta uma jovem médica que entra abrindo a cortina.

— Quarenta e dois segundos — responde a que está com o relógio.

Eles colocam uma injeção no soro dela, perto da mão, mas ainda são necessários alguns minutos para que a convulsão diminua. Assim que para, eles colocam uma máquina de oxigênio em seu rosto.

— Sinto muito, agente, mas preciso que saia daqui — pede a médica e, para seu crédito, ela realmente parece sentir muito.

— É claro. E os irmãos dela?

— Não estão convulsionando. Você pode tentar.

Tiro as luvas e pego um novo par, só por precaução, e sigo para a cama seguinte, também isolada por cortinas. A criança quieta está aqui, as mãos tremendo um pouco enquanto ele toma água sob o olhar atento de uma enfermeira. Quando o copo fica vazio, ele tenta devolvê-lo, mas só consegue segurá-lo em uma direção aproximada. Ela serve um pouco mais de água e lhe devolve o copo. Ele já está com um esparadrapo na veia do braço após a coleta de sangue, e a intravenosa está presa no dorso de sua mão. Como não tiveram que lutar com ele, como precisaram fazer com Zoe, ele também está com um monitor cardíaco no peito, e uma máscara de oxigênio na cama, perto do quadril.

— Boca seca — a enfermeira me informa baixinho. — A água pode ajudar até certo ponto, mas daqui a pouco vamos recolocar a máscara nele.

Dou um sorriso rápido para ela e volto a olhar o menino.

— Meu nome é Mercedes — digo, e ele assente com a cabeça, parecendo reconhecer o nome. — Pode me dizer como você se chama?

— Brayden — responde ele, com voz rouca.
— Certo, Brayden. Quantos anos você tem?
— Nove. Caleb também. Zoe tem oito. — Ele pisca rapidamente, mas seus olhos não focam. — Zoe está bem?
— Nenhum de vocês está muito bem neste momento — respondo com honestidade e seguro o pé da cama. — Mas vocês estão recebendo ajuda, e agora isso é o que importa.
— Eles pareciam assustados.
— Ela teve uma convulsão. — A enfermeira parece surpresa, e abre a boca como se estivesse prestes a me interromper, mas muda de ideia. — Eles deram algo para ela, para acalmar a convulsão, e vão fazer exames para saber como podem ajudá-la.
— Mas ela vai ficar bem?
— Não sei, Brayden, mas os médicos estão fazendo o melhor possível, eu prometo.
— Mamãe e Papai não saíram de casa — conta ele. — Ainda estavam dormindo. Ela estava com Zoe, e nos empurrou para fora de casa, e então explodiu. Ela disse que era o jeito que era necessário fazer.
— Ela disse por quê?
— Disse que você ia nos manter em segurança.
— Brayden, você lembra de alguma coisa da mulher?
— Ela era um anjo. — Ele franze o cenho, bebendo o restante da água em seu copo. — Ela parecia um anjo, talvez. Será? Não vejo muito bem. Mas ela parecia estar toda de branco. Como a lua.
— Ela deu alguma coisa para vocês? — pergunto, já sabendo a resposta, mas curiosa em saber como ele vai dizer.
— Ursos — responde ele, imediatamente. — Ursos brancos, e partes deles fazia barulho.
— Barulho como?
— Como... como... como se estivessem cobertos com plástico bolha — decide ele, depois de pensar um pouco. — Como um papel de presente.
— Vocês estavam em um carro, Brayden?

Com a enfermeira observando seus sinais vitais e lhe dando um pouco de água toda vez que ele esvazia o copo, eu faço a Brayden todas as perguntas nas quais posso pensar, até que uma médica entra, e então passo para a cama atrás da cortina seguinte. Não troco de luvas desta vez, porque não toquei em Brayden. Mas Caleb não está em condições de responder a pergunta alguma. Ele não parece ouvir o que as enfermeiras e o médico estão lhe perguntando. Sob a máscara de oxigênio, ele continua falando uma série de palavras malformadas, e às vezes inclina a cabeça como se estivesse escutando alguma coisa, mas o que está dizendo não parece ter nada a ver com o que o restante de nós pode ouvir.

Então volto para espiar atrás da cortina de Zoe. Eles a prenderam a um monitor cardíaco agora, e está um pouco agitado, então não tento entrar. Em vez disso, volto para o balcão da enfermagem. Eddison está ali, mas Holmes não está.

— Ela foi lá fora esperar Simpkins — responde ele, antes mesmo que eu possa perguntar.

— *Mierda*.

— Ela pediu especificamente por você aqui, e isso acalmou a garota.

— Sim, acalmou até que ela teve uma convulsão.

Ele dá um tapinha no meio da minha testa, mais irritante do que dolorido.

— Uma coisa não tem nada a ver com a outra. Pare.

— Extrapolando a partir do que Brayden disse — suspiro, tirando a camiseta da Universidade de Miami, para poder encostar no balcão sem me preocupar em contaminá-lo com a metanfetamina de Zoe —, nosso assassino preparou a explosão antes de acordar as crianças. Ela acordou Zoe primeiro, e manteve as mãos nela para que os meninos não tentassem lutar, se é que estavam em condições de fazer isso. Os pais ainda estavam dormindo no quarto, então ela empurrou os meninos lá para fora, fez *alguma coisa*, saiu com Zoe e levou as três crianças a uma distância segura antes da explosão. Brayden disse que sentiu o calor, mas que não correram risco de se queimar. Ela os colocou no carro... um carro grande, ele disse... mantendo Zoe no banco da frente, e lhes deu os ursos. Brayden tentou abrir a porta, mas a trava para crianças devia estar acionada. Ele não sabe por quanto ela dirigiu. Ela parou ao ver o corpo de bombeiros e os deixou sair, e lhes deu instruções e o meu nome. Ele olhou para trás quando chegaram na porta do corpo de bombeiros, mas não conseguia ver bem o bastante para saber se ela ainda estava ali. Um dos bombeiros saiu correndo e olhou, mas não viu nenhum carro estranho, então ela já devia ter ido embora.

Estar vestindo um top estava me deixando ansiosa, em especial sabendo que Simpkins estava lá fora, mas eu realmente preferia *não* usar a camiseta suja de metanfetamina por mais tempo, a menos que seja absolutamente necessário.

— Ele está convulsionando! — grita uma voz atrás da cortina onde está Caleb. No instante seguinte, um grito similar vem do leito de Zoe.

Eddison segura meu braço antes que eu corra para a cama de Brayden.

— A médica está com ele — diz ele, contido. — Sei que você quer confortá-lo, mas neste momento você vai atrapalhar, em especial com os outros dois em condições tão instáveis.

— Por que você acha que ele não está tão mal quanto eles?

— Não sabemos se ele não está, só que ainda não convulsionou.

— Ramirez, que diabos você está vestindo? — diz Simpkins, aparecendo com Holmes em seus calcanhares. Os dois Smiths, que estão na equipe dela quase o tempo que ela costuma manter alguém, vêm logo atrás, e nos cumprimentam com pequenos acenos de cabeça.

Endireito o corpo e aponto para o monte de tecido no balcão.

— Está contaminado de metanfetamina, porque eu estava acalmando a menina — respondo tranquilamente. — Não é seguro usar, e não tivemos tempo de nos trocar antes de vir para cá.

— Você nem devia ter vindo para cá.

— Fui eu quem chamou — Holmes a recorda, com um tom de voz sério.

— Claramente as crianças não precisam de você agora — prossegue Simpkins, ignorando a interrupção. — Vá embora.

— Não — replica Holmes. — Eu a chamei.

— Você escolheu trabalhar com o FBI...

— Trabalhar junto, sim. Não entreguei o caso para você, e preciso que ela veja as crianças.

As duas mulheres se encaram, e, honestamente, estou bem feliz em ficar de fora dessa competição para ver quem mija mais longe. Surpreendentemente, Simpkins é a primeira a desviar o olhar.

— Quem pode me dar um relato da situação? — ela grita, marchando em direção aos leitos, e duas enfermeiras e uma médica olham feio para ela.

O Smith mais alto tira seu casaco e me oferece, enquanto o Smith mais encorpado pega um saco plástico da bolsa que está ao seu lado. Coloco a camiseta dentro do saco e, logo na sequência, as luvas. Então aceito graciosamente o casaco. Está frio, é verdade – hospitais são quase sempre frios –, mas me sinto mais exposta do que gostaria, de um jeito que realmente não tem nada a ver com roupas ou com pele. Mesmo assim, o casaco ajuda.

— Estaremos na sala de espera — Eddison diz para Homes e para os Smiths. — Eles não precisam de mais pessoas naqueles boxes agora.

— Mandaremos alguém — promete o Smith mais alto. Eles já são parceiros há treze anos, seis dos quais na equipe de Simpkins, mas nunca ouvi alguém falar dos Smiths de algum outro jeito que não fosse uma unidade coesa. Eu honestamente nem sei o primeiro nome deles, porque eles sempre, *sempre* são os Smiths.

A sala de espera está quase vazia. Em um canto, uma mulher soluçando balança o corpo para a frente e para trás em uma cadeira desconfortável, os dedos se movendo em um rosário. Na outra mão ela segura um passaporte e um visto de trabalho. Eddison se senta na cadeira ao meu lado, segurando minha mão e entrelaçando nossos dedos, e eu me recosto em seu ombro.

— Você já atualizou Vic e Sterling? — murmuro.

— Sim. Vou mandar outra mensagem em um minuto.

Meus olhos estão ardendo, e quero dizer que é só por algum tipo de irritação, mas é cansaço, raiva e medo, e a garra que retorce minhas estranhas só de me perguntar se realmente vamos pegar essa pessoa, e que tipo de reação a comunidade terá se isso acontecer. Da mesma forma que as pessoas abominam aqueles que infringem as leis, elas também adoram vingadores com uma causa apelativa.

Resgatar crianças que sofrem abuso? O público vai ficar louco quando isso vazar. Até agora os jornais estão em silêncio sobre os detalhes. Os assassinatos aconteceram em diferentes partes da cidade, ou mesmo fora dela, mas ainda no condado, então ninguém ligou ainda os pontos que pudessem conectá-los. Além disso, o editor do principal jornal é, em geral, muito bom em esconder histórias que exploram crianças como vítimas.

Quero ir para casa.

Não tenho certeza se minha casa ainda *é* minha casa.

Capítulo 20

Zoe Jones morre às duas e treze da madrugada, quando uma série de convulsões hipertérmicas causa um AVC de grande extensão.

Caleb Jones morre três horas mais tarde de uma rápida falência de órgãos, incluindo o coração.

A médica de Brayden nos diz que o menino está fisicamente estável agora, embora estejam monitorando de perto, já que ele começa a ter sintomas de abstinência. Emocionalmente? Brayden não fala com ninguém. Nem comigo, nem com Simpkins ou Holmes, nem com nenhum dos médicos ou enfermeiras. Ele chora quando recebe a notícia sobre a morte de Zoe, mas, quando precisam voltar para contar sobre seu irmão gêmeo, ele simplesmente se fecha.

Tate, o assistente social que estava com Mason na quarta-feira, aparece lá pelas seis e ouve com seriedade enquanto o deixamos a par de tudo.

— Demorei um pouco mais para chegar aqui, porque parei para pegar o arquivo do caso deles — explica ele, segurando uma pasta. — Foi feita uma inspeção doméstica há quatro meses, baseada em uma denúncia anônima, provavelmente de um dos antigos vizinhos, mas eles tinham acabado de mudar para aquela casa. Tudo ainda estava limpo. Quando as crianças foram entrevistadas, Zoe e Caleb disseram que brincavam do lado de fora a maior parte do tempo. Brayden ficava mais tempo dentro de casa. Provavelmente, ele que ia até a cozinha buscar suprimentos quando eles ficavam sem comida. Tinha um frigobar no quarto dos meninos, e comida em potes de plástico embaixo da cama, que falaram que eram lanches. Acho que, quando acabava, Brayden era o único que ia até a cozinha.

— Ele desenvolveu uma leve tolerância, então não teve uma overdose tão grave a noite passada — concluo, e ele confirma com a cabeça. — Mas ontem os pais quebraram o padrão. Eles fizeram o jantar para os filhos e todos se sentaram para comer juntos na cozinha. Os outros dois foram expostos a uma quantidade muito maior do que estavam acostumados, e até mesmo Brayden ficou lá mais tempo que o normal.

— Pedimos um exame de drogas nas crianças logo depois da inspeção, mas o pedido foi negado porque a casa estava limpa.

— E quanto a um exame toxicológico nos pais? — pergunta Eddison.

— A casa estava limpa — repete Tate. — Não acredito que os Jones fossem usuários ativos; nossa teoria era que eles ficavam sob efeito da droga por cozinhá-la, e vendiam para ganhar dinheiro. Eles não demostravam os sintomas mais evidentes dos usuários. A residência anterior deles já tinha sido vendida, então não tivemos permissão para fazer testes ali.

— E assim as crianças continuaram nessa situação por causa de tecnicalidades. — Esfrego o rosto, que coça como doido com a combinação de maquiagem antiga, cloro e hospital. — Sabe me dizer se o mandado para informarem quem teve acesso a cada arquivo do Serviço de Proteção à Infância foi cumprido?

— Acredito que sim. Sei que Lee estava trabalhando nisso. Ele e Gloria juntaram forças.

Isso... não me deixa muito confiante.

Vic e Sterling chegam pouco tempo depois, carregados de café e pratos embrulhados em papel-alumínio com pãezinhos doces, cortesia de Marlene, que ficou acordada a noite toda preocupada conosco. Sterling aparece atrás de Eddison, mas, em vez de tentar assustá-lo como costuma fazer, ela coloca a mão na nuca dele e lhe entrega uma grande caneca de café para viagem. Ele ainda se encolhe com o toque inesperado, mas é menos, mais contido, e se inclina para o lado dela, murmurando um obrigado.

Vic se senta cuidadosamente em uma cadeira diante de nós, inclinando o corpo para a frente a fim de poder manter o volume da voz baixo.

— Simpkins ligou para o chefe de seção Gordon para reclamar por vocês estarem aqui — conta ele. — Ele conversou com a detetive Holmes antes de me ligar, e vamos fingir que não estou contando isso para vocês, mas vocês precisavam ser avisados.

— *Así que esto va bien entonces* — murmura Eddison.

— A equipe dela ainda vai trabalhar no caso, mas ela não. Ele vai enviá-la para uma revisão administrativa.

Nós dois ficamos olhando surpresos para ele, e então olhamos para Sterling, que se senta ao lado de Vic e dá de ombros. Olhamos novamente para Vic.

— Cass falou algo para você sobre um caso em Idaho, há algumas semanas?

Nego com a cabeça.

— Ela disse que foi uma confusão. Mas não tivemos chance de nos encontrar para fofocar antes que isso tudo acontecesse. No almoço que tivemos na quarta-feira, ficamos conversando sobre este caso.

— Simpkins forçou tanto a barra com a polícia local que retiraram o pedido de ajuda antes que o caso fosse resolvido.

— Em Idaho? — exclama Sterling. — Já é superdifícil ser chamado para atuar lá.

— Devia ter sido levado a mim, como chefe da unidade, mas Simpkins passou por cima de mim e foi direto ao chefe da seção. A corregedoria estava revisando o caso quando o pedido de Holmes chegou, mas não tinham chegado a uma conclusão, e Gordon queria que o agente responsável tivesse pelo menos vinte anos de casa. Isso traz um peso que pode ajudar a proteger o agente sob mira.

— Ouvi rumores de que ela se candidatou ao seu cargo — observa Eddison.

Olho para minhas mãos. Não vou jogar Cass aos leões confirmando isso.

Vic faz uma careta.

— Ainda não sabemos se tem alguma ligação — diz ele, cauteloso. — Ela ainda não foi notificada, então bico fechado. Isso vai acontecer mais tarde, ainda hoje, depois que Gordon conseguir reunir todas as informações.

— Os Smiths têm mais tempo na equipe — observo. — Mas nenhum deles tem perfil para liderá-la. Cass é uma ótima agente, mas não tem experiência em liderança, não para um caso como este, e Johnson ainda está em adaptação, depois de retornar da licença médica, então está fazendo trabalhos administrativos. Isso deixa... quem? Watts e Burnside?

— Ele vai falar com Watts. Burnside é o melhor na equipe em perseguir pistas digitais, então eles querem que ele fique concentrado no escritório do Serviço de Proteção à Infância.

— Watts é boa — comenta Eddison, mais para mim do que para os demais. — Ela é estável.

— Simpkins também era.

Sterling se ajeita na cadeira, sentando-se de pernas cruzadas, com um guardanapo no colo para pegar os farelos do croissant que está fazendo em pedaços. Ela está franzindo um pouco o cenho; é a expressão que faz quando está perdida em pensamentos, uma das mais típicas, marcada pela boca retorcida em uma careta de lado. Eu a observo por vários minutos, o cenho franzido mudando de tempos em tempos, conforme ela avança em seus pensamentos.

Então Eddison joga um blueberry de seu muffin nela, e ela ergue os olhos arregalados e surpresos.

— Compartilhe com a classe, Thumper — diz ele.

— E se não for nada bom? — responde ela, automaticamente.

— Duas crianças morreram esta manhã, e uma família de cinco se tornou uma família de um garotinho destruído — digo baixinho. — Não acho que haja algo de bom agora.

Ela respira fundo e deixa Vic tirar o doce destroçado de suas mãos.

— A assassina chegou tarde demais para salvar as crianças — ela diz, apressada. — É até mesmo possível que o estresse do então chamado resgate tenha exacerbado os efeitos das drogas nos sistemas deles. Então. Ela não salvou as crianças. Acrescente isso ao fato de que ela já está acelerando as mortes, e o que acontece na sequência?

— Ela *precisa* salvar essas crianças. — Eddison olha sério para o que restou de seu muffin. — O que quer que a esteja levando a fazer isso, qualquer que seja o trauma pessoal em seus calcanhares, fazer isso é uma necessidade. O fracasso ou vai direcionar essa violência para dentro ou...

— Para fora, explodindo em um frenesi — complemento.

— Ela já não está nem mesmo tentando ir até a sua casa — observa Vic. — Sterling verificou as câmeras. Só dois carros que não pertenciam aos moradores passaram por ali, e ambos foram até casas da vizinhança e ficaram lá a noite toda. Ainda estão lá, de fato.

— Mas ela ainda dá meu nome para elas. Por quê?

— Até onde você conseguiu avançar em seus casos ontem?

— Quinta-feira? Não muito. Levantar e verificar cada nome leva tempo.

— Você consegue fazer uma rubrica para restringi-los, para que possamos ajudá-la a verificar? Você pode deixar de lado os casos em que as vítimas foram meninos...

— Na verdade, não — Sterling interrompe, estremecendo. — Ele poderia ter uma irmã, uma prima, uma vizinha, uma amiga, alguma garota que foi influenciada pelo fato de Mercedes ter ajudado no resgate. Damos ursos de pelúcia para todas as crianças, não só para as vítimas.

— E não eliminamos a possibilidade de o assassino ser um homem — acrescenta Eddison. — Muitos homens têm a voz aguda, ou fingem ter. Dadas as descrições populares de anjos, a peruca nem seria algo de estranhar. Não sabemos o gênero. Só é mais fácil dizer "ela" porque é o que as crianças presumem.

Apesar de nossos instintos gritarem o contrário, ele está certo.

— E não podemos nos basear nos casos em que senti uma conexão particular com alguém, porque isso nem sempre é mútuo. Eu poderia causar um impacto drástico na vida de alguém e não ter a mínima ideia disso.

— Merda — suspira Vic, e todos nos surpreendemos. Ele raramente diz palavrões; acho que todos nos acostumamos a pensar que ouvi-lo xingar é um sinal de que as coisas estão realmente fodidas.

Cass pigarreia na porta de entrada, chamando nossa atenção antes de se juntar a nós.

— Achei que vocês iam querer saber que o Serviço de Proteção à Infância contactou os avós maternos e paternos de Brayden. Os paternos vivem no Alabama, os maternos no estado de Washington, e ambos indicaram que querem a custódia. Além disso, eles não gostam uns dos outros. A coisa vai ser feia.

Suspiro.

— Cass, um dia desses você vai se lembrar da diferença entre *querer* saber e *precisar* saber.

Ela me dá um sorriso cansado.

— O mandado foi expedido. O sr. Lee vai me dar a lista de acesso aos arquivos no final da segunda-feira. Burnside teve autorização para acessar o sistema deles para examinar eventuais pegadas digitais.

— Para sua informação, Gloria Hess está ajudando Lee a fazer a lista.

— Merda. — Ela olha de relance para Vic e fica vermelha de vergonha, mas não se desculpa.

Os lábios dele se retorcem em um sorriso relutante.

— Brayden não está falando com Tate — Cass prossegue depois de um momento. — Ele não está falando com ninguém. Mas não parece se importar de Tate ficar com ele.

— Tate parece ser muito boa gente.

— Tive essa impressão também — Ela estica um amassado em sua blusa, e então franze o cenho. — Não sei dizer se isso está do direito ou do avesso.

— Do avesso — responde Sterling. — Dá para ver a costura da etiqueta.

— Ah. De todo modo, Brayden provavelmente não vai se comunicar por um tempo. Tate diz, e Holmes concorda, que vocês deviam ir para casa descansar um pouco. Claro, se quiserem.

Olho para o último gole de café no copo e me pergunto se vou conseguir dormir depois que toda essa cafeína fizer efeito.

— Obrigado, Cass — agradece Vic por todos nós. — Vai nos manter atualizados?

— Sim, senhor.

Eddison e eu bufamos, e na sequência Cass fica ainda mais ruborizada. Sterling apenas lhe lança um olhar de solidariedade.

— Cass? O assassino deixou hematomas no pulso esquerdo de Zoe. Não sei se dá para tirar alguma impressão digital, mas provavelmente dá para determinar o tamanho geral. Fale com Holmes e com o legista.

Acabamos seguindo Vic para casa e nos amontoando em sua sala de estar, em vez de nos separarmos. Sterling se encolhe em uma poltrona, o rosto enterrado nos joelhos. Eddison e eu pegamos um sofá cada um, e diz muito o fato de que, apesar da adrenalina, da cafeína e da luz entrando pelas cortinas, caímos no sono bem rápido.

Várias horas mais tarde, o toque do meu telefone pessoal me acorda de repente, meu coração batendo desconfortavelmente contra minhas costelas. Sterling acorda tão abruptamente quanto eu, caindo da poltrona e aterrissando no chão com um grito que faz Eddison tentar se apoiar em um cotovelo e meio que conseguindo três tentativas depois.

A tela diz *Esperanza*.

— Não é outra criança — anuncio, e Eddison deixa o corpo cair novamente no sofá e no cobertor.

— Você não vai atender — murmura Sterling, voltando para a poltrona.

— Não tenho certeza se é minha prima ou minha tia.

— E qualquer uma das duas é má opção?

— Uma delas é.

— Ah.

Eddison abre um olho.

— Por que ainda está tocando?

— Porque não quero atender se for Soledad. — Espero cair na caixa postal, e então escuto a mensagem. É de Esperanza, *ainda bem,* mas sua mensagem não me diz muito. *Aconteceu algo importante, me ligue de volta para que eu possa contar para você, em vez da minha mãe.*

Importante ou não, não quero saber. Não preciso saber.

Antes que eu possa decidir se vou ou não retornar a ligação, o telefone começa a vibrar e a tocar novamente, o nome dela aparecendo na tela. Maldição. Com um suspiro do fundo da alma, aceito a chamada.

— Alô.

Sterling faz uma careta com a aspereza da minha voz.

— Mercedes? É meio da tarde aí; por que parece que você acabou de acordar? — A voz da minha prima está tensa, o que é incomum para Esperanza. O maior motivo pelo qual permiti essa reconexão foi pela calma e o bom senso dela.

— Ficamos acordados a noite toda em um caso. Qual é o problema?

— Tivemos uma reunião familiar hoje de manhã.

— Ah, Deus, não preciso saber disso.

— Sim, precisa. O *tío* está doente.

— Qual *tío*?

Há um silêncio pesado do outro lado, e depois de um tempo minha ficha cai.

— Ah.

Meu pai.

— Câncer no pâncreas — prossegue ela, assim que fica claro que não vou falar mais nada.

— Doloroso.

— A família quer tirá-lo da prisão para o tratamento.

— Provavelmente não vai acontecer, mas não é problema meu, de todo modo.

Eddison está quase sentado agora, apoiado em um braço no sofá e piscando desesperado para impedir que seus olhos se fechem novamente.

— Mercedes... — Esperanza bufa no microfone, e isso distorce o som como se fosse um furacão em meu autofalante. — Você realmente acha que o resto da família não vai incomodá-la com isso?

— É exatamente o que acho, porque vou desligar meu celular pessoal até poder mudar de número.

— A maior parte dos netos nunca o conheceu.

— Sorte deles.

— Mercedes.

— Não.

— Câncer no pâncreas não é tão tratável. Você sabe que provavelmente ele está morrendo.

— *Mucha carne pal gato.*

— Mercedes!

— É ela? — escuto minha mãe falar ao fundo. — Deixe-me falar com ela, essa ingrata, maldosa...

Encerro a ligação e desligo o celular, e é assim que ele vai ficar por um tempo. As crianças no hospital têm meu número profissional, assim como Priya, Inara e Victoria-Bliss. Todos os demais podem me mandar um e-mail. Tenho que admitir que estou desapontada com Esperanza. Supostamente, ela devia ser a única pessoa da família Ramirez a entender que aquela não era mais minha vida.

— Posso jogar na parede? — murmura Eddison.

— Tenho algumas fotos e algumas coisas para recuperar antes. Depois podemos destruí-lo.

— Certo. Você está bem?

— Não. Mas volte a dormir. Este problema não vai a lugar algum.

Ele imediatamente se enterra no cobertor, deixando visível somente o cabelo escuro e despenteado.

Sterling me olha de modo solene, e é incrível como ela parece jovem com o cabelo solto e bagunçado ao redor do rosto.

— Precisa falar sobre isso? — ela oferece baixinho.

Sterling não conhece a história como Vic e Eddison, e como seu antigo chefe, Finney. Levei anos e meia garrafa de tequila para finalmente contar para Eddison. Mas Sterling é... ela é importante, e finalmente aprendi a confiar nela, de um jeito que não tinha acontecido nem mesmo com Eddison, quando contei para ele. Ela é parte da minha equipe, e é minha amiga. Ela é minha família.

— Ainda não — respondo depois de um tempo. — Quando o mundo não estiver pegando fogo.

— Parece que temos um encontro marcado. — Ela enrola o corpo em uma bola bem apertada, como um pequeno percevejo retorcido em um cobertor de lã com estampa dos Ursinhos Carinhosos. É o favorito de Brittany, e raramente ela o empresta para que alguém mais o use.

Por mais cansada que esteja, por mais exausta, ainda levo um longo tempo para dormir novamente. Meus braços pedem o conforto do ursinho de pelúcia preto que está na minha mesa de cabeceira, mas este caso... não sei se aquele urso vai voltar a ser o que era. Ele salvou minha vida de maneiras muito importantes, ou me lembrou que minha vida era digna de ser vivida, sempre que essa distinção precisava ser feita.

Olho para o teto não sei por quanto tempo antes que o rosto de Vic apareça meio fora de foco. Seus calorosos olhos castanhos parecem algo entre tristes e divertidos, e sua mão calejada é gentil quando ele afasta meu cabelo do rosto, passando o dedo de leve sobre as cicatrizes.

— Durma, Mercedes. Você não está sozinha.

A risada sai mais como um soluço, mas fecho os olhos, e ele acaricia levemente meu cabelo, até que caio no sono.

Era uma vez uma garotinha que tinha medo de mudança.
Mas...
Alguns medos, ela finalmente aprendeu, eram bons. Alguns medos não eram o terror e a dor, eram só... animação. Fagulhas nervosas.
Apesar da incerteza de todos aqueles lares temporários, onde a impermanência era a única coisa permanente, a garotinha deu duro na escola, aprendendo todas as coisas que o ensino domiciliar falho nunca lhe ensinara. Ela deu duro para alcançar os demais, e então deu mais duro ainda para ultrapassá-los. Quando chegou a hora de se inscrever para as universidades, ela tinha as melhores notas e um punhado de ensaios pessoais que encontravam um equilíbrio cuidadosamente criado

entre as experiências horríveis de seu passado e uma determinação de aquecer os corações pelo futuro.

Sua conselheira escolar, talvez a única pessoa que a garotinha rotulava, ainda hesitante, como "Do seu lado", riu de si mesma, como uma boba, quando leu seus textos, prometendo que ela arrasaria com eles.

E ela arrasou.

Foi aceita em universidades e ganhou bolsas de estudo, e, quando combinado com o dinheiro que o tribunal obrigara seu pai a lhe dar quase quatro anos antes, aquilo significava que ela podia sair das mãos do estado, recomeçar em algum lugar inteiramente novo. Algum lugar onde ninguém soubesse o que aconteceu com ela (a menos que trabalhassem no setor de admissão dos novos alunos). Ela até mudou de nome, legal e oficialmente. Aquilo tornou sua matrícula na faculdade um pesadelo, mas valeu a pena. Seu antigo nome pertencia àquela outra garota, aquela garota que fora machucada por tanta gente e que nunca pôde fazer nada para impedir.

Ela era uma pessoa nova, alguém sem a bagagem e o sotaque, alguém de lugar algum e de qualquer lugar. Não havia nada que a ligasse ao lugar de onde viera.

Ela amava a universidade. Era assustador, opressor e maravilhoso, com liberdades com as quais ela jamais ousara sonhar. Ela até fez amigos. Lenta, cuidadosa e de forma não inteiramente honesta, mas amigos suficientes para torná-la genuinamente feliz pela primeira vez desde que ela podia se lembrar. Ela não namorava – não tinha coragem bastante para isso, nem certeza se queria –, mas seus amigos a protegiam quando as pessoas não aceitavam um não como resposta, quando seus antigos instintos lutavam contra sua nova coragem, e ela era grata por isso.

Ela arranjou um emprego que não exigia que interagisse muito com outras pessoas, e que a deixava encarar alguns de seus antigos medos aos poucos, e ficou surpresa em ver como isso era reconfortante. Ela gostava de seus amigos e das aulas, gostava de se reunir com outras pessoas, mas trabalhar lhe dava um tempo sozinha para se recuperar, para reencontrar seu centro. Ela gostava do equilíbrio, e estava orgulhosa de si por tê-lo descoberto e por mantê-lo.

Era uma vez uma garotinha que tinha medo de mudança.

Mesmo assim, ela saiu corajosamente mundo afora.

Capítulo 21

Os acontecimentos no hospital e na casa dos Jones ocorreram tarde demais para entrar na edição de sábado dos jornais, mas começaram a rodar pelas mídias sociais ainda naquela tarde, e metade da capa do jornal de domingo é dedicada à "Tragédia chapada", e eu realmente quero acabar com quem quer que tenha sido o imbecil que escreveu a manchete. O único ponto positivo do relato implacavelmente descuidado é que nenhum dos outros assassinatos foi citado. A notícia sequer classifica a morte dos Jones como suspeita; faz parecer que as crianças saíram vagando de casa para buscar ajuda e que a casa explodiu enquanto estavam fora. Aponta o quartel do corpo de bombeiros errado, deixa de lado os detetives que estiveram presentes e identifica os agentes do FBI de forma incorreta como agentes do departamento antidrogas.

Pelo menos é alguma forma de proteção para Brayden, e para todas as outras crianças.

Priya cutuca meu ombro no café da manhã, que está acontecendo com todos espalhados na sala de estar, porque há muitos de nós até mesmo para a raramente usada sala de jantar.

— A que horas é a missa?

— O quê?

— A missa — repete ela, paciente. — A que horas horas é?

Pestanejo, cansada demais para entender completamente o que ela está dizendo.

— Você se sente melhor quando vai à missa, Mercedes. Hoje é domingo. Então, que horas?

— Ela gosta mais da missa das nove e meia — diz Eddison, com a boca cheia de torta de maçã.

— Hum. — Priya olha o relógio e fica em pé. — Precisamos nos vestir, então.

Priya raramente escolhe assumir a dianteira das coisas, mas, quando quer fazer isso, é muito parecida com sua mãe: impossível de resistir. Antes que eu esteja plenamente ciente de que estou me mexendo, minhas roupas são trocadas e estou sentada no banco de trás com a bolsa de maquiagem e Priya segurando um espelho, Sterling no banco do passageiro dianteiro, enquanto Eddison dirige até a igreja.

É uma mistura bizarra. Priya não é praticante de hinduísmo, se é que essa é uma descrição correta, mas usa um bindi diariamente, e Sterling é judia, apesar de seu amor profundo e duradouro por bacon. Eddison foi criado como católico, mas sua fé não sobreviveu ao sequestro da irmã e ao seu desaparecimento até então permanente. Às vezes ele me acompanha, em geral no Natal ou quando estou passando por um momento difícil, mas as lembranças, tão entranhadas nele durante sua infância, o deixam desconfortável em igrejas.

Mas ali estamos todos nós, sentados em um banco perto do fundo, Priya e Sterling observando os demais de forma sutil, em busca de pistas sobre como se comportar, e Eddison corando toda vez que se levanta, se senta ou se ajoelha mecanicamente. Quando todo mundo começa a se mover, banco após banco, para a comunhão, Priya me dá um olhar questionador.

Nego com a cabeça.

— Você não pode comungar sem ter confessado.

— E você não pode confessar por causa do seu trabalho?

— O trabalho não é realmente um fator, desde que eu não compartilhe informações confidenciais — sussurro. — Tem mais a ver com o fato de que não posso receber absolvição por pecados dos quais não me arrependo de verdade. — Ela ainda parece confusa, e apesar de tudo aquilo me faz sorrir. — Não acho que Deus odeie as lésbicas, mas a igreja não gosta muito de nós. O que eu sou, como eu me sinto, é um pecado, e não posso me arrepender.

— Ah. — Ela pensa nisso durante o restante da cerimônia. Priya não foi criada em nenhuma religião, e sente a fascinação de alguém de fora por elas, não só pelas histórias e pelas imagens, mas pelas regras e rituais, todas as formas pelas quais tentamos estruturar as crenças das pessoas.

Quando a igreja está quase vazia depois da cerimônia, Eddison acena com a cabeça na direção do padre.

— Pode ir. Nós esperamos.

Priya inclina a cabeça para o lado.

— Eu achei que ela não pudesse...

— Confissão não é o mesmo que aconselhamento — explica ele.

Deixando-o para explicar a diferença para Priya e Sterling, me levanto do banco e vou até o altar. O padre Brendon só é alguns anos mais velho do que eu, e é um bom tipo de padre. Metade das pré-adolescentes e das adolescentes tem uma queda por ele, porque ele é seguro, e porque respeita o sentimento delas sem encorajá-lo. Ele é um grande avanço quando comparado ao padre Michael, que costumava olhar feio para mim durante as homilias.

— Ah, Mercedes — ele me cumprimenta, olhando enquanto entrega o restante de suas vestes para um ajudante de altar que o aguarda. — Você andou ocupada nas últimas semanas.

O que é um jeito muito gentil de apontar que não apareço na missa há quase um mês.

— Tem sido... — Como diabos posso colocar isso?

Acenando com a cabeça, ele se senta na beira do estrado, segurando as mãos entre os joelhos.

— Trabalho? Ou vida pessoal?

— Sim — respondo de forma decidida, e me sento ao seu lado.

Ele dá uma risada calorosa e suave, e preciso lembrar de agradecer Eddison e Priya mais tarde por isso.

— Está tudo bem com Siobhan?

— Ela me deixou.

— Sinto muito por ouvir isso.

— Não tenho tanta certeza. Se eu sinto muito, quero dizer.

Ele ouve com atenção enquanto conto tudo o que está acontecendo, com as crianças, com Siobhan, e até com meu pai. Nunca contei para o padre Michael, porque ser padre não o impede de ser um imbecil, mas é fácil confiar no padre Brendon, e esta está longe de ser a primeira vez que um caso atinge minhas cicatrizes.

— Isso é muita coisa — diz ele, depois de um tempo, e isso me faz dar uma risadinha. — Talvez pareça que você está cercada de todos os lados? Perdida na floresta?

Eu me encolho, mas há um motivo para ele ter usado essa frase.

— Essas crianças... elas estão sendo resgatadas de situações horrendas. É impossível não reconhecer isso, ainda que tenhamos que abominar e que abominemos os métodos.

— E você se pergunta o que estaria sentindo se alguém tivesse feito o mesmo por você, quando você ainda era criança.

— Quando pegarmos essa pessoa, a cobertura da imprensa vai ser um zoológico. Um vingador resgatando crianças? O público vai adorar isso. Vai tornar nosso trabalho muito mais difícil de ser feito. E... — Engulo em seco, tentando encontrar meu caminho em meio a isso. — Ela está claramente irritada com um sistema que não está protegendo essas crianças, mas como é que jogá-las mais fundo nesse mesmo sistema falho vai ajudá-las a ficar em segurança?

— Aqueles que se voltam para a violência em geral não têm soluções para oferecer. Ou, pelo menos, tentaram e perderam, e acham que é o único jeito possível.

— Alguma coisa os leva a fazer isso.

— Alguma coisa leva você a fazer o que você faz — ele me recorda. — Provavelmente não é tão diferente assim.

— É disso que tenho medo.

Ele assente com a cabeça e faz um som de concordância, esperando que eu prossiga. Eu vou em frente.

— Alguém que escolhe fazer isso pode escolher parar. Alguém que precisa fazer isso...

— Alguém que não pode parar deve ser detido. Deve ser difícil fazer isso, se você consegue ver onde suas vidas divergem. — Ele para, pensativo. — O agente que a carregou para fora daquela cabana. Ele fez mais mal do que bem?

— Não — repondo, refletindo. — Ele me salvou.

— E você salva outras pessoas. O que acontece depois disso não é sua culpa, Mercedes. Seu trabalho exige muito de você, mas não isso. Não carregue mais do que você pode suportar.

Aquilo parece o fim da conversa, algo para pensar a respeito em vez de aceitar facilmente. Eu agradeço e me levanto, abanando a poeira da calça.

— Mercedes? — Ele me dá um sorriso triste quando me viro para olhá-lo melhor. Ele não se levantou ainda. — E quanto ao seu pai?

Eu me preparo para o golpe.

— Entregue para Deus — diz ele, simplesmente. — Como você se sente a respeito é algo que é seu e apenas seu. Se você deve ou não ser julgada, isso é com Deus.

É muita coisa para pensar a respeito, e estou em silêncio quando me junto aos demais e voltamos para a casa de Vic. Fazemos um desvio para parar na minha casa, para que eu possa pegar mais algumas roupas, ver a correspondência e conversar com Jason. Ele continua cuidando do gramado, e também me mostra as câmeras que instalou em sua varanda e em sua caixa de correio, assim como as minhas.

— Não tenho visto ninguém mais — ele me diz, com pesar. — Tenho olhado.

— Obrigada, Jason. Escute, meu celular pessoal morreu, então vou lhe dar meu número do trabalho, por precaução.

— Tenho que dizer que sinto sua falta por aqui, garota.

— Com sorte, tudo isso vai ser resolvido rápido, e eu posso voltar para casa de vez.

Depois do jantar, Sterling me leva para a casa dela. Qualquer que seja a guarda compartilhada que ela e Eddison tenham planejado, continua intacta. Em vez de arrumar o sofá-cama, no entanto, ele me empurra gentilmente para o quarto.

— Você realmente quer ficar sozinha agora? — pergunta ela, ao ouvir meu protesto simbólico.

Não.

Sabendo como é o restante do apartamento, o quarto dela não é em nada surpreendente: todo preto, branco e rosa, em uma combinação elegante. Um grande urso de pelúcia marrom-claro, com a jaqueta do FBI, está sentado sobre um monte de almofadas na cabeceira da cama. Eu o pego e toco o focinho preto.

— Priya me deu quando recebi o pedido de transferência.

— É claro que ela deu.

Nós plugamos nossos celulares para carregar, guardamos nossas armas e verificamos e-mails e mensagens mais uma vez antes de ajustar o despertador. Quando estamos prontas e acomodadas sob o edredom fofo, ela nem hesita antes de me dar o urso para abraçar, embora sua jaqueta, como as de verdade, faça barulho a cada movimento. Ela simplesmente apaga a luz. Barulhos entram pelas paredes: seus vizinhos conversando e andando, tocando música, jogando ou vendo TV. Não são intrusivos, apenas estão ali, reconfortantes de certa forma, como a respiração estável de Sterling ao meu lado.

E então meu telefone toca.

— Só faz dois dias — sussurra Sterling, ao ouvir o som da chamada.

Viro de lado para pegar o celular na mesa de cabeceira.

— É Holmes — falo para ela e atendo a ligação. — O que aconteceu agora?

— Noah Hakken, de onze anos, acaba de entrar na minha delegacia — relata ela, sombria.

— Está machucado?

— Cheio de hematomas por todos os lados, mas jura que não foi abusado. Vamos levá-lo para o hospital agora.

— Estarei lá.

Desligo a chamada, mas o brilho da tela demora mais para desaparecer.

— Hospital? — pergunta Sterling, jogando a coberta de lado para alcançar a luz.

— Sim. Desculpe.

O tapinha no alto da cabeça, por mais gentil de seja, ainda me pega de surpresa.

— Mercedes Ramirez, não ouse se desculpar por isso — diz ela, com severidade. — Não é sua culpa.

Sei disso, sei de verdade, mesmo assim não tenho uma resposta para ela naquele momento.

— Devíamos pegar nossas bolsas para o trabalho. Duvido que vamos voltar antes de irmos para o escritório.

O pronto-socorro não está nem de perto tão frenético quanto há dois dias. *Jesucristo. Dos días.* Uma enfermeira no balcão me reconhece e aponta para uma das cortinas fechadas. Sterling fica conversando com a enfermeira enquanto sigo para lá, pisando um pouco duro demais de propósito para que o som possa anunciar minha aproximação.

— É Ramirez — digo.

Holmes abre a cortina, revelando dois enfermeiros tranquilos e um garoto sentado na cama, o rosto manchado de lágrimas, confuso e sujo de sangue. Ele está de camiseta e cueca, mostrando um corpo magro e musculoso que não é normal para um menino da idade dele. Mas Holmes estava certa, ele tem muitos hematomas, e uma das enfermeiras está curvada sobre um tornozelo vermelho e inchado.

— Meu nome é Mercedes Ramirez — digo, e ele levanta a cabeça para me olhar. — Alguém lhe deu meu nome?

Ele confirma lentamente com a cabeça.

— Ela matou minha mãe — diz ele. Sua voz parece arrastada, não exatamente melosa, mas talvez drogado?

— Ela bateu nele com muita força na nuca quando ele lutou com ela — explica Holmes. — E ele estava tendo problemas com alergia nos últimos dias, então a mãe lhe deu Benadryl para ajudá-lo a dormir. Vão examiná-lo para ver se há alguma concussão, mas não querem dar nada para a dor de cabeça até que o efeito do Benadryl passe mais um pouco.

É um pouco assustador que Holmes e eu já tenhamos passado tempo bastante uma com a outra para que ela interprete tão bem minhas expressões. Eu me inclino no pé da cama, segurando a estrutura de plástico com as mãos para que ele possa vê-las.

— Noah? Pode nos dizer o que aconteceu?

— Eu estava dormindo. — Ele balança a cabeça, e seus olhos saem momentaneamente de foco. — Minha mãe me mandou para a cama cedo porque tínhamos que acordar cedo. Íamos para Williamsburg amanhã, para visitar o Busch Gardens. Para comemorar meu aniversário.

¡Por amor de Dios, tenga compasión!

— O que o despertou? — pergunta Holmes. Ela já deve tê-lo interrogado um pouco, quando estavam a caminho do hospital, mas você nunca diria isso a partir de seu rosto ou de sua expressão corporal.

— Achei que era um pesadelo. Um daqueles manequins assustadores. Uma mão sacudiu meu ombro, eu abri os olhos, e estava ali. A mão cobriu minha boca quando tentei gritar. — Ele murmura essa última parte, um rubor subindo por seu pescoço, e há algo perversamente reconfortante no orgulho constrangido dos meninos pré-adolescentes. — Ela disse que eu tinha que ficar quieto.

— Ela?

— Parecia ser uma mulher. Quero dizer, acho que não precisava ser, tipo uma drag queen ou algo assim, talvez, mas hum... — Seu rubor aumenta até parecer quase rosa-choque. — Eu não estava andando muito bem. Ela colocou um braço ao redor de mim, tipo para me manter em pé? E ela era, hum, suave. Sabe como é? Como... — Corando ainda mais, ele coloca a mão em concha contra o peito e aperta.

Um dos enfermeiros abaixa a cabeça, na direção do ombro, para esconder o sorriso.

A história é dolorosamente familiar. Ela o levou até o quarto da mãe e o obrigou a ficar parado ao lado da cama enquanto ela esfaqueava a mulher até a morte. Ele lutou com ela, mas ela bateu com o cabo da pistola na cabeça dele com força o bastante para deixá-lo atordoado, e terminou o trabalho, levou-o até a van – ou uma SUV, ele não tem certeza, mas é maior que o sedã da mãe –, deu-lhe o urso e o deixou a uma rua da delegacia de polícia.

E, é claro, deu meu nome para ele.

— Ela ficava dizendo que estava me salvando — conta ele, com voz baixa e dolorida. — Mas me salvando de quê? Ela disse que minha mãe tinha que pagar. Que ela não podia continuar fazendo aquilo comigo. Fazendo o quê?

Holmes e eu trocamos um olhar, e ela assente com a cabeça para que eu siga em frente.

— Noah, essa pessoa está indo atrás de pais que machucam ou que colocam os filhos em perigo.

— Minha mãe nunca me machucou! — replica ele, endireitando o corpo tão rápido que é visível que precisa lutar contra a náusea. — Ela *nunca* me machucou.

— Noah...

— Não. Nós assistimos àqueles programas policiais, e eu sei que muitas crianças falam isso ainda que estejam sendo abusadas, mas eu não estou!

— Quando você esteve na casa de um amigo, há algumas semanas, alguém ligou para o Serviço de Proteção à Infância demonstrando preocupação — Holmes lhe conta. — Disseram que você estava com uns hematomas bem feios e que estava mancando quando chegou.

— Meu pai era ginasta olímpico. — Seus olhos estão brilhantes, mas determinados, então, em vez de interromper algo que parece não ter relação com a conversa, ficamos em silêncio. — Ele ganhou medalhas pelos Países Baixos. Quando ele e minha mãe se casaram, eles se mudaram para cá e começaram a treinar ginastas. Ele morreu quando eu era pequeno. Tudo o que eu sempre quis foi ir para a Olimpíada, como meu pai, mas nossa academia fechou há dois anos. Eu ainda não era bom o bastante para ir para uma daquelas academias competitivas. Ano passado, estava na lista de espera. Nenhuma vaga abriu. Disseram que, se eu continuasse praticando, poderiam fazer um teste comigo no mês que vem.

— Você treina em casa.

— Minha mãe reformou o porão para mim. Mas não somos ricos. É por isso que estou na lista de espera, porque tenho que ter uma bolsa de estudos. Nossos colchonetes são velhos, e o estofamento não é muito bom, então eu fico com hematomas. Torci o tornozelo tentando saltar de uma trave nova. E... — Ele cora novamente. — Tenho tentado me manter em forma para o teste, então não deixei sarar. Vocês precisam acreditar em mim, minha mãe *nunca* me machucou. Todos os meus amigos sabem como eu treino duro.

— Noah, você sabe se alguém do Serviço de Proteção à Infância foi até sua casa?

— Sim, uma senhora chamada Martha. Nós mostramos a academia no porão, e ela assistiu a algumas das minhas rotinas de treino e a alguns vídeos. Ela disse que acreditava em nós, e que ia cuidar do assunto. — Ele pestaneja rapidamente, tentando conter as lágrimas. — Foi por isso que essa mulher matou minha mãe? Porque ela não acreditava em nós?

— Noah... — Dou a volta na cama e me sento perto o bastante para lhe oferecer uma mão. Ele a segura imediatamente, apertando com muita força. Não lhe peço para soltar. — Essa pessoa, quem quer que esteja fazendo isso... ela está tão envolvida na necessidade de fazer isso que está apressada, e não está pegando toda a informação. Sei que não é fácil ouvir isso, e eu sinto muito. Sinto muito pelo que aconteceu com você e com sua mãe.

— Por que você?

Pela primeira vez, eu finalmente sinto que tenho uma resposta que é quase boa o bastante.

— Porque, quem quer que ela seja, ela sabe que eu me importo. Ela acha que as outras pessoas não estão prestando atenção suficiente nas crianças que estão sendo machucadas, e todo o meu trabalho é encontrar e prender pessoas que machucam crianças. Ela lhe deu meu nome porque sabia que eu largaria tudo para estar aqui com você.

As lágrimas escorrem pelo rosto dele, manchando o sangue seco que ainda não foi limpo.

— Minha mãe.

— Amava você. Além das palavras, além da razão, além da morte. Ela amava você e ainda ama você. Jamais se esqueça disso, Noah.

Ele assente com a cabeça, a expressão séria.

Holmes olha para o caderno de anotações em sua mão.

— Noah, qual era o nome do seu pai?

— Constantijn Hakken. — Ele funga. — Com *j*.

Enquanto está escrevendo, Holmes hesita.

— Onde vai o *j*? — pergunta ela, impotente.

O enfermeiro sorridente se engasga um pouco.

O nome da mãe dele é Maartje, e, quando perguntamos sobre seus avós, ele se remexe desconfortavelmente na cama. Os pais de seu pai, ele explica, achavam que a ginástica não era uma coisa muito boa para o filho deles, e não mantiveram mais contato desde que o pai era adolescente. Sua mãe cresceu sob tutela do estado, e nunca conheceu os pais.

Tenho a sensação, no entanto, de que, quando a academia de elite para a qual ele está fazendo os testes souber de sua história, ele encontrará um lugar e uma família anfitriã para ser sua guardiã legal. Hesito em pensar nisso como Uma Coisa Boa, mas pelo menos é alguma coisa.

Um dos policiais uniformizados fica com Noah quando um médico vem buscá-lo para fazer uma tomografia. Holmes e eu seguimos na direção da sala de espera para nos juntarmos a Sterling e à recém-chegada Cass.

— A agente Watts está a caminho — Cass reporta imediatamente a Holmes. — Ela mora em Norfolk.

— Uma viagem e tanto. São o quê? Três horas para ir e três para voltar do trabalho?

— O marido dela está designado em uma base em Norfolk; ela passa os finais de semana lá, quando os casos permitem, e fica com o cunhado e a esposa na base em Quantico durante a semana.

Holmes balança a cabeça.

— Parece cansativo.

— Ela estará aqui assim que puder, mas me pediu para vir na frente.

— Deixe-me atualizar você, então.

Capítulo 22

— Eu vou só... — Mostro o telefone, e Holmes assente com a cabeça, concentrada em uma atenta Cass.

Sterling me acompanha até a sala de espera, onde eu realmente posso fazer uma ligação sem ser repreendida.

— Você acredita nele, então? Que ele não foi abusado? — pergunta ela.

— Acredito, e isso vai ser um problema.

— O fato de você acreditar nele?

— O fato de ele não ter sido abusado — esclareço.

— Quer me explicar isso de novo? Supostamente devíamos ficar felizes quando as crianças não são abusadas.

— Até onde sabemos, ela não matou nenhuma pessoa inocente — digo a Sterling, em voz baixa. A sala de espera não está lotada, mas há algumas pessoas aqui, e nosso uniforme já atrai alguns olhares. Eu a seguro pelo cotovelo e a levo para fora, a uma distância segura de porta, para não ficarmos no caminho de ninguém. — O pai de Mason, Paul Jeffers, *talvez*. Não sabemos se ele tinha ciência do que a esposa fazia. Provavelmente não, mas nunca saberemos, e acho que nosso assassino não é capaz de traçar uma linha entre ignorante e cúmplice.

— Certo...

— Zoe e Caleb Jones morreram, e ela vai interpretar isso como se não os tivéssemos salvado a tempo. Ela vai assumir isso sozinha, e isso vai fazer sua raiva arder ainda mais rápido e mais fora de controle. E quando a notícia se espalhar de que Noah não era nem remotamente abusado e que ela assassinou uma mulher completamente inocente que amava e apoiava o filho?

Sterling empalidece sob a iluminação externa de baixa qualidade.

— Deve haver centenas de crianças em risco neste condado. Não temos como saber quem ela vai caçar. Não há como avisar ninguém. — Ela toca a fina estrela de Davi dourada em seu pescoço. — Mercedes...

— Eu sei. Watts precisa começar de fato a investigar os funcionários do Serviço de Proteção à Infância. Também precisamos de uma lista de crianças que se encaixem nos critérios do assassino. Tudo que passou pelo escritório de Manassas. Sei que provavelmente é uma lista imensa, mas temos que ter alguma coisa com que trabalhar. Estamos ficando sem tempo.

Mando uma mensagem de texto para Eddison e Vic para atualizá-los, esperando que não acordem com os alertas. Não há nada que possam fazer agora, de todo modo. Mesmo assim, não é inteiramente surpresa que, pouco tempo depois que voltamos para dentro, Eddison entre com um porta-bebidas.

— Comprei em um posto de gasolina — diz ele rispidamente, entregando um copo para Sterling. — Não confiei no chá. É chocolate quente.

É claro que ele não está acordado o suficiente para dirigir em segurança. Como diabos chegou aqui?

Então ele joga fora o copo vazio e pega um segundo copo de café preto para si, e aí está a terrível resposta. Ele me entrega o último copo, uma mistura de chocolate quente e café, porque ambos são ruins no posto de gasolina, mas misturados não ficam tão horríveis. Mais ou menos.

— Se formos para o escritório, podemos continuar trabalhando nos seus arquivos — diz ele, depois que lhe damos uma atualização completa. — Talvez possamos encontrá-la.

— Veja com Holmes. Ela pode querer que eu esteja aqui para quando Watts interrogar Noah.

Mas Noah, quando sai da tomografia com a boa notícia de que não há concussão, está dormindo pesado e é difícil acordá-lo, o trauma se juntando ao Benadryl para nocauteá-lo. Eles o levam até um quarto na pediatria, e ele mal se mexe quando o colocam em uma cama normal. Pelo menos conseguiram limpá-lo o suficiente antes da tomografia e trocaram sua roupa. Ficamos parados na porta, olhando para ele.

Holmes dá um leve sorriso ao ver aquilo, algo suave e talvez um pouco melancólico.

— Quanto tempo daqui até Quantico?
— A esta hora do dia? Cerca de meia hora.
— Então vão em frente. Watts pode ligar para você se quiser que esteja aqui para o interrogatório.
— Tudo bem. Estaremos no escritório em um futuro previsível.
— Mercedes.

Eu me viro para olhar direto para ela.

— Acho que estou no FBI há tempo demais; ouvir um adulto me chamar pelo meu primeiro nome faz com que eu comece a me preocupar — digo.
— Mignone e eu somos parceiros há cinco anos; ainda não estou convencida de que ele sabe meu primeiro nome — concorda ela.
— Aquilo que você disse para Noah mais cedo, sobre o porquê? Foi uma boa resposta.
— Fico lutando para descobrir o motivo — murmuro. — Acho que é parte disso. É minha parte nisso. Não acho que seja tudo.
— Vamos descobrir o resto, com alguma sorte. Mas por enquanto foi a resposta certa.

Avisamos Cass de que estamos indo embora, e, assim que chegamos do lado de fora, Eddison começa a procurar suas chaves. Sterling enfia a mão no bolso dele, puxa o chaveiro e o guarda bem no fundo de sua bolsa.

— A-hã — solta ela, inexpressiva. — Você não vai dirigir.
— Eu sempre dirijo.
— Você não vai dirigir.
— Mas eu sempre dirijo.

— Mesmo assim, você não vai dirigir.

Mordo o lábio para segurar a risada. É como contar com as marés.

Espalhados na sala de reuniões do escritório, nós gradualmente criamos um sistema. Eddison e eu estudamos atentamente todos os casos antigos da nossa equipe, olhando detalhes e anotações dos arquivos digitais, e, sempre que há uma referência interessante a alguém – a um membro da família; a um vizinho; a um funcionário de hospital; a um advogado; a uma vítima, realmente qualquer um que nos faça olhar duas vezes –, nós falamos o nome em voz alta para Sterling pesquisar, para descobrir onde essa pessoa está agora.

Não demora muito para se tornar uma tarefa deprimente.

Ser vítima não é algo que desaparece assim que você é resgatado. Não desaparece no exato momento em que a pessoa que machucou você é levada sob custódia. A consciência de ser não só vitimizado, mas uma *vítima*, fica em seus ossos por anos, até mesmo décadas. A sensação pode causar tanto dano quanto o trauma original, conforme a vida segue.

Ser vítima tem sempre sua forma desagradável de reincidência.

Nos dias seguintes à destruição do Jardim, as garotas ou sucumbiram aos graves ferimentos, ou começaram a melhorar. Treze Borboletas sobreviveram, Inara, Victoria-Bliss e Ravenna entre elas. Seis meses mais tarde, havia apenas nove. Agora restam sete, embora, para ser justa, Marenka tenha morrido em um acidente de carro. Todas as outras sucumbiram ao suicídio enquanto lutavam para viver em um mundo que supostamente deveria ser melhor, onde poderiam superar o trauma. Por mais calma que eu tente ficar, entendo a preocupação de Inara com Ravenna.

O suicídio, seja das vítimas originais ou de seus amigos ou familiares, é um resultado comum ao longo de nossa pesquisa. Assim como o abuso de drogas e álcool. Assim como a prisão. Assim como a vitimização continuada por meio da violência doméstica.

— Você já deu um urso com asas para alguém? pergunta Eddison, quando fazemos um intervalo.

Em outras palavras, fechei o notebook com força porque precisava de malditos cinco minutos sem uma estatística deprimente como o inferno, e ele decidiu que era hora do café da manhã.

O que realmente quer dizer que vamos dividir um saco gigante de Reese's Peanut Butter Cups.

— Não — suspiro, com a testa encostada na superfície fria da mesa. — Eu compro nossos ursos no atacado. Eles vêm em várias cores, mas sem acessórios.

— Então o anjo quer dizer alguma coisa específica para ela.

— A maioria das crianças a descreveu como um anjo — observa Sterling. — Poderia ser simplesmente alguma coisa que ela pegou para si, em especial se alguém em sua família ou em algum lar adotivo era religioso.

— Ou um reflexo de seu nome. Angel. Angelica. Angelique. Ou se ela tivesse um irmão chamado Angel. Ângelo — continua Eddison.

— Eu diria que esse é um péssimo momento para Yvonne estar em licença-maternidade, mas ela gritaria conosco por sermos tão vagos — murmuro.

— Mas por que a peruca loira? — pergunta ele, me ignorando. — Mesmo na arte clássica, os anjos têm cabelos de todas as cores. Nem todos são loiros, independentemente do que os anjos de revistinhas infantis façam você acreditar.

Sterling dá de ombros e, gentilmente, não comenta o fato de ter familiaridade com anjos de revistinhas infantis.

— Não olhem para mim; os anjos judeus são adequadamente assustadores. Já leram a descrição de um deles? Não há nada loiro ou bonito neles.

— E Jesus não era branco, mas quem quer admitir isso?

Com um gemido profundo, abro o notebook novamente.

— Tudo bem. Pesquise Heather Grant — digo para Sterling, juntamente com a data de aniversário e o número do seguro social. — Ela desapareceu em Utah, e foi encontrada um mês depois em um campo; disse que anjos a pegaram.

— E quem eram esses anjos, no final?

— Um casal mais velho que queria filhos desesperadamente, mas não conseguia engravidar nem adotar. Ele teve um ataque cardíaco, ela saiu para buscar ajuda, e Heather saiu caminhando por aí. Ela só se acalmava nos interrogatórios se estivesse no meu colo, onde podia brincar com meu crucifixo.

— Deixe-me ver, ela agora está com... quinze anos. Está indo bem, ainda vive no rancho da família. A mãe morreu há alguns anos, mas a avó foi morar no rancho para que ela não fosse a única mulher do lugar. Nenhum sinal vermelho.

— Sarah Murphy. — Eddison lê em sua tela. — Ela está com vinte e quatro anos agora. O homem que a sequestrou e a manteve como sua "esposa do céu" tinha dezenas de conjuntos de asas penduradas no teto de sua cabana, feitas com todos os tipos de coisas encontradas. Ela não dormia a menos que Mercedes estivesse no quarto.

— Na cadeia por agressão — Sterling relata depois de um minuto. — Ela acompanhou uma amiga até uma consulta em uma clínica de aborto onde havia manifestantes do lado de fora. Um deles tentou bater na amiga com um cartaz, Sarah agarrou o cartaz e bateu na pessoa com o cabo no qual o cartaz estava preso. Ainda vai ficar lá mais uns meses.

— Hum, você escuta "cadeia" e não espera se sentir orgulhosa no fim da história.

— Cara Ehret — digo. — Ela teria vinte e três anos agora, e realmente não teve quase nada que não aconteceu com ela em casa.

— Passou por vários lares temporários, se formou no ensino médio aos dezessete e saiu do radar. Eu... na verdade não consigo encontrar nada depois disso. Vamos ter que pedir para um dos técnicos olhar quando eles chegarem.

— Agora você pode falar que a licença-maternidade veio em má hora — diz Eddison para mim.

Jogo um chocolate nele e o acerto bem embaixo do olho.

— Coloque-a na lista.

É o quarto nome que separamos, e analisamos só casos do período de um ano e meio. Vic chega às sete com um café da manhã de verdade.

— Como vão as coisas? — Ele nos observa com a expressão séria e preocupada enquanto nos entrega tigelas com ovos mexidos tão caprichados que quase parecem omeletes.

— Separamos alguns nomes para os analistas mergulharem mais fundo — digo para ele no meio de um bocejo.

Eddison fica em pé com um gemido e dá a volta na mesa até se aproximar de Sterling e colocar todos os cogumelos da tigela dele na dela.

— Isso também vai demorar um século. — Ele separa as pimentas vermelhas do café da manhã de Sterling e coloca em sua tigela.

Ela observa o progresso dele com uma expressão divertida e levemente horrorizada.

Vic também observa, mas decide não comentar.

— Você quer atualizar a Mãe Dragão ou gostaria que eu fizesse isso?

— Eu faço — suspiro. — Vai ser bom levantar e me mexer um pouco.

— Coma primeiro — ordena Vic.

E então ele se acomoda em uma das cadeiras, para garantir que façamos isso.

Assim que fica satisfeito em ver que não estamos tentando sobreviver apenas à base de cafeína, ele nos deixa e vai para seu escritório. Levo um momento para terminar meu café, tentando organizar as palavras e os relatos para não parecer uma idiota diante da agente Dern. Depois de um tempo, estou o mais preparada possível e decido deixar nossas baias.

Ainda não cheguei aos elevadores quando uma comemoração imensa irrompe no canto do andar onde fica Blakey, que está muito mais lotado que o normal. Reconheço um punhado de agentes da divisão de crimes cibernéticos, e não há separação entre o pessoal dos crimes cibernéticos e o dos crimes contra menores quando os agentes abraçam uns aos outros, alguns deles choram, outros gargalham felizes e pulam sem parar.

— Ramirez! — grita Blakey. —Achamos Ligeiro!

— Ligeiro — repito de forma inexpressiva. — Ah, puta merda! Um dos seus Meninos Perdidos!

Ela dá uma gargalhada e se joga na minha direção em um abraço.

— Ele vai ficar bem. Nós o achamos, ele vai ficar bem, e o imbecil que estava com ele nos deu pistas sobre Nibs, Trombone e Crespo!

Eu a abraço de volta, segurando-a com a mesma força. Eles estavam procurando aqueles garotos e vários outros há meses, tentando quebrar um círculo de pedófilos que usavam pop-ups de conexão para fazer suas negociações. Encontraram um menino há algumas semanas, mas o homem que o mantinha em cativeiro entrou em pânico e se matou quando os agentes se aproximaram da casa. Ligeiro em segurança e pistas sólidas para encontrar os demais? Este é um dia muito bom para a equipe de Blakey e seus parceiros na divisão de crimes cibernéticos.

Mas aquilo me faz pensar em Noah, tentando entender por que sua mãe se foi quando não tinha feito nada de errado.

Aperto o botão, esperando pelo elevador, e a porta se abre para emoldurar Siobhan e duas especialistas em idiomas do sudeste asiático da divisão de contraterrorismo. Depois de um ou dois minutos, posso até lembrar do nome delas. Mas elas se entreolham com ar surpreso e gradualmente transferem o olhar para mim e depois para Siobhan, e novamente para mim, e saem do elevador.

— Nós vamos... ei, olha, aquilo parece uma festa! — anuncia a mais jovem, constrangida, e arrasta a colega atrás de si.

— Que tipo de história de horror você anda espalhando? — pergunto secamente, entrando no elevador e apertando o botão do andar da Corregedoria.

— Não preciso fazer isso — retruca Siobhan, a voz tão rígida quanto sua postura. — Você realmente acha que o prédio inteiro não sabe que anda recebendo entregas?

— Não mais na minha casa.

— Sério?

— Sério. — Eu a observo discretamente, no reflexo oscilante das portas. Ela parece exausta, cansada de um jeito que não tem nada a ver com falta de sono. Está na ponta da língua perguntar como ela tem andado nos... *cógeme*, dez dias? Dez dias desde que a vi pela última vez.

Parece muito mais tempo que isso.

Mas permito que o silêncio nos acompanhe durante a descida do elevador. Ela se afasta e eu a deixo ir. Não tenho certeza se realmente há algo mais a ser dito. Chegamos ao andar dela primeiro, e as portas se abrem com uma campainha. Ela passa por mim, ombros erguidos, e hesita no meio do caminho. Vira a cabeça na minha direção, só de leve, como se fosse me olhar.

Mas não olha. Alguém no corredor chama seu nome e ela se encolhe, e então sai sem uma palavra ou um olhar. A porta se fecha e eu fico sozinha no elevador.

Não tenho horário marcado com a Mãe Dragão, então passo vários minutos sentada do lado de fora do escritório dela, enquanto ela recorda loquazmente para outro agente como ganhou seu apelido. Seu assistente parece em dúvida entre estar mortificado ou orgulhoso. Suponho que, se você é o guardião dos portões do dragão, não pode deixar de ficar feliz quando ele ruge.

— Conduta inapropriada com uma testemunha — murmura ele, jogando um Starburst rosa ainda embalado para mim. — É provável que venha um processo por aí. Ela não está feliz.

Jura? Não é da minha conta, por Deus.

Um agente de rosto vermelho sai pisando duro, sem distintivo e arma, e depois de mais alguns minutos o assistente enfia a cabeça dentro do covil e me anuncia.

— Você gostaria de sentir pena da agente Simpkins? — pergunta a agente Dern, em vez de me cumprimentar, quando eu entro.

— E se eu disser que já sinto?

— Ela recebeu a documentação de seu divórcio há duas semanas. Seu futuro ex-marido alegou diferenças irreconciliáveis decorrentes do fato de ela colocar o trabalho acima do casamento e da família.

— Por que está me contando isso, senhora?

— Porque eu sei que você não vai contar para ninguém além da sua equipe, e você merece saber que não era você, sua equipe ou o caso que fez Simpkins perder o controle — explica ela, bruscamente. — Sente-se, por favor.

Eu me sento. Ela está vestida de lilás hoje, em algum tipo de tecido que forma drapeados e brilha de forma adequada, e eu penso que é assim que Sterling precisa ser um dia, alguém capaz de usar coisas femininas e em tons pastel sem que isso tire um milímetro de sua autoridade. Sterling só precisa esperar até não parecer ser menor de idade.

— Fiquei sabendo que você não conversou com nenhum dos psicólogos daqui.

— Conversei com meu padre sobre tudo. Senti que eu poderia ser mais honesta.

— Como vai sua busca nos casos antigos?

Conto para ela sobre os parâmetros que estamos usando, não deixando de citar que estamos caminhando em um ritmo da era glacial. Porque muito da nossa busca é baseado em instinto e impressões, e não podemos entregar os dados para um técnico analista do jeito que estão. Temos que detalhar primeiro.

Ela olha para sua folha de anotações, escrita com algum tipo de taquigrafia ultraeficiente, provavelmente conhecida apenas por ela mesma.

— Você está ficando na casa dos seus colegas de equipe?

— Sim, senhora.

— Se por acaso se sentir mais confortável em casa...

— Com todo o respeito, senhora — eu a interrompo suavemente. — Não é que eu me sinta insegura na minha casa. Eu só me sinto melhor com Eddison e Sterling. Menos exposta.

Ela concorda com a cabeça, pensativa, seus olhos escuros muito conscientes, de uma forma com a qual não me sinto inteiramente confortável.

— Você vai vender a casa?

— Não sei. Honestamente não planejo pensar nisso até que esteja tudo acabado.

— É compreensível. Opinião profissional, agente Ramirez: quando acha que essa pessoa vai atacar novamente?

Levo um minuto para percorrer todos os fatores e variáveis que estão martelando há horas no meu cérebro, dias talvez. Mas, no fim, não há realmente uma única resposta.

— Dois dias, se tivermos sorte. Mais provável menos que isso.

Era uma vez uma garotinha que tinha medo de quebrar.

Ou de quebrar ainda mais. Ela era honesta o suficiente consigo mesma para reconhecer que estava quebrada havia muito tempo. Alguma coisa ela tinha consertado; alguma coisa ela estava tentando consertar. Algumas, ela sabia, nunca seriam curadas. Mesmo se algum dia seu corpo se livrasse das cicatrizes, sua alma ainda levaria consigo os ferimentos.

Doía toda vez reconhecer que ela nunca seria inteira realmente.

Mas ela reconhecia isso, porque alguma dor era necessária, até saudável.

Quando ela tropeçava em alguns daqueles lugares quebrados – quando um pesadelo era vívido demais, quando alguém a tocava de um jeito que despertava muitas lembranças, quando alguém perguntava por que ela odiava aparecer em fotos –, ela lembrava a si mesma de todas as formas pelas quais já não era mais aquela garotinha.

Ela tinha um novo nome, um no qual seu papai e os amigos dele nunca tinham tocado.

Ela tinha ido para a universidade e tinha se formado com louvor.

Ela tinha amigos, embora tivesse deixado a maioria deles para trás quando se formou. Mas havia mantido contato com alguns, mesmo depois de se mudar, e agora já estava fazendo novas amizades.

Ela voltou a morar na Virgínia. Quase tinha desistido, mas parecia bobo evitar um estado inteiro só porque tinha sido tão infeliz durante tantos anos. Dificilmente a culpa era do estado. E, como retornar para a Virgínia era um ato de coragem, ela não podia se considerar covarde por evitar sua antiga cidade. Ela se permitiria pelo menos isso.

Ela tinha um emprego que amava, e tinha tanto orgulho dele. Estava ajudando as pessoas, ajudando crianças. Crianças que eram como a garotinha que ela fora um dia. Havia muitas coisas para as quais ainda não tinha força suficiente para fazer ou ser, talvez nunca tivesse, mas isso ela podia fazer. Ela podia ajudar as crianças que precisavam tão desesperadamente de ajuda, e não tinha que ir além de seu próprio ponto de ruptura.

E, sempre que ela começava a duvidar, sempre que sentia que era mais pele cicatrizada do que uma pessoa de verdade, ela se lembrava de seu anjo, e tirava forças dessa lembrança. O ursinho ainda estava sentado em sua cama, um presente e um ato de gentileza. Ele vira tantas lágrimas dela ao longo dos anos, mas com o tempo também vira alegria, e o tipo de lágrima que vinha quando alguém gargalhava demais.

E, de certa forma, ela também tinha o próprio anjo. No início ela ficara chocada ao ver o anjo enquanto estava na rua comprando algumas coisas para seu pequeno apartamento. Não tinha nem certeza do motivo. Afinal, até mesmo anjos tinham que morar em algum lugar. Mas era um mundo tão grande. Era um sinal, ela decidira, de que estava exatamente onde precisava estar. Ela estava ali, ajudando crianças, e seu anjo ainda estava ajudando crianças. Ela ainda era um anjo.

Ela estava se curando, e já não estava com medo.

Capítulo 23

Tenho quase certeza de que a única coisa que impede Sterling de me dar um remédio para dormir é a possibilidade bem real de sermos chamadas no meio da noite. Mas ela claramente não está disposta a dar a mínima para minhas inquietações, porque, depois de um tempo, ela vira de lado na cama e me acerta com o joelho no traseiro. Assim que o relógio marca duas da madrugada, é como se toda a tensão se esvaísse do meu corpo. Nenhuma das ligações aconteceu tão tarde. Ou cedo?

Apesar de ter colocado o alarme do telefone para seis e meia, só acordo um pouco depois das dez. Sterling, já de banho tomado, vestida e sentada em sua mesa fazendo palavras cruzadas, apenas dá de ombros quando vê minha cara feia.

— Você precisava dormir. Vic disse para não aparecermos até que você acordasse por conta própria.

Não posso reclamar muito. Quero dizer, eu reclamo, porque faz com que me sinta perversamente melhor quando resmungo como Muttley, mas estou ciente de que não vai adiantar nada.

Preciso usar todos os truques conhecidos com o corretivo para fazer as olheiras em meu rosto parecerem vagamente humanas, mesmo assim podemos dizer que é um sucesso apenas parcial. Quando saio, Sterling me dá uma tigela de mingau de aveia, um copo de suco de laranja e a página principal do jornal.

Uma foto da mãe de Noah preenche um terço do espaço acima da dobra. Constantijn Hakken (que está escrito de forma diferente em cada uma das três vezes em que aparece, *por favor, né, jornal?*)

é mencionado, com sua história olímpica e sua morte inesperada por causa de um aneurisma quando Noah tinha três anos. Se ele estivesse vivo, seu filho provavelmente teria feito treinamento intensivo desde muito novo, em vez de ter que tentar recuperar o tempo perdido em uma academia amadora. Maartje Hakken administrava uma cooperativa de crédito local e era voluntária na escola do filho uma vez por semana, além de participar de vários eventos da associação de pais e mestres. Amar o filho e trabalhar duro é um legado bem decente.

Abaixo da dobra, no entanto, o artigo menciona a erupção de assassinatos similares. Não conecta a explosão na casa dos Jones – a metodologia foi muito diferente , mas lista os Wilkins, os Wongs, os Anders e os Jeffers, e pergunta em negrito se Manassas tem o próprio assassino em série.

— *Comerse el mundo* — suspiro.

— Vou presumir que seja lá o que você tenha dito não exige uma resposta.

— Não é nada novo o suficiente para precisar de uma.

Entro em contato com Watts, só para o caso de ela não estar no escritório quando chegarmos lá, e envio para ela fotos dos parágrafos mais relevantes da notícia. Ela me responde dizendo que as crianças no hospital foram levadas para um bloco de quartos no canto, com alguns policiais de guarda o tempo todo, e um agente foi mandado até a casa da avó de Ronnie Wilkins para contar a ela e garantir que não seja incomodada pelos curiosos ou lascivos.

Assim que chegamos ao escritório, Cass se atira sobre mim e me arrasta para a sala de reuniões, que ainda está do jeito que deixamos ontem.

— Recebemos a lista do Serviço de Proteção à Infância, arquivo por arquivo analisado. Estão tentando identificar as crianças em circunstâncias similares, mas acho que vai levar mais tempo do que temos. Vão enviá-los agrupados para os Smiths.

Eddison grunhe do outro lado da mesa e me passa um chocolate quente com chipotle, um tipo de pimenta mexicana.

Em grande parte, a lista é exatamente o que se esperava. Os assistentes sociais e enfermeiros são registrados enquanto acompanham diferentes aspectos de cada caso, e os funcionários são responsáveis por acrescentar documentos de fontes externas, conforme chegam ao escritório. E faz sentido que ocasionalmente os funcionários acessem os arquivos para terem certeza de que todos os formulários estão sendo levados em consideração.

— Gloria Hess é supervisora? — pergunto, espalhando as páginas diante de mim. — O nome dela é o único que aparece em todos os arquivos até esta semana, quando Nancy, Tate e Derrick Lee também os acessaram.

— Ela é a funcionária mais antiga — responde Cass. — Mas, tecnicamente, não está em posição de supervisão.

— Então ela deve treinar os demais, mas não é quem devia revisar para ver se foi tudo feito corretamente?

— Certo. Em todos os arquivos?

— Em cada um deles, e durante semanas. São muitos registros de acesso, pensando bem, em especial para alguém que está doente demais para trabalhar em tempo integral.

Cass se inclina sobre a mesa e pega uma pasta da pilha que está perto do cotovelo de Eddison. Ele está tão absorto na tela de seu tablet que nem percebe.

— Nossos analistas investigaram Gloria.

A foto no arquivo, copiada do Departamento de Trânsito, é anterior ao câncer, se o cabelo for um indicativo, loiro acinzentado e grosso, preso em uma trança comprida por sobre o ombro. Seu rosto é mais cheio, sua cor, melhor, e ela parece em tudo mais... feliz. Menos vazia.

— O marido dela morreu algumas semanas depois de seu diagnóstico — comento, passando o dedo sob as palavras. — Morte súbita causada por um ataque cardíaco fulminante, absolutamente sem aviso prévio ou fatores de risco.

— Quem será que ela irritou lá em cima? — Cass balança a cabeça, apoiando o queixo no meu ombro para poder ver, em vez de puxar o arquivo mais para perto. — Câncer em estágio avançado, o marido morre, a irmã e o cunhado vão para a prisão por agressão, ela tem o pedido para cuidar das crianças rejeitado, seu câncer não responde ao tratamento... É como se um anjo maligno colocasse o polegar sobre ela e começasse a apertar.

— Mas ela teria saúde suficiente para fazer tudo isso com as crianças? Ronnie Wilkins foi carregado para o carro e do carro até a varanda. Ela teve meio que carregar Emilia Anders. Carregou Mason. Meio que carregou Noah.

— Os outros não?

— Não. Ela usou Sammy para obrigar Sarah e Ashley a se comportarem, e Zoe no caso de Caleb e Brayden. Eles não iam lutar contra ela quando ela podia machucar a menorzinha.

— Sinto que há algo realmente importante que ninguém mencionou ainda, e não tenho certeza se tem um jeito bom de dizer isso.

— Por que as crianças são brancas? — sugere Sterling, sem levantar os olhos de seu notebook.

— Certo, então já foi trazido à tona.

— Na verdade, não. É só a pergunta óbvia. Todas as famílias, com exceção parcial dos Wongs, eram brancas. Em geral isso mostra que o assassino é branco também.

— Esse tipo de caso como um todo sugere um assassino branco enfatizo. E você está se esquecendo do racismo inerente ao sistema.

Sterling concorda com a cabeça, mas Cass olha para nós duas, confusa.

— Como isso se aplica? — pergunta ela.

— Crianças de minorias têm significativamente mais probabilidade de serem tiradas de suas famílias por casos menos documentados, e é menos provável que sejam devolvidas às famílias sem uma supervisão mais efetiva dos pais. Eles levam as crianças das minorias "para o bem das crianças", mas deixam as crianças brancas "pelo bem das famílias". Crianças de minorias têm maior probabilidade de serem maltratadas em lares temporários, mas essa assassina está indo atrás dos pais, até agora, não dos pais temporários, então ela caça pais brancos que têm os filhos de volta apesar das evidências. — Com o silêncio que vem por sobre meu ombro, viro a cabeça para ver Cass franzindo o cenho. — O que foi?

— Você nem precisou pensar sobre isso.

— Está bem documentado. Somos levados com mais rapidez e é mais difícil nos devolverem.

— Algum dos arquivos das crianças foi acessado por Gloria no dia dos assassinatos?

Levanto o arquivo de Gloria para verificar os papéis que estão embaixo.

— Todos eles.

Cass se afasta da mesa, como o telefone já em mãos.

— Burnside — diz ela, enquanto sai da sala. — Aqui é Kearney; preciso saber que arquivos Gloria Hess acessou mais recentemente. Verifique Derrick Lee também, só por precaução.

Eu me pergunto se há como trazer alguém da área administrativa do Serviço de Proteção à Infância de outro condado para supervisionar uma auditoria mais detalhada. Afinal, se Lee está encarregado dos funcionários, ele deve saber quem acessa o sistema. Por mais que estejamos pensando em *ela*, Lee não foi eliminado como possível suspeito.

Meu celular toca, mas é um número do PABX do FBI, então o toque não causa o mesmo arrepio de medo que passou a transmitir recentemente.

— Agente Ramirez.

— Agente, aqui é da recepção. Você tem uma visitante aqui.

— Uma visitante?

Sterling e Eddison erguem os olhares, mas dou de ombros.

— O documento de identidade diz que é Margarita Ramirez.

— *Cógeme.*

Meu telefone toca com outra chamada. Afasto a tela do rosto e vejo o nome de Holmes.

— Estão me ligando a respeito de um caso; diga para ela que desço daqui a pouco, que ela se sente e espere. — Sem esperar resposta, atendo a outra ligação. — Ramirez.

— Um farmacêutico do Príncipe William fez um intervalo para fumar e encontrou Ava Levine, de doze anos, dormindo em um banco. Ela tinha *dois* ursos anjos.

— Sangue?

— Não.

— Vou chamar Watts e Kearney e já vamos para lá. — Realmente quero jogar esse maldito telefone na parede; ele não traz coisas boas. Encerrando a chamada, respiro fundo e penso nas minhas opções. — Tenho que ir para Manassas — digo para meus parceiros. — Uma garota foi encontrada dormindo do lado de fora do hospital.

— Dormindo? Como se tivesse sido drogada?

— Não sei. Vou contar para Vic.

— E quanto à sua visitante? — pergunta Sterling.

— Também vou falar para Vic. — Antes que eu me sinta tentada a explicar, que é algo que não tenho tempo nem mesmo se tivesse vontade (não tenho), pego minha bolsa e deixo a sala de reuniões, enroscando meu braço no de Cass e fazendo-a andar de costas. — Estamos indo para Manassas. Tenho que pedir para Vic cuidar de uma coisa; você chama Watts?

— Por que nós... mas ainda é de manhã. Como é que uma vítima apareceu agora? Alguém veria alguma coisa.

— Conto para vocês no carro. — Eu a viro e a aponto na direção correta, dando-lhe um tapinha no traseiro para colocá-la em movimento.

E, como somos amigas há dez anos, ela simplesmente me mostra o dedo anelar e desce as escadas em busca de Watts.

Vic está em seu escritório. Ele me dá um bom-dia distraído, de cabeça baixa, enquanto faz anotações em um arquivo, mas o som da porta se fechando traz sua atenção total para mim.

— Mercedes? Qual é o problema?

— Duas coisas. — Conto para ele o pouco que sei a respeito da criança mais recente, e ele acena com a cabeça com seriedade.

— Qual é a segunda coisa? — pergunta ele, quando hesito em prosseguir.

Respire fundo, Mercedes.

— Minha mãe está lá embaixo.

Isso o faz largar a caneta e se recostar em sua cadeira estofada.

— Sua mãe.

— Provavelmente. Acho que poderia ser uma das minhas primas. É um nome popular na família. Mas... sim, provavelmente é minha mãe.

— Quando foi a última vez que você a viu?

— Ela conseguiu encontrar meu lar temporário quando eu tinha treze anos. Foi quando me transferiram do sistema de lá para outra cidade. — Dezenove anos.

— E você tem ideia do motivo que a traz aqui.

— Meu pai foi diagnosticado recentemente com câncer — digo e, ao ver a sobrancelha erguida dele, acrescento — pancreático.

— Vou falar com ela. Quer que eu a convença a ir embora?

Minhas entranhas gritam *Sim*, mas aquela parte de mim que sempre, sempre vai sentir culpa, apesar de saber que minhas escolhas são minhas e são certas para mim, diz *Espere*.

E Vic lê essa hesitação pelo que ela é e dá a volta na mesa para me dar um longo abraço.

— Vou ver se ela tem um hotel. Senão eu a levo para um.

— Não em Manassas, por favor.

— Não em Manassas. Eu prometo.

Recosto minha cabeça no peito dele, sentindo os contornos da cicatriz da cirurgia mesmo com a camiseta e a camisa por cima. Aquela bala mudou a vida dele, mas mudou nossas vidas também. Uma coisa tão pequena com tanto peso. Ele se afasta, alisa as mechas do meu cabelo que sempre lutam contra grampos e rabos de cavalo, apoia a mão morna na minha nuca enquanto beija a minha testa.

— Vá ver aquela garotinha — murmura ele. — Deixarei sua mãe acomodada em algum lugar, para quando você estiver pronta.

Em vinte e sete anos, nunca estive pronta para essa conversa. Tentei algumas vezes, naqueles primeiros anos, mas ela sempre se fechou. E agora...

Concordo com a cabeça, piscando para conter as lágrimas que vou jurar até o dia da minha morte que são apenas de cansaço e estresse, e abro a porta dele. Cass e Watts estão esperando no elevador. Ambas olham fixamente para Vic, que só lhes dá um sorriso suave, sem maiores explicações.

No lobby, eu a vejo imediatamente, sentada rígida em uma cadeira perto da recepção, um rosário em volta da mão, de modo que o crucifixo se apoia na base do polegar. Eu sempre me lembro dela como quando eu era criança; de algum modo, nunca pensei nela mais velha. É claro que envelheceu, ela tem quase setenta anos. No entanto, por mais que tenha mudado, ainda é ela. Imediatamente, meu coração se acelera de maneira dolorosa.

Vic se coloca ao meu lado, entre mim e minha mãe, e, conforme nos aproximamos, ele me incentiva a ir com Cass e Watts, afastando-se para parar diante dela. Enquanto nós três vamos embora, posso ouvi-lo se dirigir a ela:

— Sra. Ramirez, meu nome é Victor Hanoverian. Sou chefe da unidade da equipe da sua filha.

Cass me dá um olhar ansioso.

— Não vou falar sobre isso — sussurro. — Quando chegarmos em Manassas, estarei completamente concentrada em Ava.

Watts simplesmente assente com a cabeça.

— Todos temos nossas razões para estar aqui, Ramirez. Só me avise se precisar se afastar.

Isso não é algo que alguma vez eu soubesse fazer.

Era uma vez uma garotinha que tinha medo de seu pai.

Era mais do que natural; ele a machucara tanto e por tanto tempo. Mesmo agora, tantos anos depois, ele ainda era a ferida mais profunda dela, seu pesadelo mais visceral.

Ela não o via desde o julgamento, quando sua presença foi exigida. Ela se sentara tremendo na fileira atrás da acusação, sua advogada ao seu lado, ou então no banco das testemunhas, observando seu pai ferver de ódio. Ele estava tão zangado. Ela sempre soubera que era preciso ter medo quando ele estava zangado. Quando a advogada a levou para fora do tribunal pela última vez, ela olhou por sobre o ombro e viu Papai parado em sua mesa, em um dos melhores ternos que ele usava para trabalhar, e ele a encarava com ódio, como se fosse tudo culpa dela.

Ele a odiava, ela pensou, mas não era culpa dela. Nunca fora culpa dela.

Em grande parte, ela acreditava naquilo.

Seu papai estava na prisão, que era o lugar ao qual pertencia, e, por mais que tivesse deixado cicatrizes permanentes nela, ele não poderia mais lhe causar novas feridas. Ela estava em segurança. Ela estava se curando. Ela estava bem. Fora necessário muito tempo para chegar ali, mas o anjo prometera que ela ficaria bem, e com o tempo ela ficou. Ela estava bem.

Então ela recebeu uma carta de seu pai.

Ela não reconheceu a letra cursiva no envelope, mas tinha seus dois nomes no centro, e aquele raio de medo... fazia anos que não se sentia com medo de repente. Então ela viu o nome no canto superior esquerdo, com o número do prisioneiro e o nome da prisão.

Ela precisou de quatro dias para simplesmente abrir o envelope. Outros três para realmente ler a carta.

Começava com: Meu lindo anjo.

Ele queria se desculpar pessoalmente. Havia muita coisa que precisava lhe contar. Ela iria visitá-lo?

Ela não queria.

Ela não queria, em absoluto, e mesmo assim... mesmo assim...

Ela achou que nenhum dos dois ficou surpreso quando ela finalmente apareceu. Ele sempre tivera muito poder sobre ela.

Ele ainda parecia o Papai. Mais velho, mais grisalho... mais musculoso. Ele malhava com os meninos no pátio, contou para ela, e isso o deixara na melhor forma de toda sua vida. Ela estava tão bonita, ele lhe disse, mas ele sentia falta de seu cabelo ruivo. Ela parecia tão perfeita com o cabelo ruivo. Ele tinha uma expressão no olhar, uma que fez seus músculos tensos e seus ombros encurvados se lembrarem antes de sua mente.

Ele tinha se casado novamente, ele lhe contou, com uma mulher que queria salvá-lo.

Eles estavam esperando um bebê, ele lhe contou, que ia nascer em agosto, e o advogado dele achava que havia uma chance, dada a lotação da prisão, de que isso o fizesse parecer simpático o suficiente para ser libertado. Ele ainda tinha anos – décadas – de pena para cumprir, mas seu advogado achava que, com sorte, ele poderia ser solto em poucos anos.

Era uma menina, ele lhe contou, sorrindo. Vamos dar seu nome a ela, *ele lhe contou*, minha própria filhinha novamente, assim como você nunca deixou de ser. Eu realmente amo minha filhinha, *ele lhe contou*, e sua risada se entranhou em seus ossos enquanto ela fugia.

Era uma vez uma garotinha que tinha medo de seu pai.

Se ele saísse da prisão, sua irmãzinha também teria medo dele.

Capítulo 24

Ava Levine é uma garota de doze anos que praticamente brilha de tanta saúde, sorrindo confusa para todos nós, sentada na cama do hospital com dois familiares ursinhos de pelúcia no colo. Seu cabelo castanho é bem cuidado, ela tem um peso adequado para a idade e a altura, e não tem um único hematoma visível.

Mas, quando ela segue as instruções da médica e se deita na cama, sua camiseta extragrande se acomoda ao redor de uma barriga que ou é de gravidez ou causada por um fígado ruim. Não acho que qualquer um de nós precise que a médica confirme se tratar da primeira opção.

— Meus pais não deviam estar aqui? — pergunta a menina, quando a médica termina o exame e a ajuda a se sentar.

Holmes verifica o celular. Ela definitivamente estava na cama quando foi acordada, seu cabelo jogado para trás de qualquer jeito, em uma presilha que não consegue mantê-lo muito contido. Ela veste calça jeans e uma camisa tão desbotada que é impossível dizer o que estava escrito nela, e os pés enfiados em dois tipos diferentes de sandália.

— O detetive Mignone está quase na sua casa, querida.

Mas que merda é essa?

Nancy, sentada em uma cadeira ao lado da cama, olha para nós com uma expressão ansiosa.

É o mesmo urso. É absoluta e definitivamente o mesmo urso, e esta é uma menina de doze anos que claramente está grávida. Então, por que o restante é tão bizarro?

— Ava — diz Watts, calmamente, parada ao pé da cama. — Você sabe que está grávida?

— Bem, sim — confirma a garota, ainda parecendo educadamente perplexa.

Não é a resposta que Watts estava esperando, mas ela é boa em esconder isso.

— Você sabe quem é o pai, Ava?

— Meu papai.

El mundo está en guerra. Por lo que solo hay que dejar que se queme.

— Há anos que eu peço uma irmãzinha — ela prossegue, alheia às reações contidas no restante de nós. — Minha mãe disse que se machucou quando eu nasci, e que não pode mais ter filhos em sua barriga, então eu estou fazendo isso. — Seu sorriso animado falha um pouco quando não falamos nada. — Qual é o problema?

— Sua mãe sabia?

— Foi ideia dela, mas Papai ficou muito feliz. Ele nos chama de suas garotas espertas. Qual é o problema? — pergunta ela, novamente, começando a parecer um pouco preocupada.

Holmes inclina o telefone na minha direção, a tela acesa com uma nova mensagem de Mignone. *Pais estão mortos. Espaços negativos indicam que apenas a assassina estava lá. Embalagens de Tylenol Noite no quarto da menina.*

— Ava, você já tomou alguma coisa para ajudá-la a dormir?

Ela confirma lentamente com a cabeça.

— Ter um bebê crescendo na barriga é cansativo. Mamãe diz que preciso dormir bastante, para que minha irmã e eu estejamos saudáveis. Ela cuidava de tudo.

Então, se uma criança grávida toma uma dose de sonífero para adultos, a assassina provavelmente *não seria capaz* de despertá-la o suficiente para registrar o que estava acontecendo.

— Por que está todo mundo tão...

— Ava, o que seus pais fizeram... é ilegal, querida, e não é saudável.

— Não, minha mãe estava me dando vitaminas e tudo o mais. Eu estou bem.

Watts troca um olhar com Nancy, que se reclina para a frente em sua cadeira.

— Não importa o que você está tomando, ou o que está comendo, ou se está dormindo, Ava. Seu corpo não está pronto para tudo o que uma gravidez ou um parto exigem. Conforme o tempo passar, você vai correr perigo de verdade. E, quando a agente Watts disse que era ilegal... legalmente você não pode consentir com nada assim até ser mais velha. Para um pai fazer isso...

— Não — retruca Ava, segurando os ursos com força. — Meus pais me amam e nós estamos realmente felizes. Não estamos fazendo nada errado.

Holmes parece exausta. Sem dúvida ela está lidando com outros casos além deste, o que significa que provavelmente não tem uma noite inteira de descanso há semanas.

Atravesso o quarto e paro entre Watts e Nancy.

— Ava, você lembra como chegou ao hospital?

Ela franze o cenho ao ouvir a pergunta, os dedos passando nervosamente pelo halo dourado de um dos ursos. É surpreendentemente semelhante a rezar com um rosário, e tudo o que não posso fazer é fechar os olhos ao ver aquilo, a lembrança de uma fileira de metal e vidro ao redor da mão da minha mãe.

— Na verdade, não — responde ela, depois de um tempo. — Às vezes eu caio no sono enquanto vejo TV. Meu pai me leva para a cama.

— Você foi trazida até aqui por uma desconhecida, Ava, uma pessoa que sabia que seus pais a tinham engravidado e que estava muito zangada com isso. Ela trouxe você para cá para que você ficasse em segurança até que nós a encontrássemos, mas... Ava, eu sinto muito, de verdade, mas ela matou seus pais.

Não há um jeito bom de dizer isso para uma criança. Não sei se há um jeito bom de dizer isso para qualquer um, quando é o caso, mas certamente não para uma criança.

Ela pestaneja, e me encara sem expressão.

— O quê?

— O detetive Mignone foi até sua casa para ver seus pais — explico, de modo gentil. — Ele encontrou seus pais mortos. Alguém os matou. E, como ela trouxe você para cá, e como reconhecemos os ursos que ela deu para você, sabemos que é a mesma pessoa que matou os pais de outras crianças recentemente.

— Não. — Ela nega com a cabeça, cada vez mais frenética. — Não, você está mentindo. Você está mentindo!

Nancy e a enfermeira correm para acalmá-la quando ela começa a ficar histérica. Nenhuma lágrima – o choque é recente demais –, mas seus gritos são agudos e doloridos, e o monitor cardíaco grita com ela.

É uma coisa comum e até mesmo esperada que uma criança negue estar sendo machucada. Mas isso? Realmente nem perceber? Sinto empatia por sua dor, mas não consigo sentir pena pelo fato de seus pais estarem mortos.

Ideia da mãe? Cristo, pobre criança.

O choque desencadeia um ataque de pânico, e, quando ela finalmente se acalma, está em um estupor de exaustão, com a máscara de oxigênio cobrindo a parte inferior de seu rosto. A enfermeira acaricia o cabelo de Ava, um conforto físico que faz a menina cair no sono, com os ursinhos ainda agarrados ao peito.

— Acho que não vamos conseguir nada dela por enquanto — diz a mulher, baixinho.

Nancy e Cass permanecem no quarto, afastando as cadeiras da cama para abrir algum espaço. O restante de nós vai para o corredor.

Holmes olha por sobre o ombro, pela pequena janela na porta, e depois para mim.

— Por que ela recebeu dois ursos? — pergunta ela.

— Um para o bebê.

Ela se engasga um pouco ao ouvir aquilo.

Watts dá um suspiro frustrado que é quase uma bufada.

— Ela não estava acordada o bastante para ouvir seu nome, e não leu o bilhete que estava preso em sua roupa; se quiser voltar para o escritório, Ramirez, você provavelmente pode.

— Acha que vai ser necessário um mandado separado para a lista de quem acessou o arquivo de Ava?

— Não; casos em andamento em geral ganham um pouco de espaço de manobra. Pelo menos para esse tipo de informação. Vou mandar os Smiths até o Serviço de Proteção à Infância para conversar com os funcionários. Eles podem trazer Gloria Hess para o interrogatório. Ramirez...

— Eu sei. Não posso estar presente se forem falar com ela.

Porque conversar com as crianças é uma coisa, se traz conforto a elas e as mantém calmas o bastante para responder às questões. Porque elas têm meu nome. Revisar meus casos é pesquisa, não é investigação. Sou um trunfo para a investigação, mas não um elemento da investigação em si. As questões técnicas, por mais estúpidas que possam ser, nos protegem. Mas, se um suspeito for levado para um posto ou um escritório em caráter oficial, não posso participar ou sequer observar.

Maldição.

Na verdade, não tenho como voltar para Quantico. Nós viemos no carro de Watts.

Provavelmente eu devia verificar as outras crianças que ainda estão aqui, mas não consigo me obrigar a fazer isso. Talvez seja uma fuga, reconhecer que não tenho força para fazer isso hoje.

Saio do hospital, tentando decidir se lembro onde está meu carro. Posso chamar um táxi, se ele estiver na casa de Eddison ou de Sterling. Mas também há a possibilidade de que esteja na garagem em Quantico, e é um pouco mais do que quero pagar por uma corrida.

Meu telefone toca em minha mão, e não quero saber, não quero saber, não... por que Jenny Hanoverian está me ligando?

— Jenny?

— Mercedes — diz ela, de forma calorosa. — Meu marido me disse que talvez você precise de uma carona para voltar para Quantico. As garotas estão mostrando *Magic Mike* para Marlene, então estou livre como um pássaro.

Watts, seu demônio espertinho.

— Não quero incomodar você...

— Uma vez tive que dirigir até Atlanta porque Holly esqueceu o tênis de corrida para um encontro da equipe; supere isso, e aí vamos falar sobre ser incomodada.

Mas Holly é a filha dela, e, de repente, sou incapaz de continuar com qualquer tipo de argumento, porque é um pensamento estranho, maravilhoso e assustador.

Ela chega em sua minivan, o paralama dianteiro ainda com a tinta azul de quando Brittany, em uma de suas aulas de direção, acabou destruindo uma caixa de brinquedos, e me olha longamente enquanto entro e coloco o cinto de segurança. E então ela passa o caminho todo conversando sobre sua horta e a guerra que está travando contra coelhos invasores. É um presente, e há algo nisso...

É Siobhan, percebo. Quando Siobhan e eu estávamos juntas, ela falava sem parar sobre várias coisas porque não queria saber sobre meu dia ou meus casos. Mas Jenny está falando porque eu não consigo, e é estranho como algo tão similar pode ser tão diferente.

Paramos para pegar um almoço tardio para todo mundo, sanduíches de bacon e queijo grelhado e vários tipos de sopas, e um olhar rápido no lobby é o suficiente para me garantir que minha mãe não está ali. No nosso andar, Vic me dá um cartão com um endereço e um número de quarto, de um hotel aqui em Quantico, mas não diz uma palavra.

Eu provavelmente devia tentar descobrir onde está meu carro.

Jenny nos deixa depois do almoço, dispensando minha gratidão. Ela simplesmente nos beija a todos na bochecha, dá um beijo na outra bochecha de Eddison quando ele cora na primeira vez e vai embora rindo.

— Se algum dia ela deixar você — falo solenemente para Vic —, eu me caso com ela.

Ele ri e nos deixa para continuarmos nossa pesquisa. Afinal, nós três já pedimos a mãe dele em casamento várias vezes.

Passamos a tarde revirando meus casos, de vez em quando passando nomes para Cass, para que seus analistas façam pesquisas mais aprofundadas nos sistemas aos quais Sterling não tem acesso. Ava, ela relata, está com a obstetra para fazer um ultrassom. Sua mãe lhe dava vitaminas, mas não eram específicas para pré-natal, e ela nunca fez nenhum acompanhamento. Claro que não – qualquer clínica no país seria obrigada a reportar isso.

— O Serviço de Proteção à Infância mantém arquivos físicos e digitais — diz Sterling, de repente.

Considerando que nenhum de nós disse nada na última meia hora, a declaração abrupta faz Eddison e eu ficarmos parados como dois idiotas.

— Certo — digo depois de um minuto. — Temos cópias de vários arquivos físicos.

— Então por que estamos presumindo que os arquivos digitais são os únicos que o assassino está verificando? Tem uma sala cheia deles.

Não tenho o telefone de nenhum dos Smiths, então mando uma mensagem de texto para Cass, que responde com uma promessa de pedir para os Smiths verificarem isso.

E então, uma hora depois, ela liga para o ramal da sala de reuniões e exige ser colocada no viva voz.

— Sterling, você é um gênio maldito — anuncia ela.

— Bem, sim — concorda Sterling, totalmente blasé. — Por que desta vez?

— Porque há pastas faltando na sala de registros. O administrador tem que ir gaveta por gaveta para bater os arquivos de sua planilha e o que foi verificado de forma legítima, mas temos três pastas faltando, pelo que ele verificou até agora.

— A de Ava?

— Não, está lá, mas não exatamente no lugar correto. Alguém tirou e depois guardou no lugar errado. Todas as crianças que conhecemos foram contabilizadas.

— Quem denunciou os Levine para o Serviço de Proteção à Infância? — pergunto.

— Uma vizinha. A cerca entre as casas é de alambrado, e ela viu Ava na piscina. De maiô.

E um maiô ia deixar aquela barriga bem evidente.

— De quanto tempo ela está? Já sabemos?

— Ava não tinha certeza, porque só menstruou uma vez. Não dá para calcular assim. A obstetra diz que cerca de dezoito semanas.

Quatro meses e meio. Deus do céu.

— Gloria foi levada para a delegacia para interrogatório, e um juiz acaba de assinar um mandado para uma busca na casa e no carro dela. Se um desses arquivos desaparecidos estiver com ela...

— E se não estiver?

— Então vamos pedir para expandir o mandado para os outros funcionários e administradores. Aviso vocês.

Ficamos encarando o telefone no centro da mesa.

— Alguém sabe onde está meu carro? — pergunto depois de um minuto.

Eddison bufa, e Sterling sorri.

— Está aqui na garagem — informa ela. — Quarto andar, acho.

— Obrigada.

Algumas horas depois, quando me preparo para ir embora, Sterling me segue.

— Posso ser sua motorista? — ela pergunta baixinho.

— Não vou sair para beber.

— Não, mas acho que isso tem algo a ver com sua visitante desta manhã, e parece que alguém acaba de te contar que tinha um palhaço assassino perseguindo você.

— Um palhaço ass... O quê?

— Então é emocional. E algo que você precisa encarar mesmo assim? Estou perguntando se posso ser sua motorista, porque, quando você está emotiva assim, dirigir é uma droga. E é difícil.

— Quem foi seu motorista quando você e seu noivo idiota terminaram?

— Finney — diz ela, dando de ombros.

Seu ex-chefe, que a mandou para nós quando precisávamos de um agente porque ele já tinha sido promovido e não atuava mais em campo. O antigo parceiro de Vic, por muito tempo, e por tudo isso faz muito sentido que ela tenha se dado tão bem conosco.

Eu devia dizer: *Não, eu me viro.*

— Obrigada.

Não digo.

Então, Sterling me leva até o hotel, e estou disposta a apostar que Vic pagou pelo quarto, porque minha mãe nunca gastaria tanto dinheiro consigo mesma. Não é chique, nem luxuoso, nem caro, só não é daqueles lugares que cobram vinte e nove dólares por noite e você ganha um coral de baratas. Quando eu era criança, minha mãe mal conseguia tolerar gastar dinheiro consigo mesma, e, só Deus sabe com quantos netos agora, não imagino que isso tenha mudado muito.

Viro e reviro o cartão na mão e não me mexo depois que Sterling estaciona, abaixa os vidros e desliga o motor. Ela não pergunta, nem cutuca, nem incita, nem força nada. Simplesmente pega uma revista de palavras cruzadas e se acomoda.

— Você tem lenço removedor de maquiagem? — pergunto.

— No porta-luvas.

Parece estranho, até errado, tirar tudo no meio do dia, mas, com a ajuda dos lenços umedecidos e do espelho do carro, limpo toda a maquiagem. Pareço horrível. As olheiras profundas, a palidez por não dormir o suficiente. As cicatrizes deixando rastros cor-de-rosa na minha bochecha.

— Não vou a lugar algum — informa Sterling, sem tirar os olhos da página da revista. — Demore o tempo que precisar.

— Obrigada.

Forçando-me a sair do carro, sigo até o hotel e subo as escadas até o terceiro andar, porque a ideia de ter que ficar parada em um elevador neste instante faz minha pele coçar. A porta do quarto 314 não parece diferente das demais: branca, com uma pesada fechadura sob a maçaneta.

Cinco minutos depois, ainda não consegui me obrigar a bater na porta.

E então não preciso, porque ouço a corrente do outro lado e a maçaneta vira. A porta se abre lentamente para revelar o rosto da minha mãe.

— Mercedes — suspira ela.

Minha mãe.

— Você precisa ir embora — digo para ela.

Era uma vez uma garotinha que tinha medo do mundo.

Ela pensou, certa vez, que poderia ficar melhor, que poderia ser melhor. Ela queria tanto acreditar naquilo, e acreditara por um tempo.

Mas a coisa com os mundos, no sentido humano, é que eles desabam. Quando um mundo inteiro se estilhaça e se autodestrói, é possível que seja menos que apocalíptico? Não é esse o próprio significado da palavra?

Ela passou alguns dias bem ruins depois que deixou a prisão. Não eram só as palavras de seu papai ressoando em sua mente, não era só o sorriso amplo e triunfante dele. Eram todas as outras coisas, também, todas as lembranças voltando. Ela tirou alguns dias de folga do trabalho, tentando entender tudo aquilo. Tirou mais alguns dias e se internou em uma clínica. Ela simplesmente não conseguia parar de tremer, ou de chorar. Ou de entrar em pânico.

Era demais. Tudo aquilo era demais.

Todos aqueles anos de surras e do Papai vindo ao seu quarto à noite, com a máquina fotográfica pronta.

Mamãe fugindo sem ela.

Aqueles anos no porão, e os amigos do Papai.

O hospital e o julgamento e todos aqueles lares temporários, o desfile de horrores raramente interrompido pela bondade ou pela indiferença.

E agora o pai dela ia sair da prisão. Ele ia ter outra menininha. Outra filha que ele ia...

Ele ia...

Mas ela lidou com o medo, a tristeza e a raiva o melhor que pôde. Era absurdo. Se – e era um grande se – seu pai fosse solto antes, não havia como ele ter permissão de chegar perto da filha. Nenhum homem com o histórico de seu pai teria permissão para chegar perto de uma garotinha.

Certo?

Ela voltou ao trabalho, ainda abalada, mas melhor. Um pouco melhor. Chegando lá, talvez. Ela se recordava das coisas boas que fazia. Estava ajudando crianças, e isso era mais importante agora do que nunca.

Mas esse garotinho...

Ali estava o arquivo em sua mesa, esse lindo garotinho com olhos como os dela, olhos um pouco machucados, um pouco quebrados e honestos demais. Havia tantas provas de que os pais deles eram inadequados, e, mesmo assim, ele fora devolvido a eles. Mais uma vez. Porque havia regras e tecnicalidades e furos na lei, porque havia crianças demais em perigo e nem de perto dinheiro ou lares ou pessoas suficientes para ajudar.

Então esse garotinho com a alma assombrada e os olhos honestos demais ia ser ferido novamente, e novamente, e novamente.

Ronnie Wilkins precisava de um anjo.

Capítulo 25

— Dezenove anos, Mercedes, e é isso o que você tem para me dizer? — O rosto de minha mãe se enruga com uma irritação que ainda me é familiar, e ela abre totalmente a porta. — Entre.

— Não. Não estou aqui para conversar. Você precisa voltar para casa, ou ir para onde quiser, desde que não seja *problema meu*.

— Não a criei para ser mal-educada com sua mãe.

— Não, você me criou para ser molestada pelo meu pai.

Sua mão aberta acerta meu rosto, e ela fica encarando sua palma, horrorizada, porque é mais fácil do que olhar para meu rosto marcado.

— Esperanza me falou sobre o prognóstico — prossigo depois de um momento. — Ela me contou tudo o que vocês querem fazer. Levá-lo para casa, deixá-lo morrer cercado pela família. Mas ele não está morto ainda, e, se você pensa por um momento que eu sequer vou *considerar* deixá-lo chegar perto das crianças...

— Ele nunca machucou nenhuma das outras.

— Machucar a mim foi o suficiente. Não posso impedir você de fazer a petição, mas não vou colocar meu nome nela. Não como vítima, não como agente, e vou escrever para o juiz para me posicionar contra isso.

— Essa não é uma conversa para se ter no corredor — diz ela, preocupada.

— Não estamos tendo uma conversa, *Mamá*. Estou contando para você uma coisa que nunca vou fazer.

O cabelo dela está quase todo branco, mas ainda é grosso e saudável, trançado em um coque na base do crânio, com mechas soltas que se enrolam para longe do rosto, como se protestassem contra a severidade do penteado. Seu rosto está marcado por rugas, os olhos castanho-escuros são os mesmos de que me lembro. Ela é a mesma, e não é. Mesmo suas roupas são quase as mesmas, uma blusa bordada e uma saia comprida, colorida e em várias camadas, as únicas coisas que ela compra para si, porque *Papá* se apaixonou por ela com aquela saia, ela costumava nos dizer. O decote é um pouco mais alto do que costumava ser, os braços um pouco mais grossos sob as mangas. Já se passaram décadas.

— Vá para casa, *Mamá* — digo e, apesar de tudo, meu tom de voz é gentil. Quase doce. — Vá para casa, para todos os outros, e aceite o fato de que você perdeu sua filha caçula há muito tempo.

— Mas eu não perdi você — insiste ela, lágrimas descendo pelas suas bochechas envelhecidas. — Você está bem aí na minha frente, mais teimosa do que nunca.

— Você me perdeu no minuto em que eu contei o que *Papá* estava fazendo e você me disse que eu precisava ser uma boa filha.

— Ele era seu *Papá* — diz ela, desamparada. — Ele estava...

Parte de mim reconhece a estranheza de ela falar inglês. Inglês era para a escola, para o trabalho e para as compras. Em casa só falávamos espanhol, a menos que os filhos mais velhos estivessem fazendo a lição de casa. Toda a vizinhança – literalmente *toda* a vizinhança – era da família, todos os primos de primeiro e segundo grau, tios e tias, avós e quase avós, irmãos mais velhos que tinham se casado e mudado para casas na mesma rua ou virando a esquina. A menos que fosse trabalho de escola, não se ouvia alguém falar inglês até sair do bairro e chegar às lojas da esquina. Mesmo lá, era provável que você continuasse a ouvir espanhol até se aproximar mais do centro da cidade.

Seguro o rosto dela entre minhas mãos, inclino o corpo e beijo sua testa. Quando Vic fez isso comigo, era apoio. Agora é adeus.

— Vá para casa. Sua filha está perdida, e nunca vai voltar para casa. Ela encontrou uma família melhor por conta própria.

— Aquele homem, aquele agente — esbraveja ela. — Ele a levou embora!

— Ele me resgatou. Uma vez na cabana, e uma vez de você. Adeus, *Mamá*.

Dou meia-volta e me afasto, e há uma parte de mim ciente da garotinha soluçando no fundo da minha mente, a criança ferida que não consegue entender por que seus pais fizeram o que fizeram, por que ninguém mais se importava. *Tenha paciência*, eu queria dizer para aquela garotinha. *Fica pior, mas depois melhora. Quando somos resgatados.*

Sterling não pergunta como foi quando volto para o carro. Ela simplesmente liga o motor e segue para a estrada, dirigindo para Manassas e para casa.

Casa.

— Podemos parar na minha casa? — pergunto assim que chegamos à rodovia. — Preciso fazer uma coisa.

— É claro. — Ela me observa de canto de olho, grande parte de sua atenção ainda na estrada. — Cass ligou. Até agora a busca na casa de Gloria não encontrou nada suspeito.

— Está falando sério?

— Continuam procurando. Watts e Holmes estão com ela na delegacia, mas ainda não a interrogaram. Estão esperando os resultados.

— Este é um dia terrível, Eliza.

— Sim.

Minha casa parece igual, minha casinha aconchegante, com seus tons pastel e as flores de Jason ao longo da calçada e da varanda da frente. Não tenho certeza de por que esperava que estivesse diferente. Eu a *sinto* diferente agora. Não deveria parecer diferente também?

Mas não parece, e as chaves abrem a porta como sempre, e, fora a poeira que se acumulou nos últimos onze dias, o interior também está igual. Siobhan nunca deixou muita coisa aqui, só algumas roupas, produtos de higiene pessoal e alguns livros ao lado da cama. Sua ausência não mudou nada.

Até o quarto, com a cama ainda desfeita e, provavelmente, ainda com um pouco do cheiro dela. Não entro aqui desde a noite em que Emilia Anders bateu na minha porta. O urso de veludo preto está na minha mesa de cabeceira, e dúzias de seus parentes se enfileiram na prateleira que dá volta no quarto.

Nunca tinha percebido a semelhança entre aquela visão e o bairro da minha família. Pegando sacos de lixo debaixo da pia da cozinha, volto para o quarto e tiro os ursos da prateleira, enfiando-os nos sacos. Até que todos os malditos ursos estejam fora da prateleira, e alguns até caídos no chão. Seguro o de veludo preto, com o coração vermelho desbotado e a gravatinha-borboleta, e eu... eu não consigo.

Eu o abraço de encontro ao peito e, tentando não pensar em Ava abraçando os malditos ursos anjos da mesma forma, eu me recosto na parede e desço até o chão, meus pés escorregando no espaço embaixo da cama. Depois de alguns minutos, Sterling abre caminho entre os ursos, sem pisar em nenhum deles, e coloca alguns de lado para poder se sentar ao meu lado.

Não tenho certeza de quanto tempo permanecemos sentadas ali, em silêncio. Tempo suficiente para que a luz que entra pelas janelas dê lugar à escuridão e que as sombras se espalhem pelo quarto e distorçam as perspectivas.

— Há muito tempo, eu era a mais jovem de nove filhos — sussurro depois de um tempo. — Eu dividia o quarto com minhas duas irmãs que eram mais velhas do que eu, mas quando fiz cinco anos ganhei meu próprio quarto no sótão. Estava tão orgulhosa daquilo. Tinha uma linda cama de princesa com dossel rosa, e um baú branco com roupas de passear. E tinha uma fechadura na porta, em uma altura que eu não conseguia alcançar. Na noite da minha festa de aniversário, minha primeira noite naquele quarto, eu descobri o porquê. — Viro o urso, de modo que ele abraça minhas coxas, seu rosto gasto mais esmagado que o normal. Seu enchimento é muito antigo, e não retorna mais ao formato original, como costumava fazer. — Durante três anos, meu pai me molestou, e o resto da família ignorou. Meus irmãos, todos adultos, sabiam, mas as pessoas da geração deles, lá no México... elas simplesmente não *falam* sobre coisas desse tipo. Então todos fechavam os olhos e viravam as costas.

— Três anos — repete Sterling, sua voz também um sussurro suave. Talvez seja o tipo de segredo, talvez seja a luz do anoitecer se espalhando pela colcha. Há algo que diz que qualquer tom de voz mais alto vai estilhaçar aquele momento.

— Meu pai também jogava. A família não sabia disso. Teriam sido menos complacentes. Todas as diferentes partes da família dependiam umas das outras para sobreviver; a jogatina dele representava colocar a família inteira em risco. Ele se meteu com um grupo privado. Não podia nem vender a casa para cobrir a dívida. A vizinhança inteira era de parentes, então ele teria que se explicar. E não era o bastante para cobrir, de toda forma.

— Então ele deu você para eles.

— Ele me mandou brincar no bosque que tinha atrás de casa e, quando ninguém podia me ver, eles me agarraram. Eles tinham uma cabana bem no meio da floresta, bem no fundo mesmo, onde ninguém conseguia ir.

— Quanto tempo?

— Dois anos. — Às vezes eu acordo e ainda posso sentir as tábuas ásperas embaixo de mim, e a manilha em volta do meu tornozelo, ouvir a corrente pesada que se arrastava pela madeira com cada movimento que eu fazia. — Havia algumas outras crianças ali. Garantias, talvez, ou ganhos. Elas nunca ficavam muito tempo, mas alguns dos homens tinham gostado de mim. Diziam que gostavam do meu medo. Eu já estava lá fazia quase dois anos quando tive uma chance de fugir. A cabana não era bem-feita, a madeira não era tratada. Tínhamos tido um verão úmido e tudo estava apodrecendo, e eu puxei o anel de ferro que me prendia à corrente. Enrolei ao redor de mim, como uma estola, para não fazer barulho, passei de fininho pelos homens que estavam dormindo e saí correndo feito louca pela floresta.

— Você não gosta de florestas — afirma ela, depois que fico em silêncio. — Eddison sempre vai, se houver uma maneira de poupar você.

— *Sí*. Era noite, estava escuro, as árvores muito fechadas para deixar passar a luz da lua. Havia poucas ravinas por ali. Corri, corri e corri. Caí muitas vezes, mas me arrastava até ficar em pé, mais e mais assustada a cada vez. E não conseguia achar uma saída. Estava com muito medo para gritar. Talvez eu tivesse conseguido ajuda, mas era mais provável que eu chamasse a atenção dos homens.

— Eles encontraram você?

— De manhã. Saíram me procurando quando perceberam que eu tinha escapado. A corrente ficou presa em algumas raízes, e, quando tentei me soltar, acabei caindo na beira de uma ravina. A manilha ficou presa e quebrou meu tornozelo. Fiquei caída ali. Eles me espancaram por tentar escapar. — Usando a pata macia do urso, traço a cicatriz em meu rosto. — Uma garrafa quebrada.

Ela apoia a cabeça no meu ombro e espera.

— Eles me colocaram no porão depois disso. Era de pedra, e o alçapão tinha muitas fechaduras. Não sei se teria coragem suficiente para tentar de novo, para ser honesta; não importava. Mas, alguns dias depois, acordei com gritos. Gritos e tiros. Fiquei encolhida no escuro, as trancas foram quebradas, a porta se abriu, e um homem grande estava parado ali. Eu estava apavorada. Só podia piorar, certo? Mas alguém lhe entregou uma lanterna, e ele fez a luz dançar em volta dos meus pés. Então desceu as escadas, se ajoelhou diante de mim e me disse que seu nome era Victor.

Posso sentir a surpresa dela, um sobressalto de corpo inteiro que termina quase na mesma postura.

— Nosso Vic?

— Nosso Vic. Ele me disse que eu ia ficar bem, que aqueles homens nunca mais iam me machucar. Os homens tinham tirado a camiseta que eu usava, então Vic me envolveu em seu casaco enquanto alguém buscava ferramentas para tirar a manilha do meu pé. Outra pessoa... acho que Finney... trouxe um cobertor e um ursinho de pelúcia. — Aceno para ela com a pata do urso e mais sinto do que escuto sua risada suave. — Vic me pegou e me levou por um monte de luzes, dúzias de pessoas andando por todo lado. Alguns dos homens que tinham me aprisionado estavam mortos, mas a maioria estava ferida e algemada. E, conforme passamos, senti esse... silêncio momentâneo. Uma bolha de silêncio enquanto todo mundo parava para olhar, e então voltava ao que estava fazendo.

— Conheço nosso lado desse silêncio.

— Nenhuma estrada chegava tão fundo na floresta, não dava para dirigir até lá. Vic me carregou por mais de quatro quilômetros até o ponto de acesso mais próximo, e os carros estavam com as luzes piscando loucamente. Ele me levou até uma ambulância, e eu não quis que ele se fosse, então ele se sentou comigo enquanto os paramédicos cuidavam do meu rosto e do meu tornozelo, e de todos os outros ferimentos. Ele disse que ia me levar para casa, para meus pais.

— Não consigo imaginar que isso tenha acabado bem.

— Eu comecei a gritar. Disse para ele que não podia ir para casa, que não podia deixar que *papá* me machucasse de novo. Prometi me comportar, implorei, qualquer coisa para que *papá* não me tocasse novamente. E o rosto dele... Honestamente, não sei se você já viu Vic quando ele está prestes a colocar o mundo abaixo.

Ela nega com a cabeça encostada em meu ombro.

— Eu já o vi possesso, mas não desse jeito. Tive um vislumbre disso quando Archer fez merda há três anos, mas ele deixou que Finney cuidasse disso.

— Quando o hospital fez todos os exames, curativos e tratou de tudo, ele voltou com uma assistente social e outro policial, e eles me perguntaram sobre meu pai. Meu quarto em casa ainda era o mesmo; meu pai não pôde mudá-lo porque pareceria para o restante da família que ele estava desistindo do meu retorno em segurança. Todo o resto da família pensava que eu tinha sido sequestrada, até minha mãe. Ele era o único que sabia a verdade. Então a polícia foi até lá e viu aquela tranca, e as roupas chiques com sangue e sêmen nelas, e o diário que eu tinha prendido com fita adesiva atrás da cabeceira da cama. Meu pai foi preso, e os homens da floresta admitiram que eu tinha sido dada para eles para acertar uma dívida de jogo. A família negou saber qualquer coisa sobre o fato de ele me molestar. Família.

Ela assente com a cabeça.

— Eles ficaram furiosos quando o tribunal me mandou para um lar temporário. Supostamente, eu deveria voltar para casa. Ah, mas eles também estavam possessos comigo, porque eu deveria apenas ter agradecido por ter sido resgatada da floresta. Deveria ter ido para casa e mantido a boca fechada, por causa da família. Continuei sendo levada para diferentes lares temporários, porque meus parentes apareciam e começavam a incomodar os adultos. Minha *tía* Soledad tentou me sequestrar na escola algumas vezes. Depois de três anos, minha assistente social conseguiu permissão para eu me mudar para uma cidade diferente. Vi uma das minhas primas algumas vezes desde então, mas foi isso. Mas eles não...

— Eles não vão desistir de você, embora tenham abandonado você anos atrás.

— Sim. Sim, exatamente. Meu pai está na prisão desde então, e, se tudo seguir como deve, ele vai morrer lá. Mais cedo do que o esperado, talvez, por causa do câncer.

— É por isso que estão tentando falar com você de novo?

— Eles nunca pararam realmente. É por isso que mudo o número do meu telefone com tanta frequência. Mas, sim, foi por isso que minha mãe apareceu. Esperanza contou para eles que eu trabalho para o FBI em Quantico, que sou uma agente. A garotinha deles, olhe só como ela chegou longe. Sou a vítima e sou agente, e certamente, se eu pedir para ele ser solto, para poder passar o resto de seus dias em casa, um juiz faria isso.

— Eles realmente estão pedindo isso para você?

Confirmo com a cabeça, e não posso deixar de sorrir quando ela murmura o que parecem ser palavrões.

— Você pediu para trabalhar na equipe de Vic? — pergunta ela, quando se acalma.

— Não. Eu não faria isso, mesmo se pudesse; parecia um pouco estranho tentar me provar como uma agente adulta para alguém que tinha me tirado nua de um porão podre quando eu tinha dez anos. Quando recebi minha designação, ele me levou para almoçar antes mesmo que eu conhecesse Eddison. Nós nos sentamos e conversamos, para ver se ambos poderíamos fazer aquilo. Ele disse que não havia vergonha alguma se a resposta fosse não, e que garantia que eu seria designada para outra equipe, sem estigma ou fofocas. Mas, no fim do dia... — O urso traz uma sensação reconfortante e familiar no meu pescoço, vinte e dois anos dormindo abraçada a ele, em momentos de pesadelos e de triunfo. Estivemos em um acidente de carro certa vez, eu e o urso, e não deixei que os paramédicos encostassem um dedo em mim até que costurassem o braço do urso, embora meu braço estivesse sangrando por todo lado. Eu tinha doze anos. — Ele foi o motivo pelo qual me tornei agente do FBI. Ele me tirou do inferno absoluto, e sua gentileza fez com que eu achasse que talvez um dia poderia me sentir segura. Ele *me resgatou*, ele *me salvou*. E não era só para tentar pagá-lo por aquilo, mas... eu queria fazer o mesmo para outras pessoas. Ele me devolveu minha vida.

— E agora alguém está usando sua história contra você — murmura ela, tocando de leve na gravata-borboleta do urso com a ponta do dedo.

— Não acredito que seja de propósito. Acho que ela só está tentando dar esse presente para outras crianças. — Ficamos sentadas em silêncio, até que eu finalmente faço a pergunta que tento não fazer para nenhum agente. — Por que você está na divisão de crimes contra menores, Eliza?

— Porque o pai da minha melhor amiga era um assassino em série — responde ela, calmamente. Na verdade, chega a dar um sorriso leve. — Contei isso para Priya, há três anos. Archer estava sendo um cretino com ela. O pai da minha melhor amiga era um assassino em série e, embora ele matasse mulheres adultas, eu vi o que isso fez com as crianças quando a verdade veio à tona. Eu dormia na casa dela o tempo todo. Ele nos colocava na cama. E ele fez tudo aquilo. Eu queria entender. Nunca consegui, é claro, mas aquilo me fez pesquisar de forma obsessiva em crimes e psicologia, e um dia, quando eu tinha voltado da faculdade para passar uns dias em casa, nas férias de inverno, meu pai me perguntou se eu ia transformar aquilo em uma carreira.

— Você nem tinha pensado nisso, tinha?

— Não. Quero dizer, eu já tinha feito alguns cursos de psicologia e criminologia, mas estava só no segundo ano. Tinha acabado de cursar as disciplinas do currículo geral, e estava tentando decidir em que ia me especializar. Mas meu pai me fez perceber que eu poderia colocar aquela motivação para atuar ajudando os outros. E eu escolhi a divisão de crimes contra menores porque ainda sou amiga de Shira, e lembro como foi terrível quando ela descobriu a verdade sobre o pai, e eu queria ajudar crianças. A divisão de crimes contra menores me permite fazer isso.

Depois de um tempo, ela fica em pé e me oferece a mão para me ajudar a levantar. Olhamos para a bagunça de ursinhos no chão. Não tenho mais sacos de lixo na cozinha.

— Deixe aí. — Ela me aconselha. — Volte para fazer isso depois, e então você decide. Você os coleciona há anos, e é realmente um péssimo momento para tomar decisões importantes.

— Jogar fora ursinhos de pelúcia é uma decisão importante?

— É quando eles a fazem lembrar de por que está aqui.

— Você é uma alma sábia, Eliza Sterling.

— Acho que nos revezamos. Considerando tudo o que aconteceu, seria irresponsável da minha parte embebedar você, então, com sorte, isso vai ser o suficiente.

Meu telefone toca. Eu o tiro do bolso, mas não consigo atender. Não se isso significar outra criança morta.

Sterling pega o aparelho da minha mão e aceita a ligação.

— Kearney, você está com Mercedes e Sterling aqui.

— Ótimo. — A voz de Cass parece pequena e distante, como se também estivesse usando o viva voz. — Burnside verificou todos os acessos aos arquivos no escritório nas últimas semanas, e prestou atenção especial naqueles que foram acessados sem que informações adicionais fossem acrescentadas, que são os que provavelmente tiveram acessos desnecessários.

— Ok. Isso aponta para Gloria?

— É aí que a coisa fica um pouco esquisita.

— O que quer dizer?

— Primeiro, que vários dos acessos aos arquivos das nossas crianças, entre outras, foram feitos nos dias em que Gloria estava fazendo quimioterapia. Os funcionários não têm acesso remoto.

— Então outra pessoa está usando o login de Gloria. Pode ser Lee?

— Se for ele, o acesso não foi de seu computador... está limpo, e os funcionários provavelmente perceberiam se ele estivesse mexendo no computador de Gloria. A parte realmente esquisita é que há uma busca que aparece quase todos os dias e que não faz parte da jurisdição do Serviço de Proteção à Infância de Manassas. É algo em Stafford, e não há arquivo ativo no Serviço para esse endereço. Vocês conseguem pensar no motivo de alguém fazer uma busca diária em um endereço que não só está fora da jurisdição do escritório, mas também fora de seu território de atuação?

— Stafford? Stafford, Stafford... — Ouça seus instintos, Mercedes, eles lhe dizem alguma coisa. — Veja se esse endereço aparece nos meus casos antigos.

— Deixe-me ver... — No silêncio da casa, posso ouvir os cliques das teclas pelo telefone. — Puta merda, Mercedes. Há nove anos, uma garota de catorze anos chamada Cara Ehret. O pai dela a espancava, a estuprava e a prostituía para seus amigos. Merda. Você ficou com ela no hospital.

— Um anjo da guarda — murmuro, relembrando. — Ela disse que finalmente tinha um anjo da guarda. A mãe dela bateu com o carro em uma árvore quando Cara tinha nove ou dez anos. O pai ainda está na prisão... pelo resto da vida, se me lembro bem. Então ele não está mais morando naquela casa. E duvido que Cara esteja. Olhamos o caso dela esta manhã, mas não conseguimos rastreá-la depois do ensino médio; onde ela está agora?

— Vamos investigar e descobrir. Ligo de volta quando soubermos de algo.

— Cara Ehret — repete Sterling, experimentando o nome. — Ela estava na nossa lista de prioridades. Mas qual a conexão dela com Gloria? Ou com quem quer que esteja usando o login de Gloria?

Balanço a cabeça, os últimos fios ainda fora de alcance.

— Ela era loira quando criança, mas o pai tingia o cabelo dela de vermelho quando começou a alugá-la para seus amigos — conto para ela, os detalhes que li recentemente voltando à minha mente. — E se estivermos procurando Cara, mas ela...

Meu celular toca novamente antes que eu possa terminar o raciocínio, mas não é Cass. É um número desconhecido.

— Ramirez.

— Mercedes. — Ouço um sussurro rouco. — Mercedes, ela está aqui!

— Ela está aí? Onde é aí? Quem fala?

— É Emilia — sussurra a garota no outro lado da linha. — A mulher que matou meus pais, ela está aqui na casa do tio Lincoln!

Capítulo 26

— Estamos a caminho — prometo imediatamente, e Sterling está com as chaves e os celulares na mão antes mesmo de chegarmos à porta. Ela me joga suas chaves, para que possa preparar os telefones.
— Emilia, você está em segurança? Está escondida?

— Não, preciso avisar meu tio.

— Emilia, você precisa se esconder. — Minhas mãos estão estáveis quando coloco a chave no contato, o treinamento superando a adrenalina. Vejo Sterling mandando uma mensagem de texto para Cass em um telefone e procurando o número da polícia de Chantilly no outro.

— Não posso deixar que ele morra como minha mãe. Ele está cuidando muito bem de mim. É gentil e não me machuca. Não posso deixar que isso aconteça com ele.

— Ela está na casa? — pergunto, pegando a estrada. Sterling pega o telefone do meu ombro e o coloca no viva voz, afixando-o no porta-celular preso ao isqueiro do carro.

— Não. Ela está andando ao redor.

— E são só você e seu tio em casa?

— Não. A namorada dele está aqui.

— Ok, Emilia, corra até o quarto deles se puder fazer isso sem ser vista por uma janela. Acorde-os. Mas seja discreta. Se eles fizerem muito barulho, vocês todos podem acabar machucados. Mantenha o celular com você.

Posso ouvir a respiração pesada dela do outro lado da linha. Mãe de Deus, essa garota é corajosa. Sterling coloca a mão em concha ao redor da boca e do microfone de seu celular para abafar a conversa que está tendo com a polícia de Chantilly. Dirigindo o mais rápido possível, bato com o dedo no outro telefone dela e giro o dedo o mais próximo que consigo para indicar *luzes*.

Ela entende o que quero dizer, e começa a mandar outra mensagem de texto, desta vez para Holmes, para avisá-la que estamos dirigindo a serviço em um veículo particular sem luzes ou sirenes. Ela diz o mesmo para a polícia de Chantilly, então com sorte conseguiremos chegar ao nosso destino sem que um policial bem-intencionado nos pare por violar uma ou duas dúzias de leis de trânsito.

A voz atordoada de Lincoln Anders aparece ao fundo.

— Emilia? O que foi, Emi?

— A mulher que matou meus pais. Ela está lá fora — diz ela, e o celular está bem perto de seu rosto.

— Você teve um pesadelo, querida? — pergunta uma voz feminina, também bastante sonolenta. Deus, é mais tarde do que pensei.

— Não, ela está aqui, está lá fora. Temos que nos esconder.

— Emilia, coloque o celular no viva voz — digo para ela. — Deixe seu tio me ouvir.

— Certo. — Emilia arfa, e ouço a mudança no barulho de fundo.

— Sr. Anders, aqui é a agente do FBI Mercedes Ramirez. Emilia me ligou. Se ela diz que a mulher está lá fora, acredite nela. A polícia de Chantilly está a caminho do seu endereço. Há um porão ou sótão onde vocês possam se esconder?

— Não — responde ele, parecendo de repente mais desperto. — Tenho um porão...

Eu me encolho.

— ... mas a entrada é pelo lado de fora. Não dá para chegar lá daqui.

— Você tem alguma arma em casa?

— N-não.

— O endereço é fora dos limites da cidade — informa Sterling. — A polícia diz que dois carros estarão lá em dez minutos.

Dez minutos. Pelo amor de Deus.

— Vocês conseguem sair da casa? — pergunto. — Conseguem ir até algum vizinho?

— Vamos, Stacia, levante. Temos que... — Ele para de falar, e Emilia choraminga. — Ela está dentro de casa — sibila ele.

— Saiam. Saiam agora!

Sterling segura seu telefone perto do meu, acionando a função de gravar, e me dá um olhar arregalado.

Um tiro rompe o silêncio, seguido por um gemido e dois gritos.

— Emilia, FUJA! — grito junto com os tiros que se seguem. Emilia é a única que está gritando agora. Não sei nem se ela me ouviu.

— Pare — uma voz abafada ordena do outro lado. — Pare, você está em segurança agora.

Agora Emilia está soluçando, e então há um grunhido assustado.

— Pare de lutar comigo — a voz ordena. — Você está em segurança agora. Você vai ficar bem.

— Emilia!

Mais grunhidos, e o grito de Emilia novamente, feroz, como se coisas quebradas estivessem rasgando sua garganta, e então...

Outro tiro, e um baque pesado.

— Não, não, não — choraminga a voz. — Não, não era para acontecer assim. Não. NÃO. Você devia ficar em SEGURANÇA! Estou deixando você em SEGURANÇA! — ela grita, e se engasga com um soluço sufocante. Mal consigo ouvir seus passos. O tempo entre eles diz que ela está correndo, e, merda, a polícia ainda não está lá, eles não vão chegar a tempo de detê-la!

— Cara! — grito, me perguntando se ela pode me ouvir. — Cara, é Mercedes. Você se lembra de mim?

Mas a única coisa que consigo ouvir são os gemidos doloridos de alguém ainda vivo. Com lágrimas escorrendo pelo rosto pálido, Sterling diz para o policial enviar ambulâncias.

Muitos minutos mais tarde, ouvimos a polícia chegar, chamando pelas pessoas da casa.

— Tem um vivo aqui! — alguém grita, e outro pisa no telefone de Emilia antes de dizer quem é.

Estou a quase duzentos por hora em uma via de oitenta, e não estou nem perto de ir rápido o bastante.

Quando paramos bruscamente diante da casa dos Anders, as luzes estão piscando por todo lado, remexendo feridas muito mais abertas que o normal. Duas ambulâncias ainda estão na entrada, e, quando corremos para a porta da frente, dois paramédicos saem com uma maca.

Tem um homem nela. O primo do pai de Emilia, Lincoln Anders.

— A garotinha? — exclamo.

Um deles balança a cabeça, e ambos seguem para a ambulância.

Um policial está parado na porta da casa, e mal olha nossas credenciais.

— A mulher e a garota morreram antes de atingir o chão — afirma ele. — A mulher levou um tiro direto no coração, e a garota levou um na cabeça, à queima-roupa.

— Estávamos no telefone com ela — explica Sterling, com voz trêmula. — Ela viu a invasora, nos ligou e foi acordar o tio e a namorada dele. Eles estavam tentando deixar a casa.

— Por que ela ligou para vocês? Por que não para a polícia?

— Os pais dela foram assassinados no dia 3. — Esfrego as mãos no rosto. — Ela foi deixada na minha casa, e eu lhe dei meu número, caso precisasse de alguma coisa. Ela viu a mesma mulher aqui fora.

— Você é aquela?

Sterling praticamente rosna para ele, e ele fica corado.

— Não quis dizer nada com isso. — Ele se corrige rapidamente. — A central disse que a chamada veio do FBI, e não sabíamos o motivo, é tudo. Vimos a história nos jornais.

— A agente Kathleen Watts está encarregada do caso, e está trabalhando em parceria com os detetives Holmes e Mignone, de Manassas.

— O xerife recebeu uma ligação de Watts; ela devia estar logo atrás de vocês.

— Vai demorar mais para ela... — Sterling para de falar, observando uma SUV com luzes piscantes parar atrás de seu carro.

— Ela ainda estava em Manassas. Mercedes, ela ainda estava em Manassas.

O que quer dizer que ainda estava interrogando Gloria.

Watts e Holmes atravessam o gramado correndo.

— Cara Ehret — diz Watts, antes mesmo de nos alcançar. — Ela mudou o nome para Caroline Tillerman depois que deixou os lares temporários. Ela é uma das funcionárias do arquivo. Mandamos policiais para o apartamento dela e um alerta geral para o carro dela.

Caroline Tillerman. Cass e eu falamos cara a cara com ela no escritório do Serviço de Proteção à Infância.

Olho para Holmes, que está significativamente mais abalada.

— Estávamos no telefone com Emilia.

Ela fecha os olhos, a mão se levantando automaticamente para poder beijar a unha do polegar.

— Todos nós investigamos Lincoln Anders quando ele disse que ia ficar com Emilia — diz Sterling. — O Serviço de Proteção à Infância fez suas verificações, assim como nós. Ele estava completamente limpo. O mais perto que chegou de ter algum problema foi com algumas multas por excesso de velocidade. Por que diabos ela o atacaria?

— O Serviço de Proteção à Infância recebeu uma reclamação anônima hoje de manhã.

— Anônima.

— Hoje de manhã?

Watts confirma com a cabeça, impaciente.

— O denunciante disse que a namorada dele não podia ficar perto de crianças, porque ela tinha matado um menino.

— O quê? — nós duas perguntamos.

— Quando Stacia Yakova era adolescente, ela estava ajudando o pai a limpar umas armas na mesa da cozinha, e um vizinho ligou para pedir a ajuda do pai com alguma coisa pesada. Então ele disse para ela deixar a arma na qual estava trabalhando que logo ele estaria de volta. O irmão dela chegou, drogado, e achou que ela era uma invasora. Ele a atacou com uma faca. Sofreu alguns cortes e facadas, porque ela não queria machucá-lo, mas, quando ele colocou a faca na garganta dela, ela pegou uma das armas que ainda não tinha sido limpa e deu um tiro na coxa dele.

— Ele sangrou até morrer?

— Não, ela chamou uma ambulância, e o levaram para o hospital, mas quando lhe deram anestesia para a cirurgia...

— Ele era viciado em metanfetamina.

— O pai chegou no fim da briga. Foi ele quem tirou o filho de cima dela. Era claramente autodefesa, então ela nunca foi acusada de nada.

— Se esse denunciante anônimo foi um dos antigos amigos ou namoradas do irmão... — Balanço a cabeça. — Mas Cara provavelmente não estava em um estado adequado para pesquisar isso. Ela ouviu o nome de Emilia e decidiu agir de uma vez.

Meu telefone toca, e eu juro por Deus...

Sterling o arranca da minha mão.

— É Cass — diz ela, e aceita a ligação em viva voz. — Kearney, aqui estão Ramirez, Sterling, Watts e Holmes.

— Emilia? — pergunta Cass, imediatamente.

— ... *Não.*

— Maldição. — Ela dá um suspiro longo e trêmulo, inspirando e expirando de modo claramente audível pelo telefone. — Caroline Tillerman não está em seu apartamento. Os policiais encontraram várias máscaras, macacões brancos, tanto ensanguentados quanto limpos, perucas loiras, tanto ensanguentadas quanto limpas, uma caixa de ursinhos de pelúcia brancos e com asas de anjo... todo o seu kit, exceto uma faca e uma arma, mas há caixas de munição.

— Sabemos o que ela está dirigindo?

— É um Honda CR-V 2004, azul-marinho. Encontramos todos os oito arquivos que tinham sumido do Serviço de Proteção à Infância, e temos agentes e policiais a caminho das respectivas casas para proteger as famílias.

— E quanto àquele endereço em Stafford?

— A casa pertence ao tenente-comandante da Marinha DeShawm Douglass. Ele mora lá com a esposa, Octavia, e a filha de nove anos, Nichelle. Não há reclamações ou suspeitas de abuso doméstico, nem no condado de Stafford, nem nas residências anteriores.

— Ligue para a polícia local e mande eles irem para lá.

— No que está pensando? — pergunta Watts.

— Cara acaba de assassinar à queima-roupa uma criança que estava tentando salvar. Ela está totalmente descontrolada, e, se tentar voltar ao seu apartamento, vai ver a polícia. Para onde você vai quando não há mais nenhum outro lugar para ir?

— Vou para casa — responde Holmes. — Para meu marido e filha.

— Finja que você tem vinte e três anos e é solteira.

— Para a casa dos meus pais, então.

— Mas a mãe dela está morta e seu pai está na prisão. Isso deixa a casa em Stafford, onde seu pai a fez viver um absoluto inferno. A casa onde um homem está morando com sua garotinha, e ela verificou todo santo dia para ter certeza de que não há reclamações.

— Mas ainda não há reclamações — aponta Sterling.

— Você acha que isso agora importa para a mulher que ouvimos no telefone?

Ela nega com a cabeça.

— Burnside está ligando para Stafford — reporta Cass. — Ele vai fazer a cortesia de ligar para o Serviço de Investigação Criminal da Marinha depois, uma vez que o dono da casa é um tenente-comandante. Achamos que podemos ter identificado o gatilho inicial de Cara.

— Qual foi?

— Há alguns meses, o pai dela contratou um detetive particular para encontrá-la. Quando conseguiu, ele lhe mandou uma carta, pedindo para ela ir visitá-lo. A carta ainda está no apartamento dela, então nós ligamos para a prisão.

— Ela foi até lá?

— Sim. Mas vejam isso: o pai dela se casou novamente, e sua esposa está esperando um bebê. Ela vai ter uma menina em agosto.

— Você quer me dizer como diabos um homem na prisão por prostituir a filha consegue visitas íntimas? — Watts rosna.

— Ele não conseguiu, mas, quando um segurança da prisão amistoso o bastante contrabandeia uma amostra de esperma, a nova esposa pode ir a uma clínica de fertilidade e fazer inseminação artificial. O guarda foi demitido, mas a ação já tinha sido consumada.

— E o pai que a vendeu repetidas vezes para seus amigos ganha outra garotinha. Eu me lembro de interrogá-lo depois da prisão; ele provavelmente descobriu o paradeiro dela e lhe contou pessoalmente só para torturá-la. O bastardo provavelmente fez isso só para machucá-la novamente. Você está certa, esse deve ser o gatilho.

— Pegamos emprestadas as equipes de Blakey, Cuomo e Kang, então devemos ter gente suficiente. Hanoverian aprovou.

— O jogo final dela é em Stafford. — Meu coração bate em ritmo acelerado. — Ela não pode evitar.

— Como você tem certeza disso?

— O que você faz quando está perdida na floresta? — pergunto com suavidade.

Sterling dá um passo para se aproximar de mim, e se inclina ao meu lado.

— Você corre para casa — eu a lembro. — Tudo está em chamas e desabando sobre ela, mas, quando chegar lá, ela vai se lembrar de todas as formas como foi machucada, vai ver aquela garotinha, e vai ver a si mesma.

— Kearney, mande o endereço para Eddison.

— Ele ainda está no escritório — diz Cass.

— Ele o quê? — Sterling e eu perguntamos ao mesmo tempo.

Há um som embaralhado e um bipe, e então podemos ouvir o resmungo cansado de Eddison.

— Para onde estamos indo?

— Conte para ele no caminho, e venham logo para cá — ordena Watts. — Ramirez, Sterling, vão.

— E os regulamentos? — pergunta Sterling, hesitante.

— Fodam-se eles. Vocês são a melhor chance de falar com ela, mas se certifiquem de que seja Kearney a fazer a prisão. Me dê suas chaves e fique com as minhas; eu tenho giroflex. — Ela estende a mão. Sterling pega as chaves que estão comigo e as coloca na mão de Watts, pegando o chaveiro da SUV.

Sterling tinha uma reputação no escritório de Denver de fazer agentes experientes chorarem quando ela dirigia. Nunca causou um acidente, nunca causou um dano, mas você passa a viagem toda rezando. Parece exatamente o que precisamos. Enquanto ela queima a borracha dos pneus para nos colocar a caminho, eu abraço as pernas, da mesma forma que os marinheiros fazem durante os furacões.

— Por favor, nos faça chegar lá — sussurro. — *Por favor.*

Capítulo 27

A casa dos Douglass está tomada por luzes azuis e vermelhas piscantes quando chegamos. Eddison, parado na porta da frente de uniforme, verifica seu relógio de pulso e estremece.

— Ela chegou aqui antes de nós, provavelmente vinda direto de Chantilly — diz ele. — A mãe está lá dentro. O pai está a caminho do hospital, mas a mãe se recusa a sair daqui até que a filha esteja em segurança.

— A mãe está bem?

— Levou um tiro no braço, que atravessou de um lado ao outro, pela lateral. Os paramédicos fizeram curativo e estão de olho nela. Kearney está com ela. A polícia está organizando barreiras de trânsito e uma busca na mata. O FBI está enviando mais agentes para ajudar, e, se acabar se tornando uma operação de busca e resgate, os fuzileiros navais ofereceram ajuda para Quantico.

— Vamos lá dentro. Preciso falar com a sra. Douglass.

A sra. Douglass está na cozinha, segurando um copo de água com as duas mãos. Ela aparentemente está ouvindo Cass, que está parada ao seu lado, mas fica olhando pela janela da copa, como se fosse ver a filha chegar da rua. Ela acaba de ver o marido levar um tiro e a filha ser levada, e, por Deus, quero ser gentil com ela, mas não temos tempo.

— Sra. Douglass, meu nome é Mercedes Ramirez, sou agente do FBI. Há algum lugar na vizinhança para as crianças brincarem? Alguma coisa que já exista há algum tempo?

Ela me encara.

— Como é?

— A mulher que levou sua filha morou aqui. Não apenas na vizinhança, mas nesta casa. Ela não vai sair de Stafford, então há algum lugar onde as crianças se encontram? Algo que talvez elas pensem ser um segredo que os pais não conhecem?

— Hum... não, não acho que... — Ela olha para os papéis presos na porta da geladeira e se encolhe. — Tem a casa da árvore! Nichelle fez um desenho dela. Ela e as meninas da vizinha descobriram esse lugar há algumas semanas. Disseram que está caindo aos pedaços, e eu... eu briguei com ela por entrar na floresta.

— Elas contaram onde fica?

— Não, só que é meio longe.

— Você disse que são meninas da vizinha? De que lado?

Ela aponta, e eu saio correndo até a casa ao lado para bater na porta, com Eddison colado em mim. A porta é aberta por um homem de rosto redondo usando um roupão de banho.

— O que está acontecendo? — questiona ele. — Os Douglass estão bem?

— Senhor, suas filhas estão em casa?

— Sim, mas o que...

— Alguém levou Nichelle Douglass — digo sem rodeios. — Achamos que a mulher pode tê-la levado para a casa da árvore que suas filhas encontraram com Nichelle.

— Não temos mais permissão para ir até lá! — avisa uma menina no corredor. Ela aparece atrás do pai e nos encara com os olhos arregalados. — A dra. Douglass disse que era muito longe.

— Não vou brigar com você por isso, *mija* — digo e me agacho para ficar mais perto do nível de seus olhos. — Só preciso saber onde fica. Pode nos dizer como chegar lá?

Ela mordisca o lábio, ansiosa.

— Nichelle está bem?

— Estamos tentando encontrá-la. Mas precisamos da sua ajuda.

— Espere. — Ela corre escada acima, e volta um momento mais tarde com um pedaço de papel nas mãos. — Eu fiz um mapa. — Ela o empurra nas minhas mãos com tanta força que o papel se amassa, e ela o alisa antes de apontar. — Vá direto pelo fundo e cruze o riacho, e então tem umas pedras com forma estranha. Vire à direita e siga até a pilha de pneus. Então vire à esquerda e siga em frente por muito tempo, e a casa da árvore estará lá. Mas você não pode subir a escada porque os pregos estão enferrujados, e a sra. Douglass diz que é como pegamos tétano.

— Isso é perfeito, querida, obrigada. — Eu me endireito, entregando o mapa para o pai dela. — É melhor que vocês fiquem dentro de casa por algum tempo. Temos mais agentes e policiais a caminho.

— É claro. Espero... — Ele engole em seco e puxa a filha para a lateral do corpo. — Espero que a encontre em segurança.

Cass nos encontra entre as duas casas.

— Hanoverian está aqui, vai ficar com a sra. Douglass. Para onde estamos indo?

— Precisamos de lanternas maiores, e vamos entrar na mata.

Ela assobia para um dos policiais, e em pouco tempo estamos correndo em direção às árvores com lanternas pesadas e a promessa de reforços assim que chegarem. Devíamos esperar, mas basta olhar para meu rosto e Eddison decide que vamos na frente. Com as armas em punho e apontadas para o chão, mantemos as lanternas baixas enquanto corremos de dois em dois.

Não é o mesmo tipo de floresta de onde cresci, onde as árvores eram finas, agulhadas e perfuravam o céu. Essas são mais largas, os galhos menos propensos a bater e agarrar. Não falamos, nossas respirações ofegantes preenchendo o espaço. O barulho da frente das casas flutua ao nosso redor, estranhos fragmentos de conversas sem palavras. Atravessamos o riacho, raso, mas largo demais para saltar, e ignoramos o desconforto dos sapatos encharcados enquanto procuramos o monte de pedras que a menina mencionou. Corremos provavelmente um quilômetro e meio antes de vê-lo, e viramos à direita. A pilha de pneus aparece bem rápido.

Vá em frente por muito tempo, ela disse, e, considerando quão longe já chegamos, estou um pouco preocupada. Aceleramos o passo,

Eddison e eu na frente, vigiando direções opostas, para que possamos ter um mínimo de vantagem caso Cara tente se aproximar de nós.

Três quilômetros adiante, ouvimos alguém gritar, e outra voz falando alto. Agora estamos correndo em disparada, e finalmente podemos ver uma clareira na nossa frente. Diminuímos o ritmo o máximo que ousamos, tentando ficar em silêncio, mas há galhos velhos ao nosso redor que funcionam como alarme.

— Não se aproximem! — grita a mulher de branco, segurando Nichelle pelo pescoço e interrompendo-a no meio do grito. Ela balança a arma para a frente e para trás, perto do rosto de Nichelle.

Desligando a lanterna, guardo-a na parte de trás do cós da calça.

Eddison suspira, mas assente com a cabeça, e então faz sinal para que Sterling e Cass se aproximem por lados diferentes. Ele se agacha atrás de uma das árvores para que eu possa passar por ele.

— Cara — chamo. — Cara, é Mercedes. Sei que você não quer machucar Nichelle.

— Estou deixando-a em segurança! — exclama ela, a voz ainda abafada pela máscara branca lisa. — Eles a machucaram. Eles sempre a machucam.

— Como seu pai machucou você — concordo, entrando na clareira. Ela aponta a arma para mim, mas não tento me aproximar mais. — Sei que a nova esposa dele vai ter uma menininha. Cara, prometo para você, ele nunca vai ter a chance de machucar aquela bebezinha.

— Estou mantendo-a em segurança — insiste ela.

— Cara, você pode tirar a máscara? Deixe-me ver seu rosto, querida. Quero ter certeza de que você está bem.

Ela hesita, mas então se posiciona atrás de Nichelle, usando-a como escudo para poder levantar a mão que está segurando a arma e tirar a máscara. A máscara cai no chão, levando consigo a longa peruca loira prateada. Seu cabelo natural é um loiro levemente mais escuro, molhado de suor onde está preso em uma trança apertada. Essa jovem, com maçãs do rosto amplas e rosto cheio, não se parece muito com a menina destruída das fotos do arquivo. Ela parece saudável, e é difícil conectar sua presença alegre no escritório do Serviço de Proteção à Infância com a criança que chorava sempre que eu a deixava no quarto do hospital.

Até que ela me olha, e eu reconheço o medo.

— Aí está você, querida. Você e Nichelle estão bem?

A garotinha me olha incrédula, lágrimas escorrendo por seu rosto. Eu gostaria de poder piscar, sorrir, ou algo assim, algo para lhe tranquilizar, mas não posso, não com Cara olhando para mim.

Cara está chorando também, e nega com a cabeça.

— Não posso deixar que a machuquem.

A arma é abruptamente apontada para mim novamente.

— Você devia ter mantido Emilia em segurança, mas você a deixou ir com aquela mulher! A mulher assassinou um garotinho!

— Não, Cara, ela não fez isso. O irmão a atacou quando estava drogado. Ela se defendeu. Ele não teria morrido do tiro, pois o ferimento foi leve. Mas as drogas reagiram com a anestesia. Ele morreu por causa das drogas, querida. Ela não fez nada de errado.

— Não. Não, você está mentindo!

— Nunca menti para você, Cara. Deixe Nichelle vir até mim. Vou mantê-la em segurança.

— Ninguém pode nos manter em segurança — afirma ela, séria. — O mundo não é seguro, Mercedes. Nunca foi. — Seu sotaque arrastado do sul, praticamente inexistente quando falou conosco no escritório, agora é mais presente, por causa do estresse.

— Mas nós estamos aqui, Cara. Olhe para nós, para você e para mim. Nossos pais nos machucaram tanto, mas nós sobrevivemos. Estamos ajudando outras crianças. Você se saiu tão bem, querida, você trabalhou tão duro para deixar essas crianças em segurança. Sarah? Sarah Carter? Ela está tão aliviada, Cara, ela está em segurança agora. E você fez isso.

— O padrasto dela era um homem mau — diz Cara, abaixando um pouco a arma.

— Ele era. Ela a machucou. E você o deteve.

Nichelle não está se debatendo, mas me observa, as engrenagens rodando em sua cabeça. Quando Cass pisa em um galho seco e o barulho paira no ar, Nichelle muda o peso do corpo, levando o pé até um galho menor.

Ah, boa garota, sua menina linda e brilhante.

— Cara, sei que está protegendo Nichelle, mas você se lembra quando eu lhe disse que há regras? Não posso abaixar minha arma se outras armas estão apontadas. Você se lembra?

A loira confirma com a cabeça lentamente.

— O amigo do Papai. Ele teve que abaixar a arma.

— Exatamente. Sei que você a está mantendo em segurança, Cara, mas você tem uma arma. Não tenho permissão para abaixar a minha.

— Mas...

— Você não quer que eu a ajude, Cara?

Ela escolheu o nome Caroline, mas Cara é o nome gravado em seus ossos, que sangra por suas cicatrizes. Cara é o nome da menina assustada, aquela que quer conforto. Aquela que confia em mim.

Cass e Sterling não vão conseguir acertá-la pelas laterais, não sem arriscar Nichelle. Ela precisa abaixar a arma.

— Eu não queria machucar Emilia. — Ela soluça. — Eu só estava tentando protegê-la.

— Eu sei. Sei que estava, ela só não entendeu. Ela estava com medo, Cara. E nós fazemos coisas quando estamos com medo, não fazemos? Baixe a arma, querida.

De preferência antes que o helicóptero que consigo escutar se aproxime e assuste você.

Mas ela hesita tempo demais, e o helicóptero aparece sobre a clareira, o holofote cegando. Aperto os olhos contra a luz, graças à longa prática. Cara grita.

— Você está tentando me enganar! — exclama ela. — Você mentiu para mim!

— Cara, sei que você quer o melhor, mas você matou pessoas. Há consequências para isso.

Eddison, Sterling e Cass entram ao mesmo tempo na clareira, todos apontando as armas para Cara. Eles permanecem recuados, tentando me deixar continuar trabalhando.

Mas eu a perdi. Ela me encara, os olhos brilhando com as lágrimas, o corpo todo tremendo de emoção.

— Eu as estou *ajudando*, Mercedes. Como você me ajudou. Por quê... pensei que você teria orgulho de mim. Por que está tentando me deter? Por quê?

— Caroline Tillerman — chama Eddison, por cima do barulho ensurdecedor das pás do helicóptero. — Abaixe a arma. Você está presa pelos assassinatos de Sandra e Daniel Wilkins, Melissa e Samuel Wong...

Com o rosto contorcido em fúria, Cara avança, meio que tropeçando na resistente Nichelle, e atira. Eddison cai no chão com um gemido.

De repente há um estalido, e uma rosa negra e vermelha floresce na testa de Cara. Ela respira uma vez, tenta respirar a segunda, e cai de costas no chão enquanto Nichelle luta para se afastar dela.

Olho para Sterling e Cass, mas ambas estão me encarando.

Díos mio. Essa fui eu.

Aquele foi meu tiro.

Sterling corre até Nichelle, chutando a arma para longe e abraçando a menina para que ela não possa ver. Cara está esparramada no chão, os olhos arregalados e assustados, a boca aberta em choque.

Um gemido atrás de mim me faz virar. Eddison.

— Mercedes.

Caio no chão ao lado dele. Ele está encurvado ao redor da perna esquerda, as duas mãos cerradas ao redor da coxa, apertando o máximo possível. O sangue escorre, grosso e escuro, entre seus dedos. Guardo a arma no coldre, parecendo muito mais pesada do que jamais foi, e arranco a blusa, botões voando para todo lado, e começo a envolvê-la no ferimento.

— Sabe de uma coisa? — diz ele, rangendo os dentes. — Agora todo mundo realmente vai pensar que estamos dormindo juntos.

Puxo o primeiro nó com força sobre o buraco da bala, e ele rosna.

— Como ele está? — pergunta Sterling, com voz trêmula.

— Ele vai precisar ser retirado. O helicóptero não pode pousar, e ele não pode caminhar. E ele é pesado demais para ser carregado.

— Essa é sua maneira de me chamar de gordo?

— É meu jeito de dizer que, se você fizer mais uma piada, vou deixá-lo sob a terna misericórdia de Priya.

O imbecil tem coragem de sorrir para mim.

— Eu fui um modelo de bom comportamento quando ela foi ferida.

— Isso não quer dizer que ela também vá ser.

Ele faz uma careta com uma onda de dor latejante, os músculos se retorcendo sob minhas mãos.

— Ponto para você.

Um fuzileiro naval com equipamento completo desce do helicóptero que paira sobre nós.

— Alguém ferido? — grita ele.

Cass o segura pelo cotovelo e o empurra na nossa direção. Os fuzileiros navais, se me lembro bem, não têm equipe médica, mas a maioria das unidades tem pessoal com algum treinamento médico. Ele faz uma rápida checagem sob a bandagem que se encharca rapidamente de sangue, e então vira a cabeça para falar pelo rádio em seu ombro. Um segundo fuzileiro desce com uma maca dobrável e alguns cordames.

— Ah, merda, não — murmura Eddison.

Bato de leve na testa dele com meus dedos ensanguentados.

— Você vai fazer isso e ainda vai agradecer — advirto-o de modo ameaçador. E então, porque ele é meu irmão e estamos ambos morrendo de medo, acaricio sua nuca, os dedos mergulhando em seus cachos despenteados. Não me afasto até que os fuzileiros o levantem em um movimento suave e treinado, e o transfiram para a maca. Eles carregam a maca até as cordas pendentes e, com uma série de nós que parecem mais rápidos do que seguros aos meus olhos inexperientes, os dois e Eddison ficam amarrados. Guinchos no helicóptero os puxam para cima. A última coisa que vejo de Eddison é sua saudação cansada e, de certa forma, zombeteira para os fuzileiros que o puxam a bordo.

Cass segura meu cotovelo com as duas mãos e me ajuda a ficar em pé.

— Nichelle — recorda Cass, enquanto o helicóptero se afasta.

Certo. Uma criança traumatizada que não tem a mínima ideia do que está acontecendo.

Ela está abraçada a Sterling, o rosto enterrado no estômago de Eliza, os ombros tremendo. Sterling acaricia firmemente entre suas omoplatas, dando-lhe um ponto de apoio.

— Nichelle?

Ela vira a cabeça e me olha com um olho só.

Eu me agacho ao lado dela, tentando não tocar nenhuma das duas com minhas mãos ensanguentadas.

— Você foi tão esperta e tão corajosa — digo. — Você sabia o que estávamos tentando fazer, não sabia?

— Não no início — murmura ela, ainda abraçada a Eliza.

— Mas você descobriu. Foi muito assustador, mas você descobriu e nos ajudou. Obrigada, Nichelle. Sinto muito que isso tenha acontecido, e sinto muito por eu ter feito parecer ainda pior no início. E sabe de uma coisa? Sua mãe está em casa esperando, e está muito preocupada com você.

Ela se anima. Não o suficiente para soltar Sterling, mas posso ver todo o seu rosto, pelo menos.

— Ela está bem? — pergunta Nichelle, de repente. — Ela estava sangrando, mas não consegui ver se era grave.

— Ela está machucada — admito. — Mas vai ficar bem. Assim que ela vir que você está sã e salva, vocês duas vão para o hospital. Seu pai já está lá. Mas não sei como ele está. Ele estava na ambulância antes que eu chegasse na sua casa.

Sons começam a se espalhar pela mata, pessoas gritando e chamando por nós. Cass guarda o celular no bolso, onde estava vigiando o corpo de Cara.

— MARCO! — grita ela, e há uma onda de risadas surpresas por entre as árvores.

— Agente estúpida — alguém grita. — É quem está *procurando* que deve dizer "Marco"!

— Não posso dizer "Polo" se você não é esperto o bastante para dizer "Marco" primeiro!

Nichelle dá uma risadinha, embora pareça um pouco surpresa com aquilo.

— Nichelle, estamos realmente aliviados por você estar bem — conto para ela, sentindo-me um pouco atordoada também. — Às vezes fazemos umas brincadeiras bobas. Tudo bem?

Ela confirma com a cabeça e me dá um sorriso tímido.

Um pequeno grupo chega à clareira, a maioria policiais uniformizados com alguns agentes. Uma policial feminina imediatamente se aproxima de nós e sorri para a menininha.

— Oi, Nichelle. Meu nome é policial Friendly. Você se lembra de mim?

Ela demora um momento, mas então dá outra risadinha.

— Você falou na minha escola. Disse que seu nome é policial Friendly de verdade.

— E é mesmo — confirma a mulher, apontando para a placa no peito com seu nome. — Hannah Friendly. Enquanto estávamos procurando você, o hospital ligou para sua mãe. Seu pai vai ficar bem. E logo você se encontrará com os dois.

Nichelle olha para Cara, mas uma barreira de policiais bloqueia a vista do corpo.

— Eu... eu...

— Está tudo bem, Nichelle, você pode nos perguntar qualquer coisa.

— Eu não fiz nada de errado, fiz? Ela não me pegou porque eu fui má?

— Nadinha de errado — respondo com firmeza. — Ela morava aqui quando era uma garotinha. O pai dela era um homem mau, e a machucava, e, quando ela ficou muito chateada com algumas coisas, ela pensou que seus pais estivessem machucando você, porque você morava na mesma casa. Você não fez nada de errado, e nem seus pais. Eu prometo.

Nichelle estuda meu rosto, como se estivesse memorizando-o, os olhos escuros pairando nas cicatrizes que ganhei quando tinha só um ano a mais do que ela, e finalmente assente com a cabeça.

— Está bem. E eu posso ir para casa agora?

— Claro que sim — diz a policial Friendly, oferecendo-lhe a mão. Nichelle aceita e se permite ser levada para longe de mim e de Sterling. Eliza me ajuda a levantar, porque meus joelhos estão um pouco trêmulos, de um jeito que não posso culpar totalmente o fato de estar agachada.

E, embora eu não devesse fazer isso, acabo me esgueirando entre os policiais para me ajoelhar perto de Cara, a uma distância segura da poça de sangue do que costumava ser a parte de trás de seu crânio. Dá para ver uma fina corrente de ouro acima da gola de seu macacão branco. Encontrando um galho de aparência robusta, enrosco a corrente e a puxo com cuidado, até que um medalhão em forma de coração aparece.

— Alguém tem luvas?

Um dos agentes da equipe de Kang se ajoelha diante de mim, usando um par.

— Precisa que eu pegue alguma coisa?

Gesticulo com o galho, fazendo o medalhão balançar.

— Quero ver o que tem aqui dentro.

Ele pega o pingente e o abre com cuidado. De um lado há uma foto de Cara, adolescente, com seu urso de pelúcia branco, cortinas vermelhas ao fundo. Uma cabine de fotos, provavelmente. Ela está sorrindo, e seu cabelo é ruivo desbotado, com as raízes loiras, já perdendo o tom escarlate que seu pai o deixara. Do outro lado, há um recorte de jornal com meu rosto, com um halo desenhado com tinta dourada.

Meu estômago se retorce, e tenho que controlar a vontade de vomitar.

— Pode fechar, obrigada — digo, rouca.

— Isso é saudável? — pergunta Cass, ironicamente.

A pergunta que fiz ao padre Brendon volta à minha mente. *Como sabemos quando estamos causando mais mal do que bem?*

— Mercedes, há nove anos você a resgatou, e tentou o máximo possível resgatá-la novamente hoje. O que aconteceu nesse meio--tempo não é sua culpa. Nem sua responsabilidade.

— Mas ela foi machucada no sistema.

— Você também.

Olho para ela, e ela me encara de volta, com uma expressão nada impressionada.

— Olhe, então você nunca me contou, e não estou perguntando agora, mas não sou completamente desatenta, sabia? Sei que você esteve em lares temporários por anos, mas a única casa da qual fala é a última. Você acha que não consigo ler nas entrelinhas e saber que coisas ruins aconteceram nas outras?

— Só uma era muito ruim — admito. — O resto do tempo eu tinha que ser mudada porque minha família ficava tentando me pegar de volta.

— Mesmo assim. Você, Mercedes Ramirez, sua maldita mártir, é a prova de que a escolha que ela fez não é a única escolha possível.

— Alguém já lhe falou recentemente que você é muito ruim nisso?

Ela dá de ombros e me ajuda a levantar novamente.

— Não posso ser tão ruim quanto Eddison.

Pode haver alguma verdade nisso.

— Vamos lá. Vamos voltar até Hanoverian, para que você possa ir ao Bethesda para ver como Eddison está.

Olho para Cara, resistindo ao puxão no meu cotovelo.

— Eu devia...

— Mercedes... — Perdendo a paciência depois de esperar que eu olhe para ela, Cass segura meu queixo e vira meu rosto. — Você a tratou com toda a gentileza possível. Agora, tente ser gentil consigo mesma. Ninguém vai profaná-la. Estão só esperando o legista. Não se ajoelhe ao lado dela como se estivesse em penitência.

Mas é exatamente o que é, ou o que deveria ser. Penitência. Vigília, talvez. Ela precisava que eu a salvasse. Fosse justo ou não, fosse possível ou não, ela precisava de mim, e eu fracassei com ela.

Sterling passa o braço ao redor da minha cintura e se junta ao cabo de guerra, e nós três cambaleamos para a frente, recuperando o equilíbrio bem a tempo de impedir que a polícia de Stafford ganhe motivo para zombar de nós para sempre.

Capítulo 28

Voltamos para a casa de Douglass a tempo de ver Nichelle e sua mãe partirem em uma ambulância. Vic, parado na calçada, nos observa com expressão preocupada antes de puxar nós três para um abraço. Os policiais e agentes reunidos riem das nossas tentativas fracassadas de recuperar o equilíbrio, porque Vic não precisava cair sentado no concreto, mas ele tampouco parece se importar se isso acontecer; não está disposto a nos soltar.

Cass se contorce primeiro, o rosto rosado de rubor. Ela já trabalhou emprestada para nossa equipe em algumas ocasiões, mas acho que nunca tinha ganhado um abraço Hanoverian.

Sterling e eu nos acomodamos para ficarmos mais confortáveis no abraço, que é como se estivéssemos em casa.

— Eddison levou um tiro na perna — murmuro com o rosto no casaco dele.

— Eu sei. Nós vamos vê-lo. Vocês só precisam dar uma declaração e já podemos ir.

Isso significa que o abraço acabou.

Ele mantém um braço ao redor dos meus ombros quando todos nós finalmente nos levantamos, e Cass chama Watts para poder fazer sua declaração diretamente para ela. É muito simples, em especial se considerarmos o que está por vir. Uma agente atirou e uma suspeita morreu, então a Corregedoria automaticamente tem que conduzir uma investigação. O fato de minha presença na cena beirar o não permitido, requerida pela agente responsável, mas tecnicamente contra as normas, só vai tornar tudo um pouco mais complicado. Então

Watts simplesmente nos faz atravessar tudo aquilo juntos, reunidos ao redor do telefone como naquelas brincadeiras de seguir o mestre que fazíamos no ensino fundamental e médio.

— Vou levar o carro de Eddison de volta para Quantico — diz Cass, quando a ligação é encerrada. — Vocês e Watts podem se acertar nos próximos dias, a menos que vocês precisem de algo neste momento.

Sterling dá de ombros.

— Nesse ponto, mesmo se eu precisasse de alguma coisa, não saberia o quê — admite ela.

— Você tem algum agente de confiança para levar o carro de Watts de volta ao estacionamento? — pergunta Vic. — Dessa forma, elas podem voltar comigo.

— Claro. Ela deixa Cuomo dirigi-lo sem muito drama, e ele voltou para a mata. Eu o aviso.

Sterling entrega as chaves, e nós nos empilhamos no carro de Vic para a viagem até o Bethesda. É tranquila, com o CD player tocando seu disco favorito de Billie Holiday. O sangue na minha mão começa a incomodar, mas, se eu coçar ou esfregar, vai esfarelar por todo o carro de Vic. Claro que coisas piores já aconteceram ali, graças às filhas deles, mas mesmo assim.

Parece um pouco com uma penitência, e Cass não está aqui para brigar comigo desta vez.

— Nossas bolsas estão no meu carro — anuncia Sterling, de repente.

— E?

— Eu dirigi até Stafford sem documentos.

Viro o corpo para encará-la no banco de trás. Ela encontra meu olhar com um sorriso tímido e dá de ombros.

E, de repente, caio na gargalhada, tentando imaginar como seria explicar para um policial por que estávamos a mais de duzentos por hora sem documentos, e posso ouvi-la rindo também, e até Vic está dando risada, porque ele também sabe como Sterling dirige quando está determinada a chegar *logo* em algum lugar. É idiota e ridículo, e *eu não consigo parar de gargalhar*, até que as risadas de repente se transformam em lágrimas e estou soluçando com o rosto apoiado no ombro para não ficar com o rosto todo sujo de sangue.

Cristo.

Sterling solta o cinto de segurança e escorrega entre os dois assentos da frente o melhor que pode, inclinando-se desajeitada sobre o console do meio, para me abraçar de novo. Ela está dizendo alguma coisa, a voz suave, no mesmo volume de Billie Holiday, na verdade, mas não sei que palavras são. Levo um tempo realmente longo para perceber que é porque ela está falando em hebreu, e me pergunto se é uma oração, uma canção de ninar ou uma bronca muito gentil para que eu comece a encarar a situação.

É Sterling. Pode ser qualquer uma das opções, ou todas elas.

Quando chegamos ao hospital, Vic estaciona e pega um lenço do bolso, secando minhas bochechas e pescoço. Tento ajudar, mas ele afasta minhas mãos e, sim, elas estão cobertas de sangue. Por algum motivo, continuo insistindo nisso.

Ficamos sabendo que Eddison está em cirurgia, e os médicos não têm certeza se vão precisar colocar pinos em seu fêmur. Está quebrado, definitivamente, mas, considerando que ele é um agente da ativa, a cirurgiã vai fazer o melhor possível para evitar algo que possa afastá-lo do trabalho de campo. Isso me faz lembrar que o Bethesda é um hospital militar.

Sterling me arrasta até o banheiro para que eu possa lavar as mãos e o rosto. Quando nos juntamos novamente a Vic na sala de espera, ele está no telefone com Priya, contando o que aconteceu com Eddison. Eu não tinha certeza se ele ia ligar tão tarde para ela, mas estamos falando de Priya. Não só Eddison é seu irmão, mas ela tem uma rotina seminoturna durante o verão. A voz de Vic é calma e tranquilizadora, o tipo de voz ao qual todos nós respondemos automaticamente depois de tantos anos. Até os ombros de Sterling se soltam um pouco.

Em algum ponto, Vic sai para comprar o café da manhã, deixando Sterling apoiada meio adormecida em mim. Tiro minha credencial do bolso e a dobro, de modo a deixar o distintivo para cima, apoiado no joelho. Meu distintivo tem dez anos, e isso pode ser notado de várias formas. O dourado está gasto e opaco nos pontos mais altos do relevo das letras, onde o metal se esfrega na capa divisória de couro negro da carteira da credencial. Uma beirada está amassada por ter sido esmagada na calçada em uma queda, há uma linha de sangue seco na parte interna do U do US, que nenhum produto de limpeza conseguiu tirar, e a águia no alto está quase toda decapitada porque a então agente novata Cass, com seu medo de armas, costumava esquecer que armas têm essa coisa chamada trava de segurança. O dia em que Cass assassinou a águia no meu distintivo, que estava no armário de munição, onde deveria estar seguro, foi o mesmo dia em que ela escolheu o mestre do campo de tiro como seu tutor pessoal. O mestre do campo de tiro disse que era do interesse do bem-estar de todos. Mesmo assim, a Justiça, cega e sobrecarregada, permanece em relevo perto do centro do distintivo.

Idealmente, nossa tarefa é ser a Justiça. Sem preconceito ou noções preconcebidas, pesar a informação e baixar a espada.

Passo um dedo pelas asas da águia, traçando as letras que moldaram quase um terço da minha vida.

Departamento Federal de Investigação
Departamento de Justiça

Quando recebi o distintivo, eu costumava passar o dedo por aquelas palavras quase do mesmo modo, traçando-as sem parar, como se fosse o único meio de me convencer de que eram reais. Era novo, inspirador e assustador, e tanta coisa mudou em uma década.

Algumas coisas não mudaram. Ainda são assustadoras.

Eu sabia melhor do que a maioria que entra na instituição que o FBI não é e não pode ser nada simples, e mesmo assim eu esperava que fosse fácil. Não, fácil não é a palavra certa. Eu esperava que fosse preto no branco. Desafiador, sim, e algumas vezes doloroso, mas inabalável. Nunca me ocorreu que eu pudesse questionar o bem que faço.

Nunca foi mistério para ninguém que o sistema é falho. Meu terceiro lar adotivo incluía um homem asqueroso e seu filho quase adulto que gostavam de espiar as meninas tomando banho. Aprendi a pular o almoço e tomar banho na escola, e as meninas mais velhas me imitaram. As mais novas não tinham acesso a chuveiros no ginásio, mas podíamos levá-las para o banheiro bem rapidamente, com uma ou duas de nós montando guarda, enquanto os homens saíam.

Mas eu também tive sorte. A maioria das casas nas quais fiquei era segura, e, ainda que nem todas fossem calorosas, elas atendiam às necessidades sem arrancar muito da nossa dignidade em troca. Minha última casa temporária, a das mães, foi diferente. Uma raridade, e acho que eu sabia disso mesmo naquela época.

Quantas crianças que resgatamos não tiveram essa sorte? Quantas, que não têm uma família para mantê-las em segurança, terminam pior do que no começo?

Quantas Caras estão por aí, a um gatilho de distância de enlouquecer e matar outras pessoas ao longo de sua espiral de autodestruição?

Quantas dessas eu ajudei a criar?

— Você está machucando meu cérebro — murmura Sterling. — Pare com isso.

— Estou tentando.

— Não, você não está. — Ela ergue o braço pesado de cansaço e dá um tapinha desajeitado no meu rosto. — Está tudo bem. Foi um dia ruim.

— O que você faz para atravessar um dia impossível?

— Deixo você e Eddison passarem a maior parte dele me enchendo de álcool.

É, tem isso.

— Vic está aqui — prossegue ela, depois de um minuto — porque ele tem o mesmo medo que a maioria daqueles pais. Eddison está aqui porque não quer que outra família sofra com o peso e a dor de sempre ficar na dúvida. Eu estou aqui porque sei como esses crimes são difíceis para as famílias e amigos, e quero facilitar esse fardo no que puder. Claro que estamos aqui pelas crianças. Claro que estamos.

Mas também temos todos esses outros motivos. Você é a única de nós que está aqui total e completamente por causa das crianças. Para ajudá-las. E você ajuda todo mundo o máximo que pode porque é uma boa pessoa, mas as crianças são sua prioridade. Então *é claro* que vai ser mais difícil para você.

Ela se remexe na cadeira, cravando o queixo na minha clavícula como apoio, e se acomoda com a testa enterrada na lateral do meu pescoço.

— Acho que questionar os impactos de suas ações sobre os outros a torna uma agente melhor, porque a mantém consciente. Mas você pertence a este lugar, Mercedes. Nunca duvide disso.

— Certo, *hermana*.

Algumas horas mais tarde, bem depois que Vic voltou com um café da máquina de vendas para nós três, a cirurgiã aparece na sala de espera e nos dá um largo sorriso. Um nó se solta em meu peito.

— O agente Eddison vai ficar bem — anuncia a médica, sentando-se em uma cadeira para nos encarar. — Ele está na sala de recuperação, ainda voltando da anestesia. Assim que estiver um pouco mais desperto, vamos dar a ele todas as instruções que provavelmente ele vai ignorar.

— Hum, você realmente conhece o tipo.

— Eu opero fuzileiros navais; são todos desse tipo. Ele vai ficar aqui por alguns dias pelo menos, e esse número pode aumentar, dependendo desses primeiros dias de recuperação. Principalmente considerando como ele vai se comportar. Eis onde vou precisar de todos vocês para vigiá-lo: não tivemos que colocar pinos, mas isso não significa que não teremos que voltar para a mesa de cirurgia e fazer isso se ele estragar tudo. Isso significa respeitar os limites, controlar a dor e não se forçar a ir além do que a fisioterapeuta falar. Ele vai precisar que vocês lhe deem uns bons puxões de orelha.

— Ah, somos bons nisso — responde Vic, rindo.

— Normalmente eu diria que vocês podem entrar um de cada vez na sala de recuperação.

— Mas? — pergunta Sterling, endireitando o corpo.

— Mas as primeiras palavras que saíram da boca dele após a cirurgia foram os nomes de vocês, então acho que ele vai descansar melhor se estiverem com ele. Apenas lembrem que ele precisa de repouso.

Vic, com ar sério, faz a promessa em nome de todos nós, e Eliza e eu estamos cansadas demais para parecermos travessas, pela primeira vez. A cirurgiã nos leva pessoalmente até o quarto, onde Eddison está pálido e grogue na cama larga, fios e tubos que saem de seu peito e mão. Ele levanta uma mão para nos cumprimentar, e então se distrai ao ver o acesso intravenoso.

— Ele está chapado — brinca Vic, em voz baixa.

— *Vete a la mierda, Vic* — murmura Eddison.

— Eu falo espanhol, e você vai lembrar disso quando estiver sóbrio. Sei o que isso significa. Só Sterling não entendeu.

— Não posso falar isso para Sterling! — Santo Deus, ele parece completamente escandalizado. Ele procura por Sterling e acena para que ela se aproxime. Ele a puxa para mais perto, quase cara a cara, apesar da posição desconfortável na cama. — Não posso falar isso para você — diz ele, com sinceridade, quase encostando no nariz dela.

— Eu agradeço — responde ela, quase no mesmo tom, e dá um beijo suave na ponta do nariz dele.

Vic parece realmente surpreso, e me dá um olhar curioso.

— Nós sabemos sobre isso?

— Está de brincadeira, né? *Eles* não sabem sobre isso.

— Mas você sabia.

— Eu posso ou não posso ter feito uma aposta com as meninas. Priya e eu estávamos apostando em quando; Inara e Victoria-Bliss estavam apostando no não.

— E você não pensou em compartilhar?

Eu me recosto em seu ombro largo, sorrindo enquanto Eddison tenta convencer Eliza de que ele está bem, de verdade.

— Não queria ninguém provocando-o antes de ele descobrir. Não queria que ele se convencesse a não entrar nessa.

— Você sabe que agentes na mesma equipe não têm permissão para namorar. Fraternização.

— Também sei que a amizade que temos com as meninas são contra as regras. Somos próximos demais. Estamos envolvidos demais. Mas somos a melhor equipe do FBI. Vamos fazer dar certo.

— Sim. Sim, vocês vão.

Ficamos parados perto da parede, observando e sentindo o brilho caloroso de uma família, até que Eddison fica surpreso com o acesso intravenoso novamente, e vemos Eliza cair da cama rindo.

Capítulo 29

Jenny leva Priya até o Bethesda no final daquela manhã, depois que Eddison é levado para o quarto. Não que Inara e Victoria-Bliss não estivessem preocupadas, mas acho que nenhum de nós quer dar munição para que elas possam provocá-lo mais tarde. Ele não se lembra muito bem das horas na sala de recuperação e odeia hospitais, então vai ficar irritado por um tempo.

Mais ainda.

— Vão para casa — Jenny nos ordena, incluindo o marido. — Tomem um banho. Durmam. Vistam roupas limpas, pelo amor de Deus. Nenhum de vocês tem permissão para voltar para cá antes de pelo menos oito horas.

— Mas...

— Vocês não vão ajudar em nada aquele jovem se estiverem caindo de cansados. Vão.

— Mas...

— Victor Hanoverian, não me faça chamar sua mãe.

Ele sorri para ela e lhe dá um beijo doce.

— Eu só queria saber quanto tempo ia demorar para você colocar minha mãe na história.

Ela devolve o beijo com um sorriso e uma mão em seu rosto, que se torna a mão puxando sua orelha dolorosamente enquanto ele se encolhe e segue o movimento dela para diminuir a pressão.

— Não faz nem um ano, era você naquela cama, Victor, e os médicos não tinham certeza se você ia sair de lá de alguma forma que não fosse em um lençol ou em um saco de cadáver. Você vai precisar de mais alguns anos antes de poder brincar comigo em um hospital.

Devidamente envergonhado, ele lhe dá outro beijo.

— Você está certa, e eu sinto muito. Foi insensível.

— Obrigada.

Sterling olha para mim, sua mão na de Eddison, embora ele esteja dormindo.

— Meta de relacionamento?

— Definitivamente.

Vic esfrega a orelha com uma careta.

— Estamos falando sobre a comunicação ou a agressão?

— Sim — respondemos, decididas, e Jenny sorri antes de novamente nos expulsar porta afora.

Priya ocupa a cadeira de Sterling ao lado da cama, os pés apoiados no colchão.

— Não se preocupem. Se ele tentar se levantar, eu ameaço arrancar o cateter dele. Ele vai ficar tão mortificado que vai ter que se comportar.

E é assim que meio que carregamos uma Eliza rindo quase histericamente para fora do quarto do hospital.

Apesar das ordens da esposa para nos levar para casa, Vic faz a coisa apropriada e dirige até Quantico. Nossos carros estão lá – estou presumindo que Watts trouxe o carro de Sterling de volta –, assim como nossas bolsas, mas também há outra coisa que preciso fazer.

Entrego meu distintivo e minha arma na mesa da agente Dern, na Corregedoria, e ela se afasta para guardá-los em um cofre na parede. Não vou mentir: é doloroso vê-los desaparecer dessa forma. Em geral, quando minha arma está em um cofre, eu sei a combinação, seja a combinação temporária em um quarto de hotel, a data do Massacre do Dia de São Valentim (Sterling), a data em que Priya entrou em nossas vidas (Eddison), ou os anos dos nascimentos de Holly, Brittany e Janey (Vic). Ou a minha, a data em que Vic me tirou da cabana.

— Não estamos esperando que a investigação traga alguma surpresa — esclarece Dern, entregando-me um saquinho de M&Ms da gaveta de cima de sua mesa. — Vamos levar alguns dias para reunir todas as informações antes de chamarmos você. Eu diria que isso lhe dará tempo para preparar o que for necessário, mas você nos manteve cientes a cada passo do caminho, então use o tempo para descansar. Não imagino que fique de licença mais do que uma ou duas semanas antes que seu distintivo lhe seja devolvido.

Não tenho certeza da expressão que faço naquele momento, porque ela se senta parecendo interessada e preocupada.

— Agente Ramirez? Não quer seu distintivo de volta?

— Eu... eu não sei — confesso baixinho. Apesar do que Cass e Sterling disseram essa manhã. Diabos, apesar do que eu disse para Vic... não tenho certeza se consigo continuar fazendo isso sem incorrer em feridas que não sou forte o suficiente para suportar.

A surpresa inicial na expressão da Mãe Dragão se transforma em compreensão, e ela se recosta em sua cadeira. Ela tira os óculos de leitura do nariz e dobra as hastes, deixando-os cair na corrente que que se apoia um pouco torta em seu peito.

— Todo agente chega a este momento, Mercedes — diz ela, com gentileza. — Pelo menos todo bom agente. Que você tenha alcançado esse ponto na carreira sem que isso tenha se tornado crítico é um testamento sobre você, mas também sobre Hanoverian e Eddison, e o jeito como vocês apoiam uns aos outros. Questionar seu futuro conosco não a faz uma agente ruim. Então. Você tem algum tempo para pensar sobre essas coisas.

— Você já... — engulo o resto da pergunta, mas ela sorri.

— Há quarenta e um anos — responde ela. — Tínhamos um agente que estava perseguindo um suspeito e usou força letal. Sem testemunhas, mas sua equipe e os policiais que estavam trabalhando com ele comentaram que havia algo naquele caso que parecia incomodá-lo. No fim, nossa investigação não foi capaz de provar de um jeito ou de outro o que realmente aconteceu naquele confronto. Recomendamos suspensão e uma avaliação psicológica completa antes que ele retomasse suas atividades.

— E o que aconteceu?

— Ele entregou o distintivo e a arma, foi para casa, tirou a arma pessoal do armário e atirou na esposa e nos dois filhos antes de atirar em si mesmo.

— Jesus.

Ela assente com a cabeça e seu sorriso se torna triste.

— Acho que você está familiarizada com os tipos de perguntas que fiz a mim mesma ao longo das semanas seguintes, e mesmo depois. Eu tinha causado aquilo? Era responsável pelas mortes deles? Tinha deixado passar algo durante a investigação que poderia ter nos indicado que ele faria aquilo? Quão boa eu era no meu trabalho se não tinha percebido o que podia acontecer? Como eu continuaria no trabalho depois daquilo? Esta não é a primeira vez que você se faz essas perguntas, Mercedes, embora possa ser a primeira vez que precisa delineá-las com clareza. Quer você continue ou não, não será a última vez. Momentos como este, questões como estas, eles se tornam parte de você.

— Como você decidiu?

— Minha filha estava preocupada. Se eu deixasse o FBI, ainda seria a Mulher-Maravilha? — Ela dá uma gargalhada com minha expressão surpresa. — Minha garotinha achava que todos os agentes do FBI eram super-heróis, e que sua mãe era a Mulher-Maravilha, que usava o laço da verdade. Não derrotava os vilões apenas; eu protegia os outros super-heróis. Ela tinha quatro anos. Ela não entendia que havia muito mais. Mas, até onde lhe dizia respeito, eu era a Mulher-Maravilha, e a Mulher-Maravilha nunca deixa que os caras maus vençam. — Ela balança a cabeça e pega outro saquinho de M&Ms, colocando alguns na palma da mão. — Como eu poderia argumentar contra isso?

— Cara Ehret pensava que eu fosse um anjo.

— Houve outros casos desde então. Não é um só e pronto, todas as crises estão evitadas. Haverá outros casos que vão afetá-la com a mesma intensidade, e os motivos para isso podem nem ser os mesmos. — Ela coloca os doces na boca, mastigando e engolindo rapidamente. — Não se sinta mal por precisar desse tempo, Mercedes. Você vai ficar melhor por isso, e o FBI vai ficar melhor por isso.

Eu concordo com a cabeça, meu cérebro já dando voltas ao redor de suas palavras.

— Como está Eddison?

— Ele vai ficar bem. Vai sentir dor quando mudar o clima, provavelmente, e não vai correr em estádios por um tempo.

A agente Dern estremece delicadamente.

— Mesmo dando o melhor de mim, nunca entendi quem sobe escadas correndo de propósito. Em especial nos estádios! Mas, é claro, estou com quase setenta anos e ainda tenho meus joelhos originais, então talvez eu esteja certa.

Deixo o escritório dela dando risada, o que provavelmente não é reação normal para um agente que acabou de ser colocado em licença administrativa. Recebo alguns olhares perplexos por causa disso.

Pela primeira vez em semanas, estou atrás do volante do meu carro e paro na garagem. Minha casa me espera, mesmo que eu não tenha mais certeza se é ainda um lar, minha casinha manchada pelo último mês e mudada. Mesmo assim, paro para pegar uma caixa de cupcakes para Jason, e comemos juntos na varanda da frente da casa dele, enquanto ele arranca o mato dos canteiros e eu costuro botões em suas camisas e remendo alguns rasgos, porque, se há uma ponta afiada em algum lugar, ele vai enroscar a roupa nela.

— Então está tudo acabado? — pergunta ele.

— Tudo acabado.

— Fico feliz que tenha sido resolvido.

Passo o resto da tarde vagando pela casa, ligo meu celular pessoal pela primeira vez em quase uma semana e conecto-o no notebook para baixar as fotos que quero manter. Depois disso, há uma certa satisfação em tirar o SIM card e arrebentar o aparelho com um taco de beisebol. Vou acabar comprando outro em algum momento, e desta vez não darei o número para Esperanza.

Estou ciente, em grande parte, que eu podia simplesmente ter trocado o número sem ter que destruir o telefone. Mas é mais gratificante dessa forma.

Naquela tarde, vou até o Walmart e volto com uma pilha grande de caixas de plástico. O urso de veludo negro volta para minha mesa de cabeceira, são e salvo, mas todos os demais são empilhados nas caixas com algumas naftalinas para proteger o tecido. A lavanderia tem um armário que é servido pelo ar-condicionado, protegido da umidade e de qualquer coisa que aconteceria na garagem, e, quando a porta fecha a torre de caixas, parece um pouco como cortar fora um dedo.

As paredes do meu quarto parecem vazias, nuas até, mas talvez isso não seja algo ruim. Mudo os lençóis e arrumo a cama, morna com a luz do sol, e deixo que minha mente vague por tudo o que aconteceu. Preciso tomar uma decisão, mas a agente Dern diz que tenho tempo. Não vou me apressar, porque tenho tempo.

No começo da noite, volto para o Bethesda. Segundo a enfermeira no balcão, deram outra dose de hidroformona para Eddison há menos de meia hora, então não é surpreendente que ele esteja apagado quando entro no quarto. Jenny se foi, mas Priya está esparramada no sofá minúsculo com uma pilha de fotos e uma quantidade alarmante de suprimentos de scrapbook.

— Então, Eddison e Sterling, hein? — pergunta ela.

— Ele lhe contou isso? — Eu me acomodo na cadeira entre ela e a cama, do lado direito de Eddison.

— Mais ou menos? Ele perguntou se seria esquisito continuar chamando alguém pelo sobrenome depois de beijar essa pessoa.

— E o que você disse?

— Que não é mais esquisito do que chamar sua irmã pelo sobrenome o tempo todo. — Ela sorri para mim. — Estou feliz que você esteja mais ou menos bem.

— Mais ou menos bem — repito, experimentando as palavras.

— Sim.

Priya sabe o que é estar mais ou menos bem. Ela passou cinco anos vivendo assim, e, mesmo agora, com o processo de cura pelo qual passou nos últimos três anos, ainda tem dias em que mais ou menos bem é o melhor que consegue.

Pego um livro de problemas lógicos para não ficar tentada a espiar por sobre o ombro dela. Ela vai nos deixar ver as fotos quando estiver pronta.

— Ravenna finalmente fez contato — anuncia ela, franzindo o cenho, pensativa para uma foto. — Ela está passando um tempo com uma amiga em Outer Banks. Elas precisam ir até outra ilha para conseguir acesso de internet, e ela não foi. Só ligou o celular de novo hoje.

— Como ela está?

— Mais ou menos bem. — O sorriso retorna, fugaz, mas sincero. — Ela vai se juntar a nós em Maryland para as últimas fotos. Depois disso, vai renovar o passaporte e deixar tudo o mais em ordem para poder viajar comigo quando eu voltar para Paris. Com um oceano entre ela e a mãe, acho que ela vai começar a melhorar.

— Fico um pouco preocupada com o que ela pode aprender com você e sua mãe.

— Tem um estúdio de balé na rua de casa. Faço várias das fotos oficiais deles, e eles me deixam fotografar ensaios e aulas, e alguns projetos de palco. Acho que vou levá-la até lá e apresentá-la para eles.

Porque Patrice Kingsley cresceu amando a dança, e Ravenna dançou durante seu tempo no Jardim para conseguir seguir em frente, e, desde que saiu, ela não sabe mais se era Patrice ou Ravenna dançando, dançando por amor ou para manter a sanidade.

— É uma boa ideia — murmuro, e Priya assente com a cabeça, cola uma tira de papel e estende o braço para pegar uma folha cheia de adesivos de strass.

Lá pela meia-noite, quando Priya está dormindo profundamente, enrolada em um cobertor, Eddison se mexe e olha ao redor.

— *Hermana?*

— Estou aqui.

— Traga seu traseiro aqui para a cama. Meus olhos não conseguem se fixar na cadeira.

Rindo, deixo o livro e a caneta de lado e me deito na cama ao lado dele. Sua perna esquerda está apoiada por um pedaço de espuma moldada, mas não quero que ele se mexa muito. Felizmente o acesso intravenoso e os fios estão todos do outro lado. Eu me acomodo encostada nele, a cabeça em seu ombro, e nós simplesmente respiramos por um tempo.

— Alguém ligou para meus pais?

— Eles estão em um cruzeiro no Alasca com seu tio e sua tia. Falamos para eles que você se saiu bem da cirurgia, e que ligaria para eles assim que não estivesse mais tropeçando nas próprias bolas.

— Por favor, me diga que vocês não...

— Não, não falamos para sua mãe que você estava tropeçando nas próprias bolas. — Bufo. — Falamos para ela que você estava muito sedado.

— Não gosto disso.

— Pobrezinho.

— Sim, basicamente isso. — Ele dorme novamente. O ódio de Eddison por analgésicos fortes não tem nada a ver com tentar ser macho e durão; ele simplesmente odeia ficar fora de si.

Não tenho certeza do momento em que caio no sono. Estou mais ou menos ciente de alguém tocando meu cabelo, do peso de um cobertor sobre mim, mas uma voz me diz para ficar quieta e dormir, e é o que faço.

Capítulo 30

Bem cedo na manhã de terça-feira, sento-me no banco simples de madeira do lado de fora de uma das salas de reuniões da Corregedoria, os polegares tamborilando de forma infinita e ansiosa no celular. Meus joelhos balançam, e é só por pura força de vontade que impeço que meu calcanhar também bata no chão para marcar o tempo. Estou clara e visivelmente uma pilha de nervos, e não consigo afastar o olhar das mãos, com medo de ver a porta se abrir e paralisar.

Passos firmes se aproximam, e sinto alguém se sentar no banco ao meu lado. Não tenho que olhar para saber que é Vic. Além da sensação familiar de sua presença, ele usa o mesmo pós-barba há mais tempo do que tenho de vida.

— É o protocolo — diz ele, baixinho, ainda tentando preservar minha teórica dignidade, embora estejamos sozinhos no corredor. — Você já passou por isso antes, e vai passar novamente.

— Desta vez é diferente.

— É e não é.

Protocolo. Porque, toda vez que um agente dispara sua arma, a Corregedoria investiga as circunstâncias, para garantir que foi a melhor opção, e que não havia outra forma para agir. Já passei por isso antes, e, na maioria das vezes, por mais que seja desconfortável se sentar diante dos agentes da Corregedoria e explicar todo mínimo detalhe do que você fez, é realmente reconfortante. De certa forma, é reconfortante saber além de qualquer sombra de dúvida que não só você fez a coisa certa, a única opção, mas seu departamento está contando com você para manter um alto padrão de integridade e ética.

Hoje não é reconfortante, porque hoje é diferente.

Vic coloca a mão no meu joelho. Não aperta, só a deixa ali. Quente, sólida e familiar.

O rangido e o baque de muletas soa pelo corredor, e nós dois erguemos o olhar para observar Eddison dar a volta lentamente na esquina. A metade de cima dele parece quase pronta para o trabalho, a camisa social branca e o paletó preto combinando com uma gravata preta coberta de minúsculas rosetas de vitrais. Em vez de calça social, no entanto, ele está usando uma calça de moletom preta e tentando desesperadamente parecer profissional, e tênis pretos que ele não usa no escritório desde que foi promovido a supervisor de equipe. A calça é larga o bastante para que as bandagens volumosas em torno de sua coxa esquerda não sejam particularmente visíveis, a menos que você já saiba que estão ali.

A aparência dele é terrível. A pulseira de plástico amarela do hospital ainda está em seu pulso, aparecendo por baixo do punho da manga, e sua cor é péssima por baixo do que, uma semana sem chegar perto de um barbeador, já é basicamente uma barba. Linhas apertadas ao redor de seus olhos anunciam que ele não está tomando o tanto de analgésicos que deveria.

O *pendejo* levou um tiro há uma semana, mas vamos todos nós para o inferno se tentarmos fazer com que ele seja sensato. *Dios nos salve de idiotas y hombres.*

— Você está quase atrasado — Vic diz em vez de oi.

Eddison para diante de nós e leva um minuto para descobrir como vai se sentar com a muletas.

— Acho que todos os agentes do prédio pararam para conversar comigo.

— Felizes pela sua volta?

— Me dando um sermão para pegar leve — corrige ele, coçando o queixo. — Watts diz que não sou de confiança para cuidar de mim mesmo adequadamente, então todo mundo quer ver com os próprios olhos.

— Ela não está errada.

A troca é familiar, o som de um milhão de outras conversas, e inclino a cabeça para trás, apoiando-a na parede, fechando os olhos e deixando que as vozes deles me cubram. Meus polegares continuam seu tamborilar rápido no celular. O movimento repetitivo está fazendo meus punhos doerem, mas não consigo parar.

A ponta de um tênis cutuca minha canela.

— Ei — diz Eddison. — Nós estamos com você.

— Eu sei — respondo, com um tom de voz um pouco agudo demais para parecer crível.

— Você não fez nada errado.

— Eu sei.

— Mercedes. — Em um truque sujo e desleal que aprendeu com Vic, ele espera até que eu o encare. — Estamos com você.

Respiro fundo e solto o ar devagar, e então faço isso mais uma vez, dessa vez contando.

— Eu sei — respondo por fim. — É só que eu...

— Isto aqui ajuda? — pergunta uma nova voz, e Eddison tropeça para trás com um grito, equilibrando-se nas muletas quase tarde demais.

Sterling está parada ao lado dele, com um sorrisinho e um suporte de papelão com quatro bebidas quentes.

— Guizo — murmura Eddison. — Vou colocar um guizo em você.

— Promessas, promessas. — Ela entrega para Vic um copo que tem um cheiro forte de café preto com creme de avelã, e então me entrega um com um cheiro delicioso de chocolate. — Imaginei que você já estaria nervosa o suficiente — diz ela ao dar de ombros —, mas, se preferir café, podemos trocar.

— Não, chocolate quente está bom. Chocolate quente é... — A mão que não está segurando o copo ainda tamborila rapidamente no telefone, um pequeno coração de coelho prestes a arrebentar de medo. — Está ótimo. Obrigada.

Eddison olha para os dois copos restantes no porta-copos.

— Um desses é meu, certo?

— Sim, preto como sua alma. Você pode pegar quando estivermos lá dentro.

— Descafeinado? — pergunta Vic.

Sterling dá de ombros novamente.

— Ficaria preocupada com a cafeína se ele estivesse tomando os remédios, mas não está, então...

— Estou tomando meus remédios! Vic, não me olhe com essa cara de decepção, eu estou tomando meus remédios.

— Não todos eles — Sterling anuncia com uma voz cantarolada, e, pelo belo olhar de desgosto e traição que Eddison lhe dá, vou adivinhar que foi ela quem o tirou do hospital, e que este é seu preço. Também vou adivinhar que ela não disse para ele qual seria esse preço.

— Vou tomar os analgésicos no final do dia, muito obrigado, mas eu preferia não ser um babão incoerente na frente do pessoal da Corregedoria. — Ele tenta pegar o copo mais próximo, mas ela o afasta.

— E como você vai conseguir fazer isso de muletas?

— Eu vi você fazendo.

— Você não tem porte para fazer do mesmo jeito que eu.

Com as pontas das orelhas ficando rosadas, Eddison dá uma rápida olhada para os dois lados do corredor.

— Você se importa? Estou tentando limitar minha presença em seminários sobre assédio sexual em uma por ano.

— Crianças — Vic chama a atenção. Eddison está furioso, mas fica quieto. Sterling não se incomoda com a cara feia dele; mesmo em seus momentos mais travessos, ela consegue manter um ar de inocência bom o bastante para conseguir administrar todo o resto. Pela primeira vez ela está usando uma roupa colorida no trabalho, uma blusa azul royal vívido, que destaca seus olhos. Ainda é uma cor de poder, nada suave ou, especialmente, feminino, mas estou feliz que finalmente ela esteja confortável o bastante para se afastar do branco e preto.

Diz algo sobre mim o fato de que tudo isso está me ajudando a me centrar? Se estivessem realmente preocupados com o desfecho dessa investigação, eles ou estariam muito quietos (Vic e Sterling) ou abertamente desagradáveis (Eddison. Sempre Eddison). Isso é um negócio como qualquer outro.

A porta se abre com um rangido atrás dos dois agentes em pé. Cada sala de reuniões deste andar tem uma porta que range ao ser aberta, não importa quanto WD-40 a manutenção aplique. Os rumores dizem que algum agente empreendedor colocou alfinetes em todas as dobradiças, a fim de que qualquer um que esteja esperando no corredor por um depoimento ou uma reunião disciplinar com a Corregedoria seja avisado quando a porta se abrir. Não tenho ideia se o rumor é verdadeiro ou não, mas também sei que nenhum agente jamais tentará descobrir.

Não somos imunes à superstição, embora devêssemos ser melhores do que isso.

Um jovem, provavelmente recém-saído da academia, para na porta e pigarreia.

— Estamos prontos para vocês, agentes.

Vic aperta meu joelho.

— Mercedes?

Confirmo com a cabeça, uso mais um minuto para respirar e, finalmente, me levanto.

Eddison bate com o ombro no meu, o nariz pressionado em minha bochecha.

— Lembre-se, estamos com você — murmura ele. — Você não está sozinha nessa, *chula*.

Respiro fundo, o cheiro familiar dele alterado pelos odores persistentes do hospital. Durante dez anos, estes dois homens têm sido parte da minha família, e Sterling é parte agora também. Estive ao lado deles durante o inferno e além.

E eles estiveram ao meu lado.

Capítulo 31

Dois dias e meio depois, as entrevistas estão praticamente encerradas, e a agente Dern nos dispensa para o almoço. O veredito, tal como é, virá quando nos reunirmos novamente. Saímos da sala de reuniões e voltamos para nossas baias para esperar, e as garotas estão ali, com crachás de visitantes presos nas blusas. Elas trouxeram comida, insistindo em nos dar apoio moral. Inara e Victoria-Bliss tiveram que voltar para Nova York na sexta-feira, mas retornaram a noite passada para estarem ali, e isso significa muito.

Eddison empurra a comida com o garfo. Ele não anda com muito apetite desde que levou o tiro, o que é normal, mas não é muito bom. Está quase semicerrando os olhos por causa da dor, e os músculos do lado esquerdo de sua boca ficam se retorcendo. O mais delicadamente que posso, enrosco meu pé sob o dele e levanto sua perna até poder agarrar discretamente seu tornozelo e apoiá-lo em meu colo. A elevação adequada não vai fazer parar de doer, mas pelo menos é alguma coisa. Ele solta um suspiro leve e cutuca meu cotovelo com o dele.

Para ser honesta, achei que estávamos sendo maravilhosamente sutis, mas Vic me encara e sorri de leve, balançando a cabeça para a teimosia de Eddison.

Priya empurra dois álbuns de recortes na minha direção, cruzando as mãos sobre a mesa.

— Vic, Eddison, vocês receberão cópias do primeiro, mas pareceu importante terminar este a tempo.

Levanto a capa, ciente de Vic e Eddison perto de mim, um de cada lado. Sterling sorri e começa a limpar as caixas. A primeira foto é de Inara, naqueles primeiros dias depois do Jardim, as asas da elfin ocidental do pinho estampadas em suas costas em tons marrons claros, rosas e roxos como joias, as laterais do corpo e as mãos cortadas e queimadas do vidro e da explosão. Ela olha por sobre o ombro, de leve, os olhos semicerrados para quem quer que estivesse no aposento. No outro canto da página, no entanto, há uma foto mais recente dela, sem blusa e de costas, algumas cicatrizes finas onde os ferimentos estavam antes, uma confusão colorida de saias em torno do corpo enquanto ela olha por sobre o ombro. Ela está brincando nesta foto, as cores das asas só um pouco mais desbotadas, os braços cruzados diante de si, com as pontas dos dedos aparecendo por sobre os ombros. Minúsculas borboletas e pilhas de livros decoram os cantos em branco da página.

A página seguinte mostra Victoria-Bliss, os azuis vivos e negros da mexicana de asa azul tão dramáticos quanto o resto de sua coloração. Assim como Inara, a primeira foto claramente foi tirada no hospital ou logo depois, mas na segunda ela está na praia, vestindo a parte de baixo de um traje de banho, um tipo de bermuda azul com babados, e está pulando de uma pedra quadrada nas ondas espumantes. Seus braços estão para o alto, como se ela tivesse saltado de uma altura maior, os pés chutando para trás.

E então ali está Ravenna, a perna envolta em bandagens, por causa de um pedaço grande de vidro que caiu, o branco, o amarelo-claro e o laranja destacados em sua pele escura. Na foto nova, talvez Ravenna, talvez Patrice, ou talvez alguma coisa inteiramente nova equilibrada delicadamente entre as duas, está dançando com sapatilha de ponta e leggings curtas, um braço cruzado sobre o peito, o outro braço e uma perna inteiramente estendidos. Forte, graciosa, segura em sua postura apesar da chuva torrencial. Há esperança para ela, com sorte e com a atenção formidável das mulheres Sravasti.

Todas as Borboletas sobreviventes, antes e agora, saudáveis e, a maioria, felizes. Curando. A última página do primeiro conjunto mostra Keely, que tinha apenas doze anos quando foi sequestrada. Ela não ficou no Jardim tempo o bastante para ter asas tatuadas nas costas, então, ao contrário das outras, em sua foto atual, ela está totalmente vestida. Ela lutou durante muito tempo com as consequências do ocorrido, não só por ter sido atacada e sequestrada sendo tão mais jovem do que as demais, mas com as respostas públicas muito variadas que recebeu. Agora, alguns meses antes de fazer dezesseis anos, ela está sorrindo na foto e segurando sua nova licença para aprender a dirigir.

Esse foi o projeto de Priya durante o verão. Continuo virando lentamente as páginas que mostram as garotas em partes de suas novas vidas, e algumas em que elas claramente se reuniram para fotos em grupo. Há uma de Inara e Keely que faz meus olhos arderem de lágrimas. Inara protegeu Keely no Jardim, e fez o melhor possível para ajudá-la depois, e ali elas estão na página, esparramadas sobre um lençol ao sol, com os olhos fechados e as bocas sorridentes.

Completamente inconscientes do balão de água prestes a aterrissar sobre elas. Essa é... essa é uma foto e tanto.

Mas é tão *normal* e saudável, e, Deus, essas garotas incríveis chegaram tão longe.

A última foto tem todas as sete sobreviventes, capturadas no meio de um salto em um quintal ou campo, todas elas usando vestidos brancos e os cabelos soltos, com asas de borboleta de plástico, coloridas, daquelas que as crianças costumam usar no Halloween, capturando a luz do sol. Todas estão rindo.

— Algumas das outras estavam ficando frustradas — explica Inara, recostando-se em Priya. — Às vezes sua recuperação se estabiliza, e é difícil convencê-las de que ainda estão melhorando. Priya e eu tivemos essa ideia, para que elas pudessem ver isso de algum modo. Mas queríamos fazer isso para vocês também. Nós assombramos vocês por um tempo, e vocês nos adotaram, e acho que somos as únicas que estamos observando para garantir que vocês também se curem.

Victoria-Bliss amassa um guardanapo, fazendo uma bolinha de papel, e o joga em Eddison, um arremesso propositalmente curto, para que ele não tenha como agarrá-lo.

— Somos gratas. Sabemos que vocês não viram grande parte das outras depois do julgamento, quando a sra. MacIntosh no contou sobre a bolsa de estudos que estava preparando para nós. Então queríamos dar fotos novas para vocês, para que não pensem mais no passado.

— Isso é incrível — sussurro, e perco a batalha para as lágrimas que escorrem pelo meu rosto. Mas o mesmo aconteceu com Vic, e até Eddison está tentando ao máximo permanecer estoico.

— O segundo álbum, Mercedes, é só para você — diz Priya.

— Isso quer dizer que devo olhá-lo em particular?

— Isso é com você. Só quis dizer que os meninos não vão ganhar cópias deste. — Ela mostra a língua para o beicinho fingido de Eddison. — Ninguém mais ganha fotos das férias do agente especial Ken.

— Embora — pondera Inara — o álbum dele vá ter algumas fotos extras de quando o agente especial Ken e meu pequeno dragão azul viajaram para conhecer as garotas.

Ele parece ao mesmo tempo lisonjeado e horrorizado.

— Santo Deus — bufa.

As três garotas lhe dão sorrisos maliciosos.

Colocando o outro álbum em cima do primeiro, eu o abro e encontro uma foto de Brandon Maxwell, um menino de oito anos, vítima de sequestro do meu primeiro caso como agente. Ele está sentado com os pais, o rosto marcado pelas lágrimas, mas sorrindo, um urso verde vivo no colo. Ao lado há uma foto nova, um pouco granulada, como se não tivesse sido bem focada, de um garoto de dezoito anos usando a beca laranja e branca da formatura, sorrindo com aparelho nos dentes, e um urso de pelúcia verde desbotado e surrado em cima do capelo.

— O que é...

Todas as páginas. Todas as páginas têm uma foto do arquivo dos nossos casos, de uma das crianças resgatadas com seus ursos, e uma foto deste verão. A idade das crianças varia dos quase vinte anos a um único dígito, e todas estão...

— Conseguimos permissão da agente Dern — explica Priya, enquanto continuo virando as páginas. — Não tínhamos certeza se era permitido entrar em contato com as famílias, mas ela disse que, se Sterling fizesse isso e nenhuma informação privada fosse compartilhada, que não devia haver problema.

— Eliza?

— É seu aniversário de dez anos no FBI — declara ela, com um sorriso e um dar de ombros. — Eu disse para eles que estávamos preparando algo para você, e que, se estivessem dispostos, se ainda tivessem os ursos, gostaríamos que nos enviassem uma foto da criança com o urso. Provavelmente conseguimos vinte e cinco por cento de respostas positivas. Bem incrível, na verdade. Eles nos mandaram as fotos por e-mail, e nós as imprimimos.

Também há fotos de Priya ali, com doze anos e à beira de um surto de crescimento, com mechas azuis no cabelo escuro. Em uma delas, ela está sentada abraçando seu urso, franzindo o cenho para o diário em suas mãos, uma carta infinita para Chavi. Há outra que sua mãe deve ter tirado, que captura perfeitamente a fúria de Priya, o choque de Eddison e o urso no ar, em meio à sua rota de colisão com o rosto de Eddison.

Eddison suspira, mas é com carinho demais para ser convincente.

E então há uma nova foto, de Priya na mesa de um restaurante, a blusa cortada em um ângulo abaixo do busto para que sua tatuagem apareça na lateral do corpo. O urso está sentado em um prato, usando uma minúscula camiseta branca na qual está escrito em vermelho: "Eu sobrevivi a um jantar com Guido e Sal".

Não demos ursos de pelúcia para a maioria das Borboletas; elas já eram crescidas demais para isso, e não queríamos parecer condescendentes. Mas demos um para Keely, e ela está no carro da mãe, com o urso sentado no painel.

Não há fotos das crianças do último mês, e fico tão, mas tão grata por isso que mal consigo falar.

Vic se levanta e dá a volta na mesa, beijando o rosto de cada uma delas.

— Isso é maravilhoso, senhoritas. Obrigado.

Concordo com a cabeça, perto demais de gritar como uma idiota para ser capaz de formar palavras.

— Mais ou menos bem? — pergunta Priya, e eu confirmo com a cabeça novamente.

O agente com cara de bebê que está acompanhando as entrevistas da Corregedoria enfia a cabeça na sala de reuniões. Erickson, esse é o nome dele.

— Agentes? Quando estiverem prontos.

Paramos para guardar os álbuns no escritório de Vic, para mantê-los em segurança, e acompanhamos as garotas para fora do prédio. Todas as três me dão abraços apertados e murmuram agradecimentos, e, se a descida pelo elevador me deu um pouco de compostura, bem, aquilo simplesmente acaba comigo. Vic me entrega um lenço sem precisar me olhar.

Quando voltamos para nossos assentos na sala de reuniões, minhas credenciais estão sobre a mesa, diante do que se tornou meu lugar nos últimos três dias, a carteira dobrada de modo que o distintivo apareça. Eu me sento, envolvo as mãos ao redor do distintivo e o inspeciono.

Alguém, provavelmente a agente Dern, conseguiu tirar a mancha de sangue do U. Tentei fazer isso durante anos, com tudo o que era possível, de cotonetes a agulhas, passando por mergulhar a coisa toda em água com sabão, e ali está ele, finalmente limpo. Ali está a Justiça e a águia, cujo dourado está opaco de ser esfregado tantas vezes, cercado por uma parte que é mais brilhante por ser muito tocada, mas não tanto. Durante dez anos, este distintivo tem sido parte de mim.

— Agente Ramirez.

Olho para a agente Dern, que me encara com um tipo terrível de compaixão da outra ponta da mesa.

— É constatação desta investigação que suas ações foram não só apropriadas, mas necessárias. Embora lamentemos a perda de uma vida, você fez o que precisava ser feito para proteger não só os agentes que trabalham com você, mas a criança que era mantida refém, e agradecemos por seus serviços. Sua licença administrativa está encerrada, e, embora recomendemos um determinado tipo de acompanhamento psicológico para ajudar nos danos emocionais, você está liberada para retornar ao serviço ativo. Se for isso o que você deseja.

A boca de Eddison desaparece atrás de sua mão, e ele encara a mesa com uma expressão tão neutra que teve estar sofrendo para tentar não fazer uma careta. As mãos de Sterling estão cruzadas em seu colo, seus olhos fixos nelas, mas seus olhos estão brilhantes e úmidos.

Vic...

Vic me carregou para fora do inferno quando eu tinha dez anos, e me carregou tantas vezes desde então. Ele encontra meu olhar e sorri, triste, mas calmo, e assente com a cabeça.

Analiso o distintivo em minhas mãos, respiro fundo e olho novamente para os agentes da Corregedoria do outro lado da mesa.

— Agente Ramirez, você tomou sua decisão?

Outra respiração profunda e lenta, e reúno toda a minha coragem.

— Tomei.

Era uma vez uma garotinha que tinha medo de machucar os outros.

Era estranho no contexto, e ela sabia daquilo. Por muito tempo, as pessoas que deviam amá-la, tomar conta dela, mantê-la em segurança, a tinham machucado. Ela ainda tinha as cicatrizes e sempre teria, interna e externamente. Ela podia senti-las com os dedos, com as lembranças, com seus medos.

Existe um limite no quanto você pode se curar. Chega um ponto no qual o tempo já não é mais um fator: ele já fez o máximo possível.

Mas ela sobreviveu, saiu viva daquilo, mesmo que espancada, e lentamente refez uma vida para si mesma. Foi embora, fez amigos, trabalhou para conseguir um emprego que amava.

Ela só queria ajudar pessoas, ajudar crianças.

Era tudo o que ela sempre quis, praticamente desde o momento em que percebeu que isso seria possível. Quando finalmente percebeu, ao longo de todos os anos e camadas de medos, que tinha um futuro, ela sabia que precisava passá-lo ajudando os demais, como ela tinha sido ajudada.

Uma noite, depois de anos sendo machucada, um anjo veio resgatá-la, e a levou embora.

Não era o fim de sua dor – não era sequer o fim de seus ferimentos –, mas ainda assim foi um acontecimento que mudou sua vida. Ela olhou nos olhos do anjo, bondoso, triste e gentil, e soube que o resto de sua vida tinha um caminho, se ela pudesse colocar os pés nele.

E ela tinha ajudado, não tinha? Mais do que tinha machucado?

Às vezes estava fora do seu alcance. Ela tentava mantê-los em segurança, deixá-los em uma situação melhor, e fazia isso na maioria das vezes, não fazia? Ou estivera tão concentrada em escapar que tinha se esquecido – ela, entre todas as pessoas – que para onde eles iam era quase tão importante?

Ela não tinha certeza de como a balança se equilibrava. Ela tinha ajudado mais do que tinha causado danos?

Mas Mercedes sabia – ela esperava, ela rezava, ela sabia – que o medo fazia dela uma agente melhor. Fazia com que ela se importasse com o que vinha depois, não só com o que tinha acontecido antes. Havia crianças com as quais tinha fracassado e crianças que tinha salvado, e crianças que ainda iria salvar (e crianças com as quais ainda iria fracassar), e ela estaria condenada se desse as costas para qualquer uma delas.

Havia outra garotinha assustada que tinha escolhido um caminho diferente, mas Mercedes escolheu este, e o escolheria sempre.

Agradecimentos

Cada livro tem seus próprios desafios, e parte seu cérebro de modos distintos, e este livro não foi exceção.

Então, um agradecimento imenso para Jessica, Caitlin e a equipe incrível da Thomas & Mercer. Vocês são incríveis, me apoiam e são uma piada completa, e ainda não consigo acreditar que receberam meu e-mail "por favor, não me odeiem" aos risos. Para a agente Sandy, que riu com duas vezes mais força, e estou começando a achar que isso pode dizer mais sobre mim do que eu pretendia.

Obrigada, Kelie, por me deixar roubar sua tatuagem para Mercedes, e por ser, em geral, você, e para Isabel, Pam e família, Maire, Allyson, Laura, Roni, Tessa, Natalie e Kate, por continuarem a ser as pessoas incríveis que são.

Para minha família, por me apoiar, por comemorar comigo e por ter tanto orgulho de mim. Isso significa muito e me mantém seguindo em frente, mesmo quando quero atear fogo a um texto, e sou muito grata. E obrigada por não se importarem quando consegui me afastar algumas horas das chegadas em massa e das festividades pré-casamento para poder trabalhar nas minhas edições. Especificamente, obrigada a Robert e Stacy por me darem um lugar para ficar quando eu estava tão ocupada em tentar terminar o livro a tempo que não podia procurar um lugar para morar.

Agradeço a Kesha, cujo álbum novo alimentou metade do texto original e das edições, a Mary Balogh, cujos livros mantêm minha sanidade quando estou estressada, e às velas Mountain Lodge da Yankee Candle Company, porque o cheiro de lenhador de Chris

Evans é surpreendentemente útil para manter a calma para trabalhar. Agradeço ao concerto ao vivo em comemoração aos dez anos de *Les Misérables*, à live action de 2015 de *Cinderela* e a *Shrek: o musical*, por serem as coisas que posso ter ao fundo enquanto estou editando.

Por fim, agradeço a todos vocês, todos os meus leitores, todos os tagarelas que falam dos meus livros para os outros, aos blogueiros, artesãos e artistas que compartilham a palavra à sua maneira. Agradeço por seu apoio, por seu tempo, agradeço por suas respostas, agradeço por tornarem possível para mim continuar a fazer essa coisa maluca que amo.